ゴードン・コーマン

千葉茂樹 訳

リスタート

RESTART

リスタート

グレートネック図書館のレベルズ・ティーン・センターへ

RESTART
by Gordon Korman

Published by arrangement with Scholastic Inc.,
557 Broadway, New York, NY 10012, USA
through Japan UNI Agency, Inc., Tokyo

イラストレーション／岡野賢介
ブックデザイン／城所潤+大谷浩介(ジュン・キドコロ・デザイン)

1 チェース・アンブローズ

落ちていったことは覚えている。

すくなくとも、覚えてるつもりだ。でも、そう思っているだけなんだろうか？

芝生《しばふ》が遠く下に見えていた。そして、どんどん近づいて目の前に。だれかの悲鳴がきこえる。

待てよ、おれの声か？

衝撃《しょうげき》に備えて体をこわばらせる。でも、衝撃《しょうげき》はやってこなかった。そのかわりに、なにもかもが、ただ停止した。太陽が姿を消した。まわりの世界すべてが消えてしまった。まるで、機械がシャットダウンしてしまったみたいだ。

これってつまり、死んだってこと？

そして……空白。


明かりが目につきささる。蛍光灯《けいこうとう》の明かりだ。目が痛い。目をぎゅっととじても、光を追いはらうことができない。爆発《ばくはつ》するような光の炸裂《さくれつ》。

あちこちからつぶやき声がきこえてきた。どの声も興奮しているのがはっきりわかる。

「目を覚ましたぞ……」

「医者を呼んで……」

「もう無理だっていってたのに……」

「ああ、チェース……」

「先生！」

そこにいるのがだれなのか、たしかめようとした。でも、光が目につきささる。はげしくまばたきしながら、光から目をそむけた。どこもかしこも痛い。特に、首と左肩《ひだりかた》が。ぼんやりしていた視界が焦点《しょうてん》を結びはじめた。人がたくさんいる。立っている人も、椅子《いす》にすわっている人も。おれは寝《ね》そべっていた。体にはシーツがかかっている。まっ白なシーツが、さらに明るさを増して目に痛い。手をあげて、顔をおおいたかったのに、その手がワイヤーだのチューブだのにからまってしまった。指先についたクリップはベッド脇《わき》の機械につながっていて、機械をビービー鳴らした。その機械の上のポールから、点滴《てんてき》のバッグがぶらさがっている。

「ああ、神様ありがとう！」そばにいた女の人が、感激に声をつまらせている。ようやく、その人のようすがはっきり見えてきた。茶色の長い髪《かみ》に、黒縁眼鏡《くろぶちめがね》の女の人だ。

「あそこにたおれているのを見つけたときには、もうだめかって……」

なんとかそこまでいったところで、泣きくずれてしまった。その人よりずっと若い男の人が、その人の肩《かた》に手をまわした。

白衣姿の医者が部屋にとびこんできた。

「お帰り、チェース！」大声でそういうと、ベッドの足元にあったクリップボードのカルテを手にとった。「どんな気分だい？」

どんな気分かって？　体じゅうのすみずみまで、ボコボコになぐられたり、けられたりしたみたいな気分だ。でも、最悪なのはそれじゃない。なにもかもが、まったく意味不明で、気分どころのさわぎじゃない。

「ここはどこ？　どうして、病院にいるんだ？　この人たちはだれ？」そうたずねた。

さっきの眼鏡《めがね》の女の人が、息をのんでいる。

「ねえ、チェース」その人は緊張《きんちょう》した声でいった。「わたしよ、母さんよ」

母さん。この人は、自分の母親がだれなのかわからないとでも思ってるんだろうか？

「あんたなんか、見たことないよ」そうつぶやいた。「おれの母さんは……おれの母さんは……」

はじまりは、その瞬間《しゅんかん》だった。母親の姿を思い浮《う》かべようとしたのに、なにひとつ浮《う》かびあがってこない。

それは、父親、家、友だち、学校についてもおなじだった。

こんなおかしな感覚は、はじめてだ。なにかを思い出す方法は知っている。なのに、思い出そうとしても、思い出すものがなにひとつないんだ。ハードディスクからファイルを完全に削除《さくじょ》したコンピューターみたいなものだ。再起動して、オペレーティング・システムを正常に立ちあげることはできる。でも、フォルダーやファイルをひらこうとしても、そもそもなにひとつない。

自分の名前さえも。

「おれは……チェースなの？」そうたずねた。

さっきの質問のときには、まわりのベッドからショックのつぶやきが起こったけれど、この名前についての質問には、完璧《かんぺき》な沈黙《ちんもく》が返ってきただけだった。

医者が手にしたカルテに目をやった。クリップボードの裏には「アンブローズ、チェース」と書かれている。

おれのこと……か？

「鏡だ！」おれは叫《さけ》んだ。「だれか鏡を！」

「それは、まだやめておいた方がいいんじゃないかな」医者がなだめるようにいった。

そのときいちばんいやだったのが、なだめられることだった。

「いいから、鏡を！」きっぱりとそういった。

母親だと名乗った女の人が、ハンドバッグから化粧用《けしょうよう》のコンパクトをとりだして、手わたしてくれた。

そのコンパクトのふたをあける。鏡についたパウダーをふきとばして、のぞきこむ。

見つめ返したのは、見ず知らずの人間だった。


記憶喪失《きおくそうしつ》。主治医のクーパーマン先生はそういった。より正確には、急性逆行性健忘症《けんぼうしょう》。あるできごと以前の記憶《きおく》を、すべてなくす症状《しょうじょう》なんだそうだ。今回のその「できごと」とは、自宅の屋根からのとびおりだ。

「記憶喪失《きおくそうしつ》なら知ってます」おれはいった。「でも、そんなことばは知ってるのに、どうして自分の名前を思い出せないんですか？　それに、自分の家族も。屋根にのぼっていた理由も」

「それなら答えられるよ」そういったのは、若い男の人で、あとでおれの兄貴だと判明した。夏休みに帰省している大学生のジョニーだ。

「おまえの部屋には天窓がついてるんだ。おまえはその窓をあけて、屋根にはいだした。ずっと小さいころから、しょっちゅうやってたよ」

「首の骨を折るからやめろとは、だれもいわなかったってこと？」

「六歳《さい》まではいってた」母親が口をはさんだ。「でも、それまでなんでもなかったんだから、六歳《さい》のときにもう心配するのはやめることにした。あなたはものすごく運動神経がよかったし……」そこで、声は消え入るようにとだえた。

「記憶喪失《きおくそうしつ》っていうのは、まだまだわからないことが多くてね」先生がいった。「特に今回のような外傷性のものは、なおさらなんだ。脳が生命維持《いじ》にかかわるどの部分をコントロールしているのかについては、まだ研究がはじまったばかりだといってもいい。でも、はっきりわかっているのは、地理学みたいに単純なものじゃないということだけだ。長期記憶《きおく》を失う患者《かんじゃ》もいれば、短期記憶《きおく》を失う患者《かんじゃ》もいる。なかには、短期記憶《きおく》を長期記憶《きおく》に転換《てんかん》する機能を失う人もいる。きみの場合は、きみが何者で、あの事故以前になにがあったのかという記憶《きおく》を、すべて失ってしまっているようだね」

「最高だな」おれはいやみをこめていった。

クーパーマン先生はあきれたというように眉《まゆ》をあげた。「まあ、そうくさるな。きみは自分で気づいている以上のことを覚えてるんだから。歩いたり、話したり、食べたり、トイレにいったりできるだろ。それらのなにもかもすべてを、全部はじめから学ばなきゃいけないとしたらどうだ？足を一歩だして、もう片方の足をその前にだすところから全部だぞ」

トイレにいくという点は、たしかにかなり重要だ。きくところによると、おれは目覚めるまでの丸々《まるまる》四日、昏睡《こんすい》状態だった。そのあいだ、トイレ方面のケアがどんな風にされていたのかは知らないけれど、自分ではなにもできなかったことだけはたしかだ。きっと、知らないままの方がいいんだろう。

先生はモニターをいくつかチェックして、カルテになにやら書きこむと、じっとおれを観察してからいった。

「意識をとりもどす以前のことを、なにひとつ思い出せないっていうのは、まちがいないかな？」

もう一度、自分の記憶《きおく》があるべきはずの場所をのぞきこんでみたけれど、やはりなにもない。なにかがあるはずだとポケットに手をつっこむのに、なにも見つからないという感じだ。ただ、そのなにかっていうのは、鍵《かぎ》とか携帯《けいたい》とかじゃなく、人生のすべてなんだから。これには、とまどいと焦《あせ》り、恐怖《きょうふ》とをいやでも感じてしまう。

もっとよく考えろ。自分で自分を責め立てる。昏睡《こんすい》から目覚めたときに、とつぜん、どこからともなくわいてきたわけじゃないんだぞ。どこかにいたはずなんだから。

なにか漠然《ばくぜん》としたイメージが形になりはじめた。そこで、そこに焦点《しょうてん》があうように全神経を集中させる。

「どうしたんだ？」ジョニーが息を殺してたずねた。

ついに、細かい部分が形になってきた。小さな女の子だ。たぶん四歳《さい》ぐらいで、白いレースのついた青いドレスを着ている。どこか、庭のようなところに立っているようだ。すくなくとも、その子は緑に囲まれている。

「えっと、女の子が見えるんだ」その画像が消えないように格闘《かくとう》しながらいった。

「女の子だって」クーパーマン先生が母親に顔をむけた。「チェースにガールフレンドは？」

「いないと思います」母親が答える。

「そんなんじゃない。小さい女の子なんだよ」

「ヘリーンなの？」母親がたずねた。

その名前をきいても、なにもピンとこない。「ヘリーンってだれ？」

「親父の子どもだよ」ジョニーが答えた。「おれたちの腹ちがいの妹さ」

親父、妹。そのふたつの単語のかかわりに探りを入れてみる。記憶《きおく》をよみがえらせるきっかけになるかもしれない。でも、おれの心はブラックホールみたいなものだ。いろいろなものがあるはずなのに、なにひとつ、でてこない。

「そのおふたりとは、近い関係なんですか」クーパーマン先生がきいた。

母さんは顔をしかめた。「先生、この事故のあと、救急処置室にやってきたわたしの元夫は、大声でわめくは、なじるはしたあげくに、壁《かべ》にパンチを食らわせていったんです。そのあと、息子《むすこ》が昏睡《こんすい》状態のあいだに、先生は一度でもあの人を見かけました？　それだけ見ても、この子たちと父親との関係はわかっていただけると思います。父親の家族との関係ももちろんですけど」

「ヘリーンなんて知らないよ」おれは口をはさんだ。「でも、だからといって、おれのいうことを無視しないでほしいな。そもそも、だれも知らないんだから。その子は小さなブロンドの女の子なんだ。レースのついた青いドレスを着てる。おしゃれなドレスだよ。これから、教会にいく、よそいきみたいな。でも、ほかにはなにも覚えてないのに、その子のことだけ覚えてる理由はわからない」

「ヘリーンじゃないのはまちがいないわね」母さんがいった。「ヘリーンは母親似で黒髪《くろかみ》だから」

おれはクーパーマン先生に顔をむけた。「おれ、頭がおかしくなったんでしょうか?」

「もちろん、それはちがう。その小さな女の子の記憶《きおく》があるってことは、きみがすべてを忘れたわけじゃないことをしめしているのかもしれないね。ダメージを受けたのは、記憶《きおく》にアクセスする能力だけなのかもしれない。きっと、失われたきみの人生はもどってくるよ。すくなくとも一部はね。その女の子が鍵《かぎ》になるかもしれない。その子のことをずっと考えつづけてほしい。その子がだれなのか、ほかのなにもかもが失われたというのに、なぜその子の記憶《きおく》がだいじだったのかもね」

いわれた通りやってみたけれど、ほかにやることがあまりにも多すぎる。命に別状がないとわかると、病院は大急ぎで退院させにかかった。クーパーマン先生は、左の耳たぶ以外の全身すべてを検査した。その結果、脳はショートしたかもしれないが、ほかの機能には問題ないことがわかった。

「じゃあ、なんで全身がこんなに痛いんですか?」

「筋肉痛だろうね」それが先生の見立てだ。「落ちたときの衝撃《しょうげき》で、鼻の筋肉からつま先の筋肉まで、あらゆる部分に強い力がくわわったんだ。そのあと、九十六時間ものあいだいっさい動かなかったせいで、全身がこわばってしまったんだな。よくあることさ。じきに元にもどるよ」

診断名《しんだんめい》のつく症状《しょうじょう》は、脳震盪《のうしんとう》と左肩《ひだりかた》の脱臼《だっきゅう》だけだった。とびこみの姿勢が悪かったせいで命が助かったってわけだ。おれの肩《かた》は、頭のほんの一瞬《いっしゅん》前に地面にぶつかった。おかげで肩《かた》が衝撃《しょうげき》を吸収して、死をまぬがれた。

母さんは着替《きが》えを持ってきてくれた。それらの服を見て、あんなにおどろくべきじゃなかったんだろう。もともと自分の服なんだから。でも、当然ながら、どれもこれも見知らぬものだった。これには思わず考えこんでしまった。おれにはお気に入りのシャツがあったんだろうか？　はきなれたジーンズがあったんだろうか？　と。

車も覚えていなかった。シボレーのバンだった。それに家も見覚えがない。自分に関する空白がすこしずつ埋《う》まっていく。まず、おれは大富豪《だいふごう》の子どもじゃなかった。芝生《しばふ》の手入れにもまったく関心がなかったようだ。ただ、これはジョニーのせいかもしれないけど。なにせ、おれは昏睡《こんすい》状態だったんだから。

おれがはいだしたという窓はすぐにわかった。屋根にでるただひとつの窓だからだ。なぜだか、もっと高いところにあると思っていた。とまどいを覚えるほどだ。あんな低いところから落ちたぐらいで脳がだめになるなんて、情けない。

母さんが玄関《げんかん》のドアをあけると、いっせいに声があがった。「サプラーイズ！」

手作りの横断幕がリビングルームにかかっている。「お帰りなさい、チャンプ！」と書かれている。

母さんとおなじ年頃《としごろ》の、大柄《おおがら》な男が前に歩みでてくると、おれをすっぽりとだきしめた。そして、にぎった両手でおれの頭を何度もなでる。「帰ってきてうれしいよ！」

母さんが悲鳴をあげた。「フランク、やめて！　この子は脳震盪《のうしんとう》を起こしたのよ！」

この男が……親父なのか？　そいつはおれをはなしたものの、ふてぶてしくいい返した。「いいか、ティナ、アンブローズ家の男にとっちゃ、そんなもの屁《へ》でもない。こいつは郡でいちばんのランニングバックなんだぞ」

「元、郡でいちばんのランニングバックだ、親父」ジョニーが訂正《ていせい》する。「先生からきいてるだろ。チェースは今シーズンはもう、アメフトはできないんだ」

「ふん、あのマヌケ医者め」親父の鼻息が荒《あら》い。「あいつの体重は何キロだ？　せいぜい六十キロってところだろ？」そこで母さんを見た。「チェースをジョニーみたいな腰抜《こしぬ》けにさせるんじゃないぞ」

「ああ、なんてありがたいおことばなんだ」兄貴は皮肉な口調でいった。

「だいたい、どうしてここにいるの、フランク？」母さんはがまんできなくなったようだ。「うちの合鍵《あいかぎ》は使わないでって、いったい何度いったらわかるのよ？　ここはあなたの家じゃないの。もう、ずっと前からね」

「ここのローンをはらってるのはおれだぞ」ぶすっとそういったものの、すぐに雲が晴れるようににやりと笑った。「おれたちは、ただ、英雄《えいゆう》の帰還《きかん》をたたえにきただけじゃないか」

「屋根から落ちて、なんで英雄《えいゆう》なんだよ」おれはぼそっといった。どうしてだかわからないが、親父のなにかが、神経にさわる。見た目からくるものじゃない。中年の男にしてはエネルギーに満ちていて、しゃきっとしている。腹がでて、髪《かみ》は薄《うす》くなってはいるけれど。その笑顔《えがお》はすごく魅力的《みりょくてき》で、見ているだけで好感が持てる。でも、それが問題なのかもしれないと思った。どこにいっても歓迎《かんげい》されるという自信に満ちすぎているんだ。そして、それは母さんには通じない。ここではもうだめなんだ。

親父は新しい家族をつれてきていた。奥《おく》さんはコリーンといって、ジョニーとそんなに年がちがわない感じだ。それに、四歳《さい》の「妹」ヘリーンもきていた。母さんのいう通りだった。ヘリーンは青いドレスの女の子とは似ても似つかない。たいしたことじゃないのかもしれないが、ちょっとがっかりした。もしかしたら、現実とつながる唯一《ゆいいつ》の存在かもしれないと期待していたのかもしれない。

こちらにとってははじめて会う相手だけれど、あっちはこっちのことを知っているんだと自分にいいきかせる。どうしてなのかはわからないが、ふたりはおれのことがすごく好きってわけじゃなさそうだった。コリーンはうしろにひっこんだままだし、ヘリーンはコリーンのスカートにしっかりしがみついている。ふたりはおれのことを、顔の前にぶらさがった時限爆弾《ばくだん》みたいに見ている。

おれは、この人たちになにをやったんだろう？

親父は長居するつもりのようだったが、母さんにはそうさせるつもりはなかった。「この子には休息が必要なの、フランク。お医者さんの命令よ」

「なんだって？　こいつは薪割《まきわ》りでもしてるっていうのか？　いまだって休んでるだろ」

「ひとりにしなくちゃだめなの。静かな自分の部屋で」母さんはゆずらない。

親父はため息をついた。

「大げさなことをいいやがって」親父はもう一度おれをハグしたが、さっきよりは弱い力でだった。

「もどってきてうれしいよ、チャンプ。もっと盛大に祝ってやりたいんだが、なにせあそこのだれかさんがうるさいからな」そういって、あごで母さんの方向をさす。

おれはすこしばかり母さんをかばった。「先生がいったのはほんとうだよ。脳震盪《のうしんとう》のあとだから安静にしろっていわれたんだ」

「脳震盪《のうしんとう》か」ばかにしたようにいう。「おれがプレイしていたときには、そんなものはなんべんもやったもんだぞ。泥《どろ》でもこすりつけておけば治るさ」

コリーンが親父により添《そ》うようにでてきた。「なんでもなくてよかったわ、チェース。さあフランク、いきましょ」

おれは、そのあとにつづいたとげとげしい沈黙《ちんもく》の穴埋《あなう》めをしたくなった。そこで、幼い妹の方に腰《こし》をかがめていった。「かわいいお人形だね。その子の名前はなんていうの?」

ヘリーンは、まるでおれに食べられるとでもいうように、縮みあがってあとずさりした。

やがて、コリーンとヘリーンをつれて親父は帰った。ジョニーは友だちに会うといってでかけ、母さんはおれに二階にあがって頭を休めろと命じた。いまにも頭のなかが爆発《ばくはつ》するとでもいわんばかりだ。

母さんはおれの部屋がどれなのかを教えなくちゃならなかった。なにひとつ思い出せないからだ。植物模様のカーペット敷《じ》きの階段も、天井《てんじょう》の低い狭《せま》い廊下《ろうか》も、まんなかのパネルがひび割れた木のドアも、なにもかも見覚えがない。

母さんはおれのダメージをさぐるように観察していたが、おれのおどろきぶりにおどろかされてしまったようだ。それから、なんとか説明しようとする。

「きっと、わたしのせいなのね。わたしはいつも、あなたとあなたの友だちが、家のなかでスポーツするのを許してたから。いまでは大きくなりすぎたっていうのに。というか、この家が小さくなりすぎたのね」

「スポーツってどんな?」

母さんの目から涙《なみだ》がこぼれ落ちる。思い出すのもつらいんだろう。

「アメフト、サッカー、バドミントン。そのほかなんでも」

自分の部屋にいるのは、なによりも不思議な体験だった。そこが自分の部屋なのは疑いようがない。壁《かべ》には一面に新聞の切り抜《ぬ》きが貼《は》ってある。おれがスター選手として活躍《かつやく》するアメフト・チームの記事や、おれが勝ったラクロスの試合の記事なんかだ。写真に写ったおれは、エンドゾーンにダイブしていたり、歓喜《かんき》のチームメートにもみくちゃにされていたりする。チームメートといっても、見知らぬ顔ばかりだが。トロフィーもあった。棚《たな》に何段も。チェース・アンブローズ、トップスコアラー。チェース・アンブローズ、ＭＶＰ、最長獲得《かくとく》ヤード、チーム・キャプテン、州チャンピオン……。おれがほんとうにすごいやつだってことはわかった。

でもおれが知りたいのは、自分がだれかってことだけだ。

すこしばかり勇気をふりしぼらなければならなかったが、窓に近づいてみた。さっきの感想はまちがっていた。思っていたよりずっと高い。死なずにすんでラッキーだった。

まるで、他人の人生のどまんなかに、パラシュートで着地したような感じだ。おれにそっくりな、おれではない他人の人生に。

クーパーマン先生は正しかった。休息が必要だ。

おれはベッドのはしに腰《こし》かけた。おれのベッドだ。ベッドの脇机《わきづくえ》の上にスマホが置いてあった。スクリーンはひび割れている。落ちたときに持っていたせいかもしれない。

ホームボタンをおしてみた。反応なしだ。

すぐ横に、電源ケーブルがあった。それをつないだ。何分かたつと、ディスプレイが立ちあがって、そこにおれがあらわれた。知らないふたりの男子といっしょに写った写真だ。そのポーズを見れば、三人の仲がものすごくよさそうなのはわかるが、まったく見覚えがない。

それは自撮《じど》りの写真で、スマホを持ってるのは右側のやつ。まんなかにいるのがおれなんだが、おどろいたことに、三人のなかでいちばん小柄《こがら》だ。おれはかなりの大男なのに。ハロウィーンのときの写真らしく、背景には仮装をしたチビどもが写っている。おれは野球のバットを大きくふりかぶっていて、そのバットにへばりついているのは、たたきつぶされたカボチャのランターンの破片だ。

画面が暗転したのでもう一度スタートボタンをおした。カボチャ・ランターンをたたきつぶして自慢《じまん》げな男たちの写真がふたたびあらわれた。その写真から目をそらすことができない。写っている三人全員が、いかにも野蛮《やばん》で邪悪《じゃあく》なにやけ顔だ。

いったい、どんな人間なんだ、このおれは？

2 ショシャーナ・ウェバー

Shosh466：やあ、元気？　笑える話、ききたい？

JWPianoMan：？？？

Shosh466：ドブネズミ・ナンバーワンが自分ちの屋根からとびおりて、死にかけた。

JWPianoMan：死にかけたってことは？

Shosh466：残念、まだ生きてる。でも、けっこうひどいみたい。きのう、退院したところ。

JWPianoMan：ナンバーツーとナンバースリーもいっしょに落ちたなんてことは？

Shosh466：それはない。ソロ活動だった。よくばりすぎちゃだめ。でも、笑えるでしょ？

JWPianoMan：よくばりはどっちだよ？

メールはやめにして、ジョエルに電話をかけた。ジョエルが心配だから。いつだって心配だ。ジョエルはわたしの弟。生まれてきたのはわたしより十四分遅《おそ》かっただけだけど。もし、チェース・アンブローズが屋根からまっさかさまに落ちたときいても笑えないとしたら、本格的にまずいってことだ。

まずいのはいつものことなんだけど。

「もしもし」ジョエルが電話にでた。

そのひとことだけきいても、落ちこんだようすがわかる。ジョエルはいらだっているし、ホームシックだ。でも、それを責めることなんてできない。全寮制《ぜんりょうせい》の学校に転校したのは、ジョエルの第一希望じゃない。第二十希望ですらない。

「メルトンには慣れた?」そうたずねたけれど、答えをきくのがこわい。メルトンの正式名称《めいしょう》はメルトン・プレップ・アンド・ミュージカル・コンサーバトリーで、コネチカット州のニューブリテンにある。

「慣れるもなにも、島流しなんだよ」

その点については言い争うわけにはいかない。当然だ。メルトンはジョエルのような音楽家にふさわしい学校だけど、あの事件さえなければ、いまごろはこの街にいて、ハイアワシー・ミドルスクールの八年生になっていたはずなんだから。

「ほかの子たちは?」

「まあまあ」どうでもよさそうな返事だ。「どいつもこいつも負け犬だよ。ぼくみたいな。ここでは、いじめられたりしてないよ。それがききたいんだろ? ここにはいじめっ子はいないんだ。みんながいじめられっ子だから」

ききずてならない。「負け犬なんかじゃないよ。そこにいるのは才能があるからなんだよ」

「自分が生まれ育った街にいられない理由があって、それはピアノが弾《ひ》けることとはなんの関係もない。あのドブネズミ・ナンバーワンが理由だってことはわかってるだろ？ 自分ちの屋根じゃなくて、超《ちょう》高層ビルから落ちたのならよかったのに。そしたら、いまごろは、家に帰る途中《とちゅう》だったのにな」

そのことばはきき流すことにした。ほんとうのことだから。チェース・アンブローズとけがらわしいふたりの仲間が、かわいそうなわたしの弟をこの街から追いだした。そう考えながらも不思議な気がする。あの事件をこの目で見ていたのに。いまでもよくわからない。チェースはダース・ベイダーでもヴォルデモートでもない。フォースも闇《やみ》の魔力《まりょく》も持ってない。それでも、あいつとアーロン・ハキミアン、ベア・ブラッキーはジョエルの人生をめちゃめちゃにした。両親がほかの街の学校に転校させるしかないと考えるほどに。

わたしたちは闘《たたか》った。父さんは、ずいぶん長い時間を校長室ですごした。着替《きが》えを校長室に置いておいてもいいぐらいに。それでも、あのいじめ問題は解決しなかった。たいていの場合、だれがやったのか、証明することができなかったからだ。こみあった廊下《ろうか》で、何本もの足がジョエルの足にかかり、よろめいたところでだれかの肩《かた》が胸にぶつかって、大の字にたおされる。

「悪いな、見えなかったよ」それで終わりだ。

ロッカーの通風孔《つうふうこう》から犬の糞《ふん》がつっこまれ、更衣室《こういしつ》からはジョエルの服が忽然《こつぜん》と消えて、代わりにウサギの着ぐるみが置かれている。科学コンクールの展示物が破壊《はかい》されたり、美術室の絵が破かれたりすると、それはいつもジョエルのものだった。文化祭の最中に火災報知機が鳴りひびいたときには、ジョエルがピアノを演奏中だった。

はじめたのはチェースとアーロン、そしてベアの三人だけだった。でもやがて、ほかの子たちにまで広がった。ロッカーになにかがつめこまれたり、トイレットペーパーでミイラのようにぐるぐる巻きにされたりと、被害《ひがい》にあって抗議《こうぎ》をするのはいつだってわたしの弟、ジョエルだった。いつのまにか、ジョエルはこの学校のいけにえで、冗談《じょうだん》の標的になっていた。ジョエルの人生は耐《た》えがたいものになってしまった。

いったいだれの責任？　校長？　校長のフィッツウォーレス博士はできるだけのことはやった。でも、たいていの場合、証拠《しょうこ》がなかった。たしかに、ときには証拠《しょうこ》をつかんだときもあった。チェースがラクロスのスティックをジョエルの自転車めがけて放り投げたときがそうだ。スティックはスポークにつきささって、自転車を急停車させた。ジョエルはハンドルをとび越《こ》え、手首を捻《ねん》挫《ざ》し、目のまわりに青あざができ、あごから耳にまで届く、ひどい裂傷《れっしょう》を負った。そのときには、目撃者《もくげきしゃ》が大勢いた。

フィッツウォーレス校長はチェースに罰《ばつ》を与《あた》えようとした。停学や強制のボランティア活動といった罰《ばつ》だ。ところが、学校の理事会が校長をなだめた。理事会は、スティックを投げたのはよくない行為《こうい》だと認めたものの、チェースには、これほど深刻なけがを負わせるつもりはなかったとかばった。ちゃんちゃらおかしい！　ほんとうの理由はチェースがこの街のスポーツ・ヒーローだからだ。そして、この街の伝説的スポーツ・ヒーローの息子《むすこ》だからだ。チェースの父親は学校のたくさんの理事からあがめられている。そして、うちの家族はちがう。

ただ一度、この三バカトリオに罰《ばつ》がくだったのは、あわれなジョエルが被害《ひがい》を受けたからというより、街の財産に損害を与《あた》えたからだった。五月にあった学校の開放日に、ジョエルはピアニストとして招待された。ジョエルはこのあたりにならぶ者などいない類《たぐ》いまれな音楽家だ。残念ながら、それを理解できる生徒はひとりもいなかったけれど。

とにかく、チェースとアーロン、ベアの三人は、学校の小型グランドピアノに爆竹《ばくちく》を六個しかけた。ちょうど演奏の最中に爆発《ばくはつ》するように時間をあわせて。大きな爆竹《ばくちく》が爆発《ばくはつ》して、ピアノの木材がとびちったときにあげたジョエルの悲鳴は、いまでも耳からはなれない。チェースたちがジョエルを標的にした理由の一部は、あの悲鳴なんじゃないかと思うことがある。やつらは、いつだってジョエルから最大限のリアクションをひきだせると知っていたんだろう。

あの事件のあと、ジョエルが学校の廊下《ろうか》を歩くたび、アメフト・プレイヤーたちは、あのときのジョエルのおびえぶりをからかい、バカにした。あのとき、恐怖《きょうふ》にひきつったのは、あの場にいたすべての人たちだった。なのに、記憶《きおく》にのこったのはジョエルの姿だけだったんだ。

この事件では、チェースとその仲間たちは、ジョエルへの攻撃《こうげき》に関してはなにひとつ責められなかった。警察を呼ぶほど学校当局が怒《おこ》ったのは、ピアノがダメージを受けたという点だった。少年裁判所が下した裁決は、チェース、アーロン、ベアの三人に、街の老人ホームでボランティアをおこなわせる、というものだった（まるで、老人たちは、やつらをひき受ける罪を犯《おか》したみたいじゃないか）。

さすがにこのあと、チェースはジョエルに手をださなくなったと思うだろう。常識的にはそうなるはずだ。でも、ドブネズミ・ナンバーワンに、そんな常識はない。こうして、両親はジョエルのために新しい学校を見つけることになった。あのゴロツキがいるかぎり、ジョエルは安全ではないからだ。

ジョエルがいうように、チェースが家の屋根ではなく、超《ちょう》高層ビルから落ちていたなら、メルトンをやめて帰ってくることもできたかもしれない。ときどき、わたしはチェースといっしょに高いビルに登って、つき落としてやりたい気分になる。

でも、そんなことをしたら、わたしがあいつとおなじレベルになってしまう。わたしはあんな下《げ》衆《す》じゃない。

だれだって、あれほどの下衆《げす》じゃない。

新学年がはじまる前の晩、父さんはいつも、ジョエルとわたしをヘブン・オン・アイスにつれていってくれた。フローズン・ヨーグルトをセルフで盛って食べられる店だ。わたしたちは双子《ふたご》だけれど、デザートの戦略はまったく正反対だ。わたしはバニラ・ヨーグルトにチョコレート・スプリンクルを手のひら一杯分《いっぱいぶん》かけるだけ。ジョエルはヨーグルトはほんの指ぬき一杯分《いっぱいぶん》ぐらいで、九十九パーセントはトッピング。だれがいちばん体重をふやせるかの競争みたいなものだ。

今年、わたしはいきたくなかった。

「いこうよ、ショシャーナ」父さんが誘《さそ》う。「これはわが家の伝統なんだから。友だちもみんなきてるぞ」

「いちばんの親友がきてないの」

父さんは悲しげな微笑《ほほえ》みを浮《う》かべた。「ということは、おまえとジョエルは、いまやいちばんの親友同士ってことなんだな？　ジョエルが家にいるときは、犬猿《けんえん》の仲みたいにけんかばっかりしてたのに」

「ジョエルはいまも家にいるべきなんだよ」父さんがいろいろがんばってくれたのはわかってるけど、わたしは自分もみじめな気分ですごすことにきめていた。

「それについては百万回も話しあっただろ。ジョエルにとって、いちばんいいことなんだ。いくことになった理由はともかく、メルトンでの音楽教育プログラムは、きっと気に入るさ」

結局、父さんに説得されて、ヘブン・オン・アイスにいくことになった。母さんと父さんはジョエルの心配だけで手一杯《ていっぱい》だ。これ以上、わたしがわずらわせるわけにはいかない。

ジョエル抜《ぬ》きでヘブン・オン・アイスにいるのは、なんだか変な気分だった。ヒューゴとモーリシアに会ったけれど、ふたりとも、最初にきいてきたのはジョエルはどうしてる？　ってことだった。ふたりの口ぶりは、ジョエルは月にでも送りこまれたかのようだった。コネチカット州ではなく。お涙《なみだ》ちょうだいの物語をくり返したくはなかったので、話題を変えて、キャンプはどうだった？　とたずねた。ふたりともこの夏、泊《と》まりがけのキャンプにいっていたからだ。ヒューゴが簡易テントでの命がけのキャンプについて語っているとき、わたしは見つけてしまった。あいつを。

あのゴロツキだ。

世界一の下衆野郎《げすやろう》。

チェースの顔には小さな切り傷やあざがいくつかあったものの、わたしが期待していたようなものじゃない。左手は三角巾《さんかくきん》で吊《つ》っているけれど、それだけのこと。やつは列の先頭に立って、ヨーグルト・ディスペンサーの前にいる。どの味を選んだらいいのか、すっかり困り果てたようなおどおどした表情を浮《う》かべている。ほんと、笑える！　ジョエルを餌食《えじき》にして、骨の髄《ずい》まですすって吐《は》き捨てたやつが、ストロベリー・バナナ味かラムレーズン味か、きめられないなんて。毒入りヨーグルトがないのが、つくづく残念だ。

にらみつけているわたしの視線に気づいたみたいだ。顔をあげてわたしと目をあわせたから。最初は、わたしがそこにいないかのように、わたしのうしろを見ているような目つきだった。それだけでも十分に侮辱的《ぶじょくてき》だ。そのあと、やつはとても信じられないようなおそろしいことをやりやがった。いくらあいつでもひどすぎる。あいつは、わたしにむかって照れたような笑顔《えがお》を見せたんだ。

ジョエルがメルトンにいってしまって以降、わたしのなかにたまりにたまった怒《いか》りが、マグマのように噴《ふ》きだした。

考える前に、そして思いとどまる前に、わたしはチェースに歩みよった。それから、真正面に立って、こういっていた。「あんなことやったあとに、わたしにむかってにやにやするなんて、いい根性《こんじょう》してるわね。わたしの前から姿を消さないと、後悔《こうかい》することになるわよ!」

そして、チョコレート・スプリンクルをトッピングした美しいバニラ・ヨーグルトを、チェースの頭にぶちまけて店をでた。

店の外にいた父さんは、ほかの子の父親としゃべっていて、わたしがものすごいいきおいで横を通りすぎるのもあやうく見のがすところだった。

「ずいぶん早いな」そういってから店のなかをのぞき、わが家の宿敵が、頭のてっぺんからフローズン・ヨーグルトとチョコレートをだらだらたらしながら、動くほうの手を使ってぬれたナプキンでふいているのを見た。

「車は角を曲がったところにとめてあるから」そういって、わたしがヘブン・オン・アイスから遠ざかるのを急がせた。父さんはとまどっていた。それはまちがいない。だけど、すこしばかり、誇《ほこ》らしげだったような気もする。

わたしはどんな気持ちだったかって？　それまで、いくらチェースでも、これまで以上にわたしを怒《おこ》らせることなんか無理だろうと思っていた。でも、それはまちがっていた。あのにやけ顔を思い出すたび、わたしの血は熱くたぎる気がする。

これまでジョエルに対してさんざん悪の限りをつくしてきたくせに、あいつはこのわたしを、生まれてはじめて見るかのような顔をしたんだ。

まるで、わたしたち家族の人生をぶちこわしたことなんて、ぜんぜん覚えてないみたいな顔を。

3　チェース・アンブローズ

学校は認識《にんしき》している。思い出したわけじゃないけど。この数週間、母さんが何度か車でつれてきてくれたからだ。はやく学校になじめるようにと。おれはハイアワシー・ミドルスクールという名前の学校の、あらゆるスポーツでスター選手だったということがわかった。というか、元スター。現在は、故障者リスト入りしてるんだから。

その情報は、八学年の最初の日、車で学校まで送ってくれた母さんからきいた。ジョニーは大学にもどったので、いまでは家にはふたりだけだ。母さんは、以前の生活の空白をなんとか埋《う》めようとしてくれている。なにがあってもおどろかないように。たとえば、イカれた女の子に、頭からフローズン・ヨーグルトをぶちまけられるみたいなことだ。

おかしなことに、その話をしたとき、母さんは同情はしたものの、おどろいてはいなかった。おれたちが暮らしているこの街では、デザートをぶちまけあうのはあたりまえのことなんだといわんばかりだ。

「あら、そうだったの」母さんは軽く受け流した。「年頃《としごろ》の女の子って、神経過敏《かびん》になるものだから。特に、人気者の運動選手にはね。その子はあなたに微笑《ほほえ》みかけた。なのにあなたは、微笑《ほほえ》み返さなかった。それをその子は、侮辱《ぶじょく》……」

「だけど、おれは微笑《ほほえ》んだんだ。笑わなかったのはその子の方だった。そして、まっすぐ近づいてきてフローズン・ヨーグルトを……」

母さんは困ったようにグルっと目玉を動かした。「わたしになんていわせたいの？　わたしにはその謎《なぞ》のヨーグルト爆弾娘《ばくだんむすめ》がだれなのかもわからないのに」

でも、気になる点がある。あの子はおれのことを知っているみたいだった。すくなくとも、おれがだれなのかの見当はついていたはずだ。どうしてあの子は、あんなに怒《おこ》ってたんだ？　退院直後なのに、あの子にとっておれは赤の他人ってわけじゃなさそうだった。しかも、相当、おれのことをきらってるみたいだったし。

学校の正面の道路脇《わき》に車をよせながら、母さんはおれとつきあいのある友だちだの先生の名前だの、くわしいことをしきりに吹《ふ》きこんでくる。それでも、なにかおれにかくしだてしていることがあるという印象はぬぐえない。

「だけど……」

母さんは顔を赤くしていった。「だけど、なんだっていうの？」

思い切っていってみた。「まだ話してない部分がききたい」

「十三年っていうのは、長い時間よ。八年生になった最初の日に、車を道路脇《わき》によせて、なにもかも話して、空白を埋《う》めるなんてこと、できるわけないでしょ。自分のことは自分できくことね。いいことも悪いことも。あなたをおどろかせるようなこともあるでしょうけど。でも、とり乱したりしないこと、いいわね？」

さて、これはいったいどういう意味なんだろう？　おれがたずねて、母さんが答えた。なのに、さらにわからないことがふえた。

母さんの顔は熟《う》れすぎたトマトみたいだ。これ以上しつこくきくのはやめておこう。どうせ、すぐにわかるだろう。

正面玄関《げんかん》には何百人という生徒がおしよせていた。だれもがみんな、おたがいを知っているようだ。あちこちで、背中をたたきあったり、ハイタッチをしたりしている。何人かがおれにかけよってきた。おれはそいつらと手をたたきあわせ、グータッチをし、さも、仲間であるようにふるまった。実際にはだれひとり知らないのに。おれのことを複雑な顔で見るやつもいた。何人かは目があうとあわててそっぽをむく。きっと、顔の傷や固定された腕《うで》や肩《かた》のせいなんだろうと思った。

母さんは、おそらく大勢が事故のことを知っているだろうけど、記憶喪失《きおくそうしつ》のことはだれも知らないと思うといっていた。おれは、友だちを認識《にんしき》できない理由を大勢に説明しなくちゃならないと覚悟《かくご》していた。もちろん、先生や学校の職員たちには伝わっているはずだけど。

「いよっ、相棒！」

校舎に足を踏《ふ》み入れたとたん、ざわざわというおしゃべりのなか、ひときわ大きな声があがった。そいつがだれなのかはわからなかったけれど、そのガタイのよさから見て、アメフト仲間だろうってことは想像がついた。玄関《げんかん》ホールの喧噪《けんそう》のなか、あちこちからそいつとおなじぐらいデカい連中がおれの方に集まってきた。みんな、おれをパシパシたたいたり、「相棒」と怒鳴《どな》ったりする。

「おいおい、みんな！　肩《かた》はやめてくれ！」そう叫《さけ》びながらめげそうだった。こんなに大歓迎《だいかんげい》してくれている連中に、だれがだれなんだかさっぱりわからないってことを、どうやって説明しろっていうんだ？　ほんとうにめまいがしてきた。

「チェース！」さらにフットボール選手がふたり、肘《ひじ》で人垣《ひとがき》をかきわけながら、おれのそばにやってきた。意外にも、そのふたりのことはわかった。スマホで見た、カボチャ壊《こわ》し仲間だ。母さんはラクロスチームの写真を指さしながら、そいつらがアーロンとベアだと教えてくれた。明らかに、このふたりがいちばんの親友のようだ。

「よお、帰ってきてうれしいよ！」ふたりのうち、背が高い方のアーロンが大声でいった。ミドルスクールの生徒で、こいつほどひげもじゃのやつを見たことがない気がする。「おれたち、何回か見舞《みま》いにいったんだぞ。けど、おまえの母ちゃんに絶対安静だっていわれたんだ」

「そうだよ、ぶじにもどってこられたなんて信じられないよ」大勢のなかから口をはさんだやつがいた。「公園の時計台からとびおりたんだって？」

ベアがそいつにはげしいビンタを食らわせた。「バカかおまえは。自分ちの屋根からだよ。時計台なんかからとびおりたら、死んでるにきまってるだろ。それにな、とびおりたんじゃなくて、落ちたんだよ」

「屋根からとびおりるだけでも、十分バカだろうが」アーロンがいった。

「ああ、ほんとうにマヌケな話だよ」おれはそういった。さっきのビンタにすこしばかり気おくれしてしまったけれど、食らった本人はケロッとしている。

「なにを考えてたんだか思い出せないんだ。ほんとうのとこ、おれ……」

ビンタ男が口をはさんだ。「けどよ、アメフトのシーズンにはまにあうんだろ？　最初の試合にはでられるよな？」

「医者はだめだっていってる。肩《かた》もそうだけど、問題は脳震盪《のうしんとう》なんだ。あの事故のあとすぐに、頭に衝撃《しょうげき》を受けるリスクはさけなくちゃだめなんだ」

いっせいに抗議《こうぎ》の声があがった。

「けど、おまえが必要なんだよ！」

「おまえはチームのエースなんだぞ！」

「ベスト・プレイヤーじゃないか！」

「キャプテンだぞ!」

「おいおい、ちょっと待てよ」アーロンがいった。「ゲームにけががつきものだってことはわかってるだろ」そういってから、おれにむけていう。「ちょっときいてくれ。おまえに話があるんだ」

アーロンは玄関《げんかん》ホールをでて、回廊《かいろう》のある中央広間にむかった。人ごみのなかを歩くのは、なにも問題がなかった。ふたりの「大親友」がおしのけて進むからだ。ほとんどの生徒はおれたち三人に気づくと、そそくさと道をゆずった。

ふたりは壁際《かべぎわ》のベンチへとおれを導いた。

「この席、あいてるかな?」おれは六年生ぐらいの子にたずねた。

すると、その子が返事をする前にベアが怒鳴《どな》った。「とっとと、うせろ!」

その子ははげしくどつかれたせいで、廊下《ろうか》をいきおいよく遠ざかっていった。

おれはカボチャの壊《こわ》し屋たちとベンチにすわった。ふたりがなにかいいだす前に、いきおいこんで話しはじめた。

「アーロン……ベア……」その名前は舌になじみがない。これまで一度も声にだしたことのない名前のような気がする。「ふたりに話しておくことがあるんだ。屋根から落ちたとき、脳震盪《のうしんとう》や肩《かた》の脱臼《だっきゅう》だけじゃすまなかった。おれ、記憶喪失《きおくそうしつ》なんだ」

ベアが顔をしかめる。「記憶喪失《きおくそうしつ》? 思い出せないことがあるってことなのか?」

おれは悲しげに首を横に振《ふ》った。「それどころじゃない。なにもかも忘れてしまったんだ。落ちる前のことはなにもかも」そこでまわりを見まわした。「この学校のことも、みんなのことも。なにもかもがはじめてに見える。きみたちのことも、スマホの写真にあったってことしかわからない。そんな感じで、おれたちがどんな関係だったのかも、ぜんぜん覚えてない。母さんがふたりは親友だったっていってたから、そうなんだってことは知ってるけど。でも、これまでいっしょにやってきたことは、なにもかも全部忘れてしまった」

ふたりは、とても信じられないとでもいうように、目くばせしあっている。そのようすにムカついたけれど、長年の親友からそんなことをきかされたら、と考えたら怒《いか》りはおさまった。目の前にいるこのおれは、ふたりにとっては、すべてを分かちあってきた人間だ。見た目も変わらなければ、話し方も変わらない。なのに、これまでのことはひとつのこらず忘れてしまったなどといっているんだから。冗談《じょうだん》だと思われても、ふたりを責めるわけにはいかない。それに、たしかに冗談《じょうだん》みたいなものだ。笑えるやつではないけれど。

おれはまた話しはじめた。「きみたちだけじゃないんだ。母親だといわれている人間が見たこともない人だったときのことを想像してくれよ。兄貴も、親父もだ。信じてほしいんだけど、だれがだれだかわからないせいで、この学校の八百人の生徒みんなを、おれが無視してるなんて思われるのはいやなんだ」

ベアはおれをじっと見つめていった。「なあ、おまえ、それ、ほんとうに冗談《じょうだん》じゃないんだな？」

「冗談《じょうだん》ならどんなにいいか」おれは真剣《しんけん》に答えた。

ベアはショックを受けているようだ。「ワオ！」

アーロンは顔がくっつきそうなぐらい顔を近づけていった。

「わかったよ。だけど、そのうち記憶《きおく》はもどるんだろ？」

まるでおどすようにそういった。共通の古き良き時代を忘れてしまったということが、許せない気分なんだろう。

「いくらかは、たぶん。でも、もどらないかもしれない。医者にもわからないらしい」

ふたりはまた目くばせしあった。ふたりとものすごくショックを受けているのは明らかだ。それを見て、このふたりの親友たちに対して、なんだか温かい気持ちがわきあがってきた。スマホのスクリーンに浮《う》かんだぼやけた画像が思い浮《う》かんだ。こわれたカボチャ・ランターンの破片がついたバットをふりまわすおれたち三人の姿だ。幸せな時間だ。

「なあ、きいてくれ」いいふくめるようにいった。「いっしょにやったことを覚えてなくても、おれはおれだから。これから、もっといろいろやろうぜ。これまでより、おもしろいことをな」

「ああ、そうだな。その通りだ！」ベアが叫《さけ》んだ。「それに、アメフトはできなくても、春からのラクロスはやれるんだろ？」

「お医者は、そのころまでにはよくなってるだろうっていってた。ちゃんと経過を観察しないといけないけどな」

「だいじょうぶにきまってる！」ベアは陽気にそういった。無理に明るくふるまっているのは見えだ。そんなにかんたんに受け入れられるようなことではないだろう。もし、立場が逆だったら、ちゃんと受け入れられるかどうか自信がない。

「おれたちがついてるからな」アーロンはそういって、背中をバシッとたたいた。脱臼《だっきゅう》した肩《かた》に炎《ほのお》のような痛みが走った。怒《いか》りをぶちまけそうになるのを、ぐっとこらえる。一歩ずつ進むしかない。

「お帰り、わが校のヒーロー」低い声がきこえた。黒っぽいスーツの背の高い男の人が、ベンチに近づいてくる。「やあ、チェース、フィッツウォーレスだよ、ここの校長の。きみの状況《じょうきょう》を考えると、念のため、自己紹介《しょうかい》しておいた方がいいと思ってね。もちろん、初対面じゃないんだが」

「なんべんでもいえばいい」おし殺したような声でベアがいった。校長の金縁眼鏡《きんぶちめがね》ごしのひとにらみで、ベアはだまった。

「チェース、いっしょにきてくれないか。ちょっとおしゃべりでもしよう」

親友たちは肩《かた》を落として、廊下《ろうか》を遠ざかる。そこで、校長のあとについて、校長室に入った。壁《かべ》には額縁《がくぶち》に入った大きな写真が二枚、かかっていた。そのうちの一枚に見覚えがあるのに気づいておどろいた。それは、おれの部屋の壁《かべ》にもあった写真だ。昨年のアメフトの決勝戦の結果を伝える新聞の切り抜《ぬ》きの一部だ。写っているのは、ヘルメットをうしろにずらしてトロフィーを掲《かか》げるおれだ。もう一枚の写真も似たようなものだが、ずっと古そうだ。写真の構図はほぼおなじだ。若い選手がおなじトロフィーを掲《かか》げている。どうしてだかわからなかったが、その写真の若者に、見覚えがあるような気がした。でも、そんなバカな。どうして、その若者を知っているなんてことがあるだろう。知っている人などだれひとりいないのに。

フィッツウォーレス校長はじっとおれを観察していた。「きみのお父さんだよ。かつて、唯一《ゆいいつ》きみとおなじ州大会で優勝したときのものだ。お父さんがきみとおなじ年のころにね」

ワオ。親父がおれのことをチャンプと呼ぶのも無理はない。親父のこともチャンプと呼ぶべきなんだろう。

おれは校長にいった。「父が州大会で優勝したなんて知りませんでした。というか、知っていたんでしょうけど……」

「ちょうど、それについて話したかったんだよ。さあ、チェース、すわって」フィッツウォーレス校長は手で椅子《いす》をさしていった。「正直にいうと、きみがはじめてなんだ。これまで、記憶喪失《きおくそうしつ》に苦しむ生徒はいなかったからね。きっと、ずいぶん混乱しているだろうね。すこしばかり恐怖《きょうふ》も感じてるんじゃないかな？」

「すごく変な感じです。だれひとり覚えていなくて。たくさんの人に囲まれているのに、ひとりぼっちみたいな気がします」

校長は机のむこうの椅子《いす》にすわった。「きみには、なんとか、すこしでもすごしやすくしてあげたいと思っているんだ。教師と学校スタッフ全員に通達してあるから、準備はできている。もしなにかあったら、だれを通じてでもいい、わたしに知らせてほしい」

おれはお礼をいった。校長が本気でいってくれているように思ったからだ。

「それから、もうひとつ」校長は椅子《いす》の背にもたれかかって、ゆっくり注意深く話しはじめた。なにひとつ、いいまちがえないように気をつけてでもいるように。「きみに起こったことはとてもおそろしいことだった。だが、きみにとってはとても貴重な、新たなチャンスだともいえると思うんだ。完全にフレッシュなスタートを切って、なにもかも根底から築きなおすチャンスだ。どうかむだにしないでほしい。きっと、自分がラッキーだとは思っていないだろうけど、いまのきみのような立場に立ちたいと考える人は、何百万人といるだろう。目の前にまっさらなキャンバスが広がるきみの立場に」

おれは校長を見つめ返した。いったい、なんの話なんだ？　おれは、おれがどんな人間だったのか見つけようと必死なのに、この人はおれに変われといっているんだろうか？

おれはいったい、どれほどひどい人間だったんだろう？　まったく別の人間になった方がいいといわれるだなんて。

4 ブレンダン・エスピノーザ

「ここランチルームでは、現代ミドルスクールに生息する多様性に満ちた野生生物を観察することができる。いま、目の前にあらわれたのは、チアリーダー族イケテル科の草食動物たちで、サラダバーで草を食《は》んでいる」

ぼくはブリタニー・バンダーベルデとラティーシャ・バッツに焦点《しょうてん》を定めた。ふたりはレタスとキュウリ、トマトのスライスなどを優雅《ゆうが》に品定めしているところだ。動画を撮影《さつえい》するとき、画面がぶれないように、片方の前腕《ぜんわん》にカメラをのせて撮《と》る。カメラがぶれなければ、それだけでユーチューブ上の画像はかなりまともに見えるもんだ。

「うっとりとした視線を投げかけるのは、ピザ・テーブルの方向だ」ぼくはナレーションをつづけた。「いや、そんなことではいけない。チアリーダー族にとって、食べ物といえばバラ色のラディッシュや、脂肪分《しぼうぶん》ゼロのドレッシングで飾《かざ》られたものでなければならないのだから。おや、ちょっと待てよ……」ぼくはカメラをひいて、食べ物を山のようにのせたトレイを手に、列からでていくジョーダン・マクダニエルを画面にとらえた。「こんなことがありえるのだろうか？　答えはイエスだ！　貴重種のブキッチョ族デキソコナイ科のジョーダンが、人のあいだを縫《ぬ》うように、いちばん近いテーブルにむかった。おまえならできる、ブキッチョ族……。おーっと、スープがこぼれ、オレンジは床《ゆか》をころがって……」ああ、あほらしい。やめておこう。リアルなできごとに解説なんていらないか？

「さあ、比較的《ひかくてき》安全な精算待ちの列から、いよいよライオンの巣穴へと足を踏《ふ》み入れよう」ぼくは部屋のすみにあるテーブルへと、カメラをゆっくりパンした。そこにはアーロン・ハキミアンとベア・ブラッキー、その他のアメフト選手たちがいて、多すぎる量を食べながら、でかすぎる声で笑っている。

「ここが肉食動物たちの領域だ。弱い動物たちはけっして近よろうとしない」そんなのあたりまえだ！　多少の手ブレは起こってしまうけど、ぼくは最大限にズームアップしたレンズをむけている。わざわざ近づいて、このビデオカメラを餌食《えじき》にさせたりするもんか。

「だが、リーダーはどこだ？　ピラミッドの頂点に立つ捕食《ほしょく》動物は？　まさかレジでドライフルーツ入りのクッキーを買っているのがそうなのか？　いや、たしかにそうだ。アメフト族ヒーロー科の百獣《ひゃくじゅう》の王、大型種も小型種も、雷《かみなり》のような足音をきくだけで震《ふる》えあがるといわれる、あの伝説の生き物だ。さあ、その堂々《どうどう》たる歩みでむかうのは……」

チェース・アンブローズは、とうぜん、アメフト仲間たちのところにむかうのだろうと、カメラをそちらにパンする。ところが、あいつはフレームから消えた。思わず顔をしかめてしまった。やつは仲間のところではなく、どこか別のところへいってしまった。あわてて、やつをフレーム内にとらえて、なんとかナレーションをつづける。

「ちょっと待てよ。全能アメフト族が方向を変えたぞ。なんと、たったひとり、別のテーブルにむかうではないか。その行き先は神のみぞ知る。さあ、やつは進む。進んで進んで……」

なんてこった！　やつはこっちにむかってる！

ぼくは大あわてでカメラをちがう方向にむけた。あまりのいきおいで空気を焦《こ》がすぐらいだ。やつは、ぼくの目の前にそそり立った。手には食べ物がのったトレイを持っている。

チェース・アンブローズが、どうして、よりによってぼくみたいな下賤《げせん》の者のそばに？　まさか、こいつとその仲間たちをユーチューブで笑い者にしているのを、知られてしまったのか？

だとしたら、ぼくは死んだも同然だ。いや、同然じゃなく、もう死んでいる。

ぼくがこいつと最後にお近づきになったのは、こいつとネアンデルタール人たちが、テザーボールのポールをはさんで立ちふさがり、とつぜん、ゲームをしかけてきたときだった。あのとき、ぼくはボールが先端《せんたん》についたロープで、オーブンのなかの七面鳥のようにぐるぐる巻きにされてしまった。もし、あの日、ゴミ収集人たちがこなければ、ぼくはいまもまだあそこにいたかもしれない。ぼくはほんとうにラッキーだった。ゴミ箱のなかにいたわけではなかったんだから。

やつらはジョエル・ウェバーをこっぴどくいじめ抜《ぬ》いて、とうとう全寮制《ぜんりょうせい》の学校へ追いはらってしまった。

「この席、だれかくる?」チェースがたずねた。

ぼくはちらっとやつの顔を見た。どういうつもりなのか、表情をさぐろうと思ったからだ。やつは、ただそこにつっ立っている。ぼくのことなんか、これまで一度も見たことがないとでもいったような顔をして。ぼくは心のなかで悲鳴をあげていた。「警戒警報《けいかいけいほう》! 警戒警報《けいかいけいほう》!」でも、ぼくは大声で答えていた。「いいえ、あいてます!」

やつは席につくと、ナプキンを広げて、膝《ひざ》の上においた。嘘《うそ》じゃないんだから! まるで、文明人みたいじゃないか。視線を落とした先の、ぼくの膝《ひざ》の上にはナプキンなんかないし、カフェテリアじゅうさがしたって、だれの膝《ひざ》の上にもないだろう。

これほど、不気味なこと、経験したのははじめてだ。ただ……。

あの噂《うわさ》はほんとうなんだろうか? この夏、偉大《いだい》なるチェース・アンブローズが、自宅の屋根から落ちて頭を打ったというのは、この街で最大のニュースだった。顔には切り傷やすり傷がのこっているし、腕《うで》を三角巾《さんかくきん》で吊《つ》っている。でも、学校じゅうにでまわっている噂《うわさ》というのは、こいつが記憶喪失《きおくそうしつ》だというものだ。事故以前の記憶《きおく》をすべて失ってしまったという。そんなこと、ただの噂《うわさ》だと思っていたんだけど……。でも、アメフト仲間とではなく、わざわざぼくの前の席にすわる理由を説明するには、それ以外に考えられないじゃないか。それに、まるで人間みたいなふるまいをする理由もだ。

ぼくは手にビデオカメラを持ったまま、食事にもどった。正直いって、肉食獣《にくしょくじゅう》の正面にすわっているのは、びくびくものだ。記憶喪失《きおくそうしつ》かどうかは関係ない。記憶喪失《きおくそうしつ》というのは、ごく一時的なものなんだと、なにかで読んだことがある。もし、とつぜん、記憶《きおく》がよみがえったりしたら、こいつのそばにいたというだけで、エッグサラダ・サンドイッチを鼻につっこまれるかもしれない。

そのとき、やつがチキンのバーベキューをナイフで切るのに苦労していることに気づいた。なまくらなプラスチックのナイフじゃ、そもそもたいへんなのに、片腕《かたうで》は胸に固定されているときた。やつは必死だ。額には汗《あせ》の粒《つぶ》が浮《う》いている。

思わず、ぼくの口から、とんでもなくバカげたことばがとびだしていた。「それ、手伝おうか?」

「ありがとう、でもだいじょうぶ」やつはナイフを動かしつづけている。でも、ぜんぜん切れない。やつのフラストレーションが高まっているのがわかる。

自分でも、なんでそんなことをしたのか説明できない。ぼくは立ちあがって、長いテーブルをまわってむこう側にいき、チェースのうしろにまわっていった。「手が二本あれば、楽なんじゃない?」

チェースはさらにもうすこし、ひとりでなんとかしようとしていたが、ついにあきらめてため息をついた。「手づかみで食べた方がいいのかも」

そして、このぼくは、カフェテリアのどまんなかで、百獣《ひゃくじゅう》の王におおいかぶさるようにチキンを切り刻んだ。その最中に、ショシャーナ・ウェバーが通りかかったのが見えた。その目つきは、ショックとおどろき、そして、許せないという感情が完全に混じりあったものだった。いや、そうじゃないかも。ただ単に、どうしてそいつの頸動脈《けいどうみゃく》じゃなくて、肉を切ってるの？　と問いかけているのかも。

切り終わってナイフをおろし、やつの手にフォークをもどした。

「ありがとう」やつは照れくさそうにそういった。

「たいしたことじゃないから」ぼくは自分の席にもどってすわった。と思ったら、床《ゆか》にはげしくしりもちをついていた。

まわりじゅうで、下品な笑いの大合唱が起こった。そのときになって、やつのアメフト仲間にとり囲まれていることに気づいた。ベアがぼくがすわっていた椅子《いす》で、ぼくを床《ゆか》におさえつけた。

「なあ、チェース、テーブルまちがえてるぞ」アーロンがいった。「さあ、こいよ。おまえの席はとってあるからな」

そして、よってたかってチェースをつかまえ、ライオンの巣穴へと、ひっぱっていく。

その数秒後、ぼくをおさえていた椅子《いす》をだれかがどかしてくれた。おまけに、ぼくを立たせてくれた。

　チェースだった。

「ごめんな」チェースがもうしわけなさそうにいう。

「こいって！　こっちだぞ！」怒鳴《どな》り声がとんでくる。

　チェースはためらっている。

「あれはチームメートだよ。そんでもって、きみの親友」万が一、覚えていないのかもと思ってぼくはいった。

「そうだな」

　もし、こいつのことをよく知らなかったとしたら、そのようすを見て、あんまりうれしそうじゃないと思ったかもしれない。

　席にもどったぼくは、カメラをとりだした。このあいだずっと、カメラが作動していたことに気づいた。もちろん、画像は撮《と》れていないけれど、音声は録《と》れている。

　もしかしたら、あとになって、その音声をきくかもしれないと思った。チェース・アンブローズとの遭遇《そうぐう》を証明するために。伝説を語り継《つ》ぐために。

5 チェース・アンブローズ

小さな女の子を見かけるたびに、あの記憶《きおく》がよみがえる。白いレースの縁取《ふちど》りがある、青いドレスを着たブロンドの髪《かみ》のあの女の子だ。

どうしてなのかはわからない。たったひとつの記憶《きおく》だから、忘れられないというだけなのかもしれない。いったい、どこでその子を見たのか、なんとしても思い出したいのに、それができない。

公園の雲梯《うんてい》で遊んでいる子を見かけたときに、またあの子のことを考えていた。ほぼ一か月ぶりに腕《うで》の三角巾《さんかくきん》がとれた最初の日のことだった。その一か月は永遠にも感じられた。ある意味では、ほんとうに永遠だったのかもしれない。あの事故以前のことは、なにひとつ思い出せないんだから。

きつく拘束《こうそく》されていた腕《うで》が自由になったよろこびを感じながら、歩いていた。すごくいい気分だった。それが「ふつう」のことだから。学校にもどってからの二週間は、なにもかもが「ふつう」じゃなかった。だれもかれもが自分のことを知っているのに、自分はだれひとり知らないし、まったくなじみのない場所にいるというのは、「ふつう」とは正反対の状態だ。

そんなことを考えているときだった。ジャングルジムを自由自在にとびまわっている女の子に気づいたのは。それはヘリーンだった。腹ちがいの妹の。トンネルをくぐったり、滑《すべ》り台をすべったり、すぐにまたかけのぼったりと、大はしゃぎのヘリーンはすごくかわいらしかった。すこしばかり、無鉄砲《むてっぽう》なんじゃないかと思うぐらいだ。特にてっぺんにいるときは。わが家には高いところから落っこちる伝統があることを知るには、幼すぎるのかもしれない。

そう思った瞬間《しゅんかん》、ヘリーンは滑《すべ》り台のてっぺんで手すりをつかみそこね、横に落ちてしまった。考える前に体が動いて、とっさにヘリーンを受けとめると、遊びのうちだとでもいうように、そのままブンブンふりまわしてやった。ヘリーンはキャッキャッと声をあげてよろこび、両手を広げた。おれは飛行機の音を口真似《くちまね》して、調子をあわせてやった。

ヘリーンはすごく楽しそうだ。おれは二重にうれしかった。そんなことをしても、肩《かた》はなんでもなかったからだ。おれたちふたりは、とても楽しい時間をすごした。ヘリーンがおれに顔をむけるまでは。

「ママー!」ヘリーンは公園じゅうにひびきわたるような悲鳴をあげた。

「だいじょうぶだよ、ヘリーン。おれだよ。チェースだ。お兄ちゃんだよ」

「おろして!」ヘリーンは顔を真っ赤にして泣きだした。

地面におろすと、ヘリーンはコリーンにむかって一直線に走っていった。コリーンもこちらにむかって走ってくる。最高じゃないか。親父の家族は、最初っからおれのことをおそれていて、いまや虐待《ぎゃくたい》でもされると思っているみたいだ。

「ごめん」つぶやくようにいった。「こわがらせるつもりはなかったんだけど」

「わたし、見てました。ヘリーンを受けとめてくれてありがとう」

コリーンのことばにはなにもおかしなところはない。その口ぶりがバカ丁寧《ていねい》で、他人行儀《ぎょうぎ》だってだけだ。義理にしろ息子《むすこ》なのに、まるで赤の他人あつかいじゃないか。

ヘリーンは母親のセーターに顔をうずめて、けっしておれを見ようとしない。

「おれのこと、あんまり好きじゃないみたいだね」

コリーンの表情がゆるんだ。「あなたのこと、すこしこわがってるの」

「こわがる？」顔を見るたびに、すくみあがるほどこわがらせるなんて、四歳《さい》の女の子に、おれはいったいなにをやったんだろう？

その考えを打ち切るように、大きなクラクションの音がした。小型トラックが道路脇《わき》によってとまった。ボディに「アンブローズ・エレクトリック」と書かれたトラックだ。

運転席のウィンドーがおりて、親父が頭をつきだした。「コリーン、五時半ちょうどにグリルに火を入れろ！　見たこともないようなでっかい肉を持って帰るからな」そこでおれに気づいた。「よお、チャンプ、こんなところでなにやってんだ？　アメフトの練習じゃないのか？」

おれは否定するように手をふった。「医者の命令だよ。忘れたの？」

「腕《うで》は治ってるじゃないか！」

「うん、いい感じだよ」それから頭を指さした。「問題は脳震盪《のうしんとう》の方だから」

親父は顔をしかめた。「ふん、なにが医者だ。ほっておいたら、一生おまえは真綿《まわた》にくるまれたままになるぞ。で、晩飯にこないか？　極上《ごくじょう》のステーキだぞ。おまえの母さんがだしてくれる、ウサギの餌《えさ》みたいなもんじゃ、体力はもどらないぞ」

「ありがとう。いつかまた」おれはすこしためらってからつづけた。「校長室の壁《かべ》に貼《は》ってある、親父の州大会優勝の記事を見たよ。知らなかった。ていうか、知ってたはずなんだけど……」

親父は明るく笑いとばした。「あの学校出身のアスリートはたくさんいるけどな、本物はひとにぎりだ。それがアンブローズ家の男なんだよ、チャンプ。おまえの兄貴みたいに、母さんに甘《あま》やかされてだめにされるなよ」

親父は走り去った。けたたましいバックファイヤーの音をのこして。

「パパ、バイバイ！」ヘリーンが叫《さけ》んだ。

「バイバイ、ヘリーン」おれはそういった。

目があった瞬間《しゅんかん》、ヘリーンは目をそむけた。

おれがハイアワシー・ミドルスクールで有名人なのはまちがいない。ただ、わからないのは、ワルとして有名なのか、いいやつとして有名なのかってことだ。

運動選手として有名なのはたしかだ。すくなくとも、けがをするまでは。友だちはみんな運動選手のようだ。大半はアメフトの選手だ。こいつらは、おれの事故をきいて、ずいぶん心配したんじゃないかと思う。今シーズンは出場できないことについて、ときどき不満の声を耳にする。でも、ほとんどの連中は、おれがぶじだったことにほっとしている。

この学校のアメフト・チーム、ハイアワシー・ハリケーンズの選手たちは、学校の王様といっていい。昏睡《こんすい》から目覚めてから学校にもどるにあたっては、これはとても役に立った。なにせ、おれは元キャプテンだ。王のなかの王といってもいい存在だったんだ。とはいっても、正直なところ、どんな風にこいつらとつきあっていたのか、思い描《えが》くのはむずかしい。どいつもこいつも騒《さわ》がしくて、がさつだ。絆《きずな》がかたいとはいえ、年がら年じゅう、どつきあったり、こづきあったりしている。おたがいに、ののしりあうのもしょっちゅうだ。深い意味なんかないんだろうけど、見ていてうんざりさせられる。

おれもこんな風だったんだろうか？　おれが、かつて、おれだったときには。ありもしないシャツのしみを指さして、油断したすきにいきなり顔をひっぱたく、なんてことをやってたんだろうか？　やつらの母親や、おばあさん、ひいおばあちゃんの悪口をさんざんいったりしてたんだろうか？　たぶんそうなんだ。たとえそうだとしても、そのときはそのときで、いまはいま。おれは途《と》方《ほう》に暮れている。脳震盪《のうしんとう》のせいで。いまでは、こいつらのやることについていけない。

アーロンとベアは、最悪の事態からは守ってくれる。

「おいおい、手加減しろよ。こいつはけがをしたんだぞ」といったり、じゃれあいのパンチやエルボースマッシュがくりだされると、おれの前にでて代わりに受けて衝撃《しょうげき》をやわらげてくれたりする。その点はありがたかった。それでもやはり、おれがかつてのチェースじゃないという事実を変えることはできない。おれのことを守ろうとするのもやめてくれと、祈《いの》ったほどだ。おれは弱虫は大きらいだ。ほかのみんなは、おれを強い男としてあつかう。でも、ほんとうはそうじゃない。それはわかった。でも、おれに強さがもどるまでは、そのふりをしていられるんじゃないかとも思う。

最後にもうひとつ、アーロンとベアは、ほかのだれよりも、おれをイライラさせる。しつこく質問をくり返すからだ。なにを覚えてるんだ？　まだ、記憶《きおく》はもどらないのか？　医者は、いつもどるっていってるんだ？　いつになったら、むかしのおまえにもどるんだ？

答えられることはなにひとつないので、おれはたったひとつの記憶《きおく》をくわしく話す。青いドレスを着た女の子の記憶《きおく》だ。ふたりは、真剣《しんけん》に集中して耳をかたむける。

「で？」アーロンが目を大きくひらいてきいた。

「それだけだよ。それがたったひとつ覚えてることなんだ」

「だけど、だれなんだよ、その子は？」ベアもたずねる。「その子をどこで見たんだよ？」

おれは肩《かた》をすくめる。「わからない。それだけだ」

ふたりは、長いあいだおれをじっと見つめ、最後に大笑いした。

おれはとまどった。「笑うようなことじゃないだろ！　ほかに話すことがあれば、もっと話してるさ。おまえら、記憶喪失《きおくそうしつ》ってことばの意味、わかってんのか？」

「おちつけって」アーロンがおれの肩《かた》に腕《うで》をまわしていった。「おれたちがついてるから。とことんまでな！」

アメフト選手たちを別にすれば、ほとんどの生徒はおれを遠巻きにした。おれが教室に入ると、おしゃべりがぴたりとやむ。廊下《ろうか》を歩いていると、みんなロッカーの方に顔をそむける。学校じゅうのみんながおれの記憶喪失《きおくそうしつ》の話をきいて、気味悪く思ってるんだろうと理解した。

でも、それだけでは、説明のつかないことがある。たとえば、こんな女の子がいた。教科書をたくさん載《の》せたカートをおしていたその子は、おれとならんで歩いているのに気づいた瞬間《しゅんかん》、目玉がこぼれ落ちそうなぐらいおどろいて、急に方向転換《てんかん》したせいで、廊下《ろうか》の壁《かべ》にぶちあたってしまった。教科書は四方八方にとびちった。その子が床《ゆか》に落ちた教科書に足をとられてたおれそうになったので、おれはとっさに腕《うで》をつかんでささえた。するとその子は信じられないぐらいにとり乱した。

「やめて！」

あまりの大声に、一瞬《いっしゅん》にしてまわりじゅうの注目を集めてしまった。

おれにはわけがわからなかった。「教科書、拾うの手伝おうか……」

「いいえ！」そういって、その子はカートをおしながら廊下《ろうか》を走り去った。さらに教科書をばらまきながら。

おれがなにをしたっていうんだ？

放課後、アーロンとベアにそのときのことをたずねてみた。ふたりはその質問を史上最高にバカげたもののように笑いとばした。

「どうでもいい連中に好かれないからって、それがなんだっていうんだよ」ベアがいった。

「いや、そういうことじゃなくて、あの子は、おびえきってたんだ。なんで、ああなったんだと思う？」

ふたりはちらちらと目くばせをしあった。「なあ、おまえはほんとうに記憶《きおく》をなくしたんだな」アーロンがいった。

「なんだよ、ちゃんと話してくれよ！」

ベアはイライラしはじめた。「時間がないからな」

「なんでだよ？　練習はない日だろ？」

「白ひげの館《やかた》に三時半までにいかなきゃならないんだ」

「なんだよ、それ？」

「まだあと二か月、おれたちはそこで社会奉仕《ほうし》活動をしなくちゃいけないんだよ」ベアが答えた。「ポートランド通りにある老人介護施設《かいごしせつ》だ。そこで、くたばりぞこないのじじいやばばあの世話をするんだよ。だれもかれもが屋根から落ちたからって免除《めんじょ》されるわけじゃないんだからな」

「おれもやってたのか？」思い出せないことだらけだとはいっても、社会奉仕《ほうし》活動が学校の居のこり勉強とはわけがちがうことは知っている。それは命令を受けたってことだ。法廷《ほうてい》から。もしくは裁判官から。

おれはなるべくさりげない態度をとった。このふたりの親友にだけは、意気地《いくじ》なしだと思われたくない。「おれたち、いったいなにをやらかしたんだ？　社会奉仕《ほうし》活動を命じられるなんて」

「たいしたことじゃないって」アーロンがあざ笑うようにいった。「ピアノに、爆竹《ばくちく》をいくつかしかけたんだよ。学校のパーティーの日にな。すごかったんだぞ！　警察ってのは、公共物の破壊《はかい》にはうるさくてな。世界じゅうでピアノの数がたりないみたいに騒《さわ》ぎ立てやがって」

「それって、おれたち……」なるべくさりげなくしようとしても、むずかしかった。「逮捕《たいほ》されたってことなのか？」

「もう時間だ」ベアがいう。

「そうだな」アーロンはおれの顔を見ていった。「いいか、よくきけよ。あの事故の前のことを、なにひとつ思い出せないってことで、おまえが悩《なや》んでいるのはわかってる。だからちょっとばかり、くわしいことを教えておく。おれたちのチェースはな、そんじょそこらのやつらとちがって、ちょっとばかりの爆竹《ばくちく》ぐらいで大騒《おおさわ》ぎするマヌケどもをいちいち気にかけるような人間じゃないんだ。おれたちは、やりたいことをやって、めんどうに巻きこまれたってだけだ。ただ、それだけのことなんだよ」

「ただ、それだけのこと」おれはオウム返しにいった。いかにも、ためしにいってみただけといわんばかりに、さりげなく。「そうだよな。だれもけがなんかしなかったんなら、たいしたことじゃないよな」

ベアはにやりと笑った。「ああ、そうだ。だれもけがなんかしてないさ」

「この学校で問題なのはな」アーロンがつづけた。「みんながおれたちのことをやっかんでるってことなんだよ。まあ、それもしかたない。おれたちはやりたいことをやる。だれにもじゃまされずにな。おとなたちだってやっかんでる。たぶんやつらは、子どものころ、みんな負け犬だったからさ。だから、校長のフィッツウォーレスだろうが、裁判官だろうが、おれたちをひっぱたくチャンスが訪れたら、はげしくやるってわけだ。めったにこない仕返しのチャンスなんだからな。だから、深刻に考えることはないんだよ」

おれは、よくわかったというようにうなずいた。「不公平な話だな」

ベアがにやりと笑う。「おれはな、ときどき枕《まくら》を涙《なみだ》でぬらしながら眠《ねむ》りにつくんだ。世の中の不公平を思ってな」

おれは声をあげて笑った。アーロンもベアも、爪《つめ》のあいだに燃えた火箸《ひばし》をつっこまれても泣くようなやつらじゃない。世界一のタフガイたちだ。

「正直に話してくれてありがとう」それは本心だった。「おふくろは、そのあたりのこと、うやむやにしようとしてるんだ。どういうつもりなんだか、よくわからないんだけどな。たぶん、思い出さなければ、なかったことにできるとでも思ってるんだろうな」

アーロンは肩《かた》をすくめた。「母親なんてそんなもんだろ。みんな似たようなもんだ。おもしろいことは、なんでも悪いことだと思ってるんだよ」

「そこんところ、親父にも警告されたよ。おふくろに甘《あま》やかされるんじゃないぞ、って」

「おまえの親父は最高だからな！」ベアが叫《さけ》んだ。「この地区で史上最高のアメフト・チームのメンバーだったんだぞ。もちろん、おれたちのつぎだけどな。おまえがもどってきたら、おれたち、負け知らずだ！」

そこで、ふとわれに返った。今シーズンの出場が無理なことを、ベアはだれよりも知っている。おれは考えた。まじめに従うべきなんだろうか？　親父はそうは思っていない。クーパーマン先生のことばを真に受けているのは、甘《あま》やかし屋の母さんだ。

母さんは、どれぐらい信頼《しんらい》できる人間なんだろう？　おれの過去の重要な部分をかくそうとしてる張本人じゃないか。アーロンとベアがいなければ、けっして知ることはなかっただろう。
いったい母さんは、ほかにどんなことをかくしているんだろう？

その日、仕事から帰ってきた母さんを玄関《げんかん》で待ちかまえて、面とむかっていってやった。「どういうつもりなんだよ？」

母さんは、すっかり面くらっている。おれはつづけた。「おれが記憶喪失《きおくそうしつ》になって、相当ショックを受けたんだろうけど、おれの人生をすこしばかりねじまげる余裕《よゆう》はあったみたいだね！」

「ねじまげるって？」

「おれには知る権利があるとは思わなかった？　おれとアーロン、ベアの三人が逮捕《たいほ》されて、社会奉仕《ほうし》活動を命じられたってことを」

母さんはすぐには答えなかった。バッグを置き、ジャケットを脱《ぬ》ぎ、リビングルームへと入っていき、くずれるように椅子《いす》にへたりこんだ。ようやく、こういった。

「あなたはものすごくたいへんな危地を乗りこえようとしてるところなの。動揺《どうよう》させるようなことを、あれこれたくさん話してきかせたところで、それが、助けになると思う？」

「たくさん？　ほかにもたくさんあるってこと？　いったい、どれぐらいかくしてるの？　ちょっとした楽しい物語を」

母さんは心の底から悲しそうだ。「わたしはね、世界の終わりまであなたを愛し、ささえていくつもりよ。それはわかってちょうだい。これまでも、いつだってあなたのなかに、いいところを見つけようとしてきたの。ねえ、チェース。わたしはね、ずっと深いところでは、あなたはいい人間なんだと信じてる。だけど、あなたはやりたい放題だった」

苦々《にがにが》しい場面が頭をかすめた。目をそらす顔、顔、近づくだけですくみあがる子どもたち、体じゅうで表現する恐怖《きょうふ》。それから、怒《いか》りにまかせて頭からフローズン・ヨーグルトをぶちまけた、頭のおかしい女の子のことも。あの子は、頭がおかしいわけじゃないんだとしたら？　おれはいったい、なにをやらかしたんだろう？

おれはそこで、アーロンとベアとの会話を思い出して考えた。ものごとには、常にふたつの方向からの見方があるものだ。母さんは正反対の見方をしているだけなのかもしれない。でも、それも無理はない。母さんの息子《むすこ》は、問題を起こしたんだから。社会奉仕《ほうし》活動を命じられるほどのものといえば、それはかなり大きな問題だ。

「まあいいよ。たしかに、ほめられるようなことじゃなかったんだから。でも、わからないのは、なんで学校は、それぐらいのことを大ごとにしなくちゃいけなかったのかってことなんだ」

母さんは、おれをじっと見た。「あんなことをしでかしておいて、どうしてあなたたちはそんなことがいえるの？」

「その、しでかしたことをなんにも覚えていないからだよ！　それにしたって、たかが爆竹《ばくちく》だろ。手榴弾《しゅりゅうだん》でもあるまいし。ほんのちょっとしたいたずらじゃないか！」

母さんの顔つきがきびしくなった。「ええそうね、危《あや》うく心臓発作《しんぞうほっさ》を起こしかけたかわいそうな音楽家のことなんか、なにも気にすることないわよね。問題は講堂じゅうの人たちが、テロに襲《おそ》われたと思ったことだけなんだし。あのパニックのなかで、けが人がでなかったのはほんとうに運がよかったこと。フィッツウォーレス校長が警察に通報したときに考えたのも、それだったと思うわよ」

母さんがほんとうのことを話していて、心から恥《は》じているのがわかった。でも、アーロンとベアから見れば、学校はおれたちをこらしめたくて大騒《おおさわ》ぎしただけだってことになる。いったい、どっちがほんとうのことをいってるんだ？　母さんは、おれをビビらせるために、わざと大げさにいってるんだろうか？　親父がいうように、母さんはおれを甘《あま》やかしているから？

記憶喪失《きおくそうしつ》になったとき、おれは十三年分の自分をすべて失った。記憶《きおく》の穴を埋《う》めるには、ほかの人をたよりにするしかない。それにしても、人によっておれの人物像は微妙《びみょう》にちがっている。母さん、親父、友だち、学校の生徒たち。あのヨーグルト娘《むすめ》もだ。はっきりわかるのは、食堂のおばちゃんたちの方が、よっぽどおれのことをわかってるってことだけ。

だれを信じればいいいんだろう？

6 ブレンダン・エスピノーザ

「預言者は、どこでも敬われないことはない。ただし、郷里、親族、家族のあいだではちがう」これは聖書のマタイ伝にでてくることばだ。

この原則はユーチューブにもあてはまる。人類はじまって以来の傑作《けっさく》動画を撮《と》ろうというのに、だれひとり手伝ってくれるものがいない。

「なあ、たのむよ」ぼくはハイアワシー・ミドルスクールのビデオクラブの仲間たちに、手をすりあわせてたのんだ。「全員に歯医者の予約があるなんておかしいだろ！　確率論的にありえないんだよ！」

「わかった、わかった」ヒューゴ・バーバーグが降参したとでもいうように両手をあげた。「たしかに歯医者の予約はないよ。だけどな、おまえを手伝いたくないのは、これがむちゃくちゃな計画だからだぞ！」

「関係ないだろ？」ぼくはいい返した。「それはぼくの問題なんだから。いちばんたいへんなところをやらせようなんて思ってないから。ただ、サポート役がほしいだけなんだ。なあ、ショシャーナ、手伝ってくれよ」
「百万年たってもおことわりよ。そんなバカなこと、ひとりでやれば？」

「共同プロデューサーってクレジット入れてもいいよ」

「あら、すてき」ショシャーナはバカにしたように答えた。「逮捕《たいほ》されたとき、警察にスペルを教えるのに便利だね。わたし、やんないから。ねえ、ブレンダン、まともな頭があるんなら、やめときなって」

はいはい、わかったよ。ヒューゴもだめ、ショシャーナもだめ、バートンもほかの部員全部もだ。モーリシアにいたっては、いっぺん精神科で診《み》てもらったら？　とまでいった。

ぼくはロッカーにもたれかかって、みんなが立ち去るのを見ていた。忠誠心はどこにいった？　クラブの精神は？　創造の炎《ほのお》はどこにいってしまったんだ？　裏切りはこたえたけれど、このアイディアを葬《ほうむ》り去らなきゃならない方がつらい。まちがいなくバズるはずなんだ。でも、作らなければバズることもない。

ぼくは混雑した玄関《げんかん》ホールを見まわした。みんなリュックを背負って、いまにも帰ろうとしている。だれか知ってるやつはいないか？　実際のところ、ほとんど全員を知っている。ただ、だれもぼくと目をあわそうとしないだけだ。ぼくは学校一の人気者ってわけじゃない。なんでだかはわからないけど。こう見えても、ビデオクラブの部長という重要人物だし、二年連続で学業十種競技のチャンピオンなんだけど。それを考えると、きょうの放課後なにをするの？　とおしかける生徒がひとりもいない理由がわかる気がする。つまり、そもそもぼくの存在をだれも知らないってことなんだ。

そのとき、通りすぎる人波のなか、だれかがぼくに気づいてロッカーのところまで近づいてきた。かんべんしてくれ、チェースじゃないか！　この完璧《かんぺき》な放課後に、最高の仕あげってわけだ。動画を撮《と》れずに終わるどころか、女子の更衣室《こういしつ》にあるフックに、ひっぱりあげたパンツでぶら下げられて終わるってことだ。

やつは立ちどまって、顔をしかめてぼくを見た。こいつはだれだったっけと、思い出そうとしているみたいに。だれもがみんな自分のことを知っているのに、だれのことも思い出せずに学校のなかを歩きまわるっていうのは、すごくおかしな気分にちがいない。見たことのある顔は、たとえそれがぼくなんかでも、目をひいたんだろう。

「食堂で」ぼくはおずおずいった。「なんていうか、いっしょにランチを食べそうになったよね。ぼく、ブレンダン」

ぼくを思い出して、チェースの顔はほっとしたような、照れくさそうな笑顔《えがお》になった。腕《うで》の三角巾《さんかくきん》はとれていて、顔の切り傷やすり傷もうすれていた。

「チェースだよ」そう自己紹介《しょうかい》する。

ぼくは思わず笑ってしまった。

「みんな知ってるよ」

何度もおそろしい夢のなかで見たこの顔を、忘れるわけがない。ジョエル・ウェバーがいなくなったいま、つぎの獲物《えもの》リストにぼくの名前があるのはたぶんまちがいない。ハロルドとでも名乗っておけばよかった。もう手遅《ておく》れだけど。

その一方で、頭に負ったけがのせいで、チェースがアメフト・チームをはなれたという噂《うわさ》もある。そして、たしかに去年とは別人のように見える。一度でもチキンを切ってあげたら、二度とおどされずにすむってことなのかもしれない。

そこでぼくは、不可能に挑戦《ちょうせん》してみた。「ねえ、チェース、このあと、なんか用事ある?」

チェースは肩《かた》をすくめた。「いや、なんで?」

さらにもうひとおし。「ぼくはこれから、ユーチューブにあげる動画を撮《と》るんだけど、サポート役が必要なんだよね。手伝ってもらえないかな?」

ぼくのなかの一部は絶叫《ぜっきょう》していた。「やめろ! やめるんだ!」

チェース・アンブローズみたいな人間と、おなじ世界でただ生きているというのと、ほかのだれもやりたがらない仕事に誘《さそ》うのとでは、まったく別の次元の話だ。

結局、チェースははっきりとイエスといったわけじゃない。ただ、ぼくについてきた。ぼくは道々《みちみち》説明した。その動画の内容を説明し終わったときも、チェースはぼくのことをイカれてるとはいわなかった。ただ、声をあげて笑って、それ、冗談《じょうだん》だろ？　といっただけだ。

「なにかおかしいことをやろうとしてるからといって、それを冗談《じょうだん》だとかたづけないでほしいんだ」ぼくはまじめにいった。「コメディっていうのは、すごくまじめな仕事なんだから。もし、それを見て笑ってもらえるとしたら、作る側が真剣《しんけん》にとり組んで、きちんとやりとげたってことなんだ」

チェースはぼくのいったことを、じっくり考えているようだった。「なるほどな、わかるよ。だけど、おれがそれをやるわけにはいかないだろ？　医者はきっと震《ふる》えあがるだろうな。母さんはいうまでもないけど」

ワオ！　チェース・アンブローズにも母親がいたんだ！　有名人っていうのは、巨大《きょだい》な宇宙船からでた光の柱のなかを、地球までくだりおりてくるもんなんだろうと思ってた。

「やるのはぼくだから」そう約束する。「きみには第二カメラをお願いしたいんだ」

ぼくたちは三輪車をとりに、ぼくの家によった。チェースは試走だといって、道路で三輪車をこぐことまでしてくれた。ゲラゲラ大笑いしながら。ぼくも声をあげて笑ってしまった。そのようすがあまりにもおかしかったから。チェースは大男だ。なので、ペダルをこぐたび、膝《ひざ》が耳にまで届きそうなんだ。

大騒《おおさわ》ぎの声をききつけて、母さんが表にでてきた。ぼくがだれといっしょにいるのか気づいた母さんは、冗談《じょうだん》抜《ぬ》きに警察に電話しかけた。まあ、無理もない。世界のチェースさまがぼくといっしょにいるとしたら、それはつまり、足をつかまれて、高い高い窓から吊《つ》るされようとしているところだといっていいんだから。

「母さん、だいじょうぶだから」ぼくは安心させるようにいった。「チェースは撮影《さつえい》を手伝ってくれるんだ」

「はじめまして」チェースが礼儀《れいぎ》正しくあいさつした。

母さんは、一瞬《いっしゅん》、口をかたく結んだ。「いいえ、はじめてじゃないけど」

ぼくは、母さんがなにかとり返しのつかないようなことをいいだす前に、チェースをひっぱって家をはなれた。ぼくたちは、順番に三輪車をこいだり、ひいたり、かついだりしながら、街の中心部にむかった。めざすはベル通りの洗車場「シャイニー・バンパー」だ。

ぼくは学校の備品のビデオカメラをチェースにわたした。チェースは店員の注意をひきつける役だ。この点に関しては、ビデオクラブのだれよりもむいている。なにせ、チェースはこの街のセレブだ。本人がスター・アスリートというだけでなく、かつてのスター・アスリートの息子《むすこ》でもあるんだから。その上、この夏、チェースに起こった事故のことはだれもが耳にしていて、ただでさえ、注目されている。おかげでぼくは、人目につかずにまんまと裏にまわり、もうひとつのカメラをとりつけたヘッドバンドを頭に巻いた。このカメラというのは、ぼくが家から持ってきた防水のゴープロだ。

順番待ちの車のうしろにしのびよると、ぼくは三輪車をコンベアーに設置した。タイヤブロックにちゃんと固定したので、あとは自動で洗車機のトンネルへと運ばれるのを待つだけだ。ぼくは三輪車にまたがり、カメラの録画スイッチをおした。心臓が高鳴る。わくわくとした緊張感《きんちょうかん》がとまらない。

この瞬間《しゅんかん》を待っていた。これぞ、真実のときだ。

コンベアーが動きだし、まず、はげしい水流が襲《おそ》いかかった。悲鳴をあげないようにするだけで必死だ。氷のように冷たい。この企画《きかく》を実行するにあたってのリサーチでは、まさか、洗車に冷たい水を使っているとは考えてもみなかった。ぼくは熱いシャワーが好きだ。車だってそうだろ？

凍《こお》りつくような冷たいシャワーをあびせられて、心臓が頭のてっぺんからとびだすんじゃないかと思うぐらいはげしく打った。がまんしろ、と自分にいいきかせるけれど、そんなの無理だ。息もできない場所で、過呼吸を起こしてしまったんだと思う。

いままさに気を失って、三輪車からころげ落ちてしまうと思った瞬間《しゅんかん》、水流がとまった。あわてて息をしながら、ちらっとまわりを見わたすと、カメラをかまえたチェースが見えた。ほっとする気持ちがわきあがった。なにより最悪なのは、これだけの苦労をしながら、それがむだに終わってしまうことなんだから。

執行猶予《しっこうゆうよ》期間はごく短かった。おつぎは洗剤《せんざい》の番だ。猛吹雪《もうふぶき》のように、しめった泡《あわ》がふりそそぐ。この機械には二種類の温度設定しかないらしい。冷たいのと、もっと冷たいの。ロボットアームの先についた巨大《きょだい》なブラシが、はげしく回転しながらぼくにせまってきた。眼鏡《めがね》が吹《ふ》っとんだことにはぼんやり気づいた。でも、たいしたことじゃない。ぼくは手を伸《の》ばして、頭につけたゴープロがまだあるのを確認《かくにん》した。洗剤《せんざい》で痛む目のかたすみで、まだちゃんと追いかけているチェースの姿をとらえた。チェースはゲラゲラ笑っているが、カメラを持つ手は安定している。それがいちばん重要。洗剤《せんざい》のすすぎがつづいた。さらなる過呼吸状態だ。そして、そのあとには、ぼくを三輪車から吹《ふ》きとばしてしまいそうな強風がつづく。正直なところ、その風は最高だった。乾《かわ》いた風で、あったかい。さらにありがたいのは、いよいよ終わりに近づいてるってことだ。トンネルの先は明るいはずだけれど、よくわからなかった。ブラシに眼鏡《めがね》をとばされたしまったせいだ。

ドアがあがると、ぼくはペダルをこいで外にでた。あやうく、三輪車でチェースをひくところだった。チェースはカメラをまわしつづけている。機械のスイッチを切った店長がやってきて、ぼくたちをこっぴどく叱《しか》りつけているあいだもだ。

「なにをやってるんだ、アンブローズ！」店長は怒鳴《どな》った。「こんなふざけたことを考えたのはおまえなのか？　下手すると、この子は死んでたかもしれないんだぞ。この街で、ほかの人間を危険な目にあわせるのは、これが最初じゃないんだからな。おまえが爆竹《ばくちく》ののこりを持ってきてないのに、びっくりするほどだ。警察を呼ぶからな」

「チェースは悪くないんです」ぼくはなんとか声をしぼりだした。「ぼくが考えたことなんです」力はほとんどのこっていなかったけれど、なんとか話しつづける。「全部ぼくのアイディアです。

ぼくのビデオ・プロジェクトなんです。チェースには手伝ってもらっただけで」

「ブレンダンなのか？」店長は目をすがめてぼくを見た。よくぞわかったものだ。びしょぬれで、半分死にかけで、どこかの時点で受けたワックス処理のせいか、肌《はだ》はぬるぬるしてるのに。

「おまえなのか？　なんでまた、こんなバカげたことを？」

「ぼくはハイアワシー・ミドルスクールのビデオクラブの部長なんです」ぼくはいった。おとなっていうのは、学校がらみのプロジェクトには甘《あま》くなるもんだ。

今回もうまくいった。イヤーブックのクラブのページに「シャイニー・バンパー」の広告を載《の》せると約束したのも効果的だった。もちろん、さんざん怒鳴《どな》られたけれど、すくなくとも警察には通報されずにすんだ。店長は、わざわざ店員を洗車機のなかに入らせて、眼鏡《めがね》を救いだしてくれることまでした。眼鏡《めがね》は右側のレンズに、小さなひびが入った程度で、ほぼぶじだった。

ぼくたちは、ぼくの家にむかった。ぼくは三輪車に乗った。立っていられないぐらい疲《つか》れていたからだ。チェースはだいじな道具一式を運んでくれた。つまり、世紀の映像が記録された二台のカメラだ。

「ごめんね、チェース」ぼくはそうつぶやいた。心から悪いと思っている。「トラブルに巻きこむつもりはなかったんだ」

チェースは不思議そうに片方の眉《まゆ》をあげていった。「どっちかというと、トラブルから救いだしてくれただろ?」

「いや、ただほんとうのことをいっただけだから。全部、ぼくのアイディアなんだし」

「あの人は、おれを警察につきだすつもりだったんだぞ」

「たしかにね」ぼくはいった。「きみの悪評のせいでね」しまった!「その、なんていうか、きみは過去にいろいろやってるからさ。たぶん、覚えてないんだろうけど」へとへとに疲《つか》れているせいで、まともに頭がまわらない。ぼくはどんどん墓穴《ぼけつ》を掘《ほ》っている。

チェースは首を横に振《ふ》った。「おれの悪評なんか関係ないさ。すごいのはきみだよ。あの店長の反応から見ると、きみはこのあたりじゃ、とびきりの有名人みたいじゃないか」

ぼくはぶっとびそうになった。オタクにして、いい子ちゃんとしてのぼくの記録は、それほどのものじゃなかったはずだ。チェースの、運動選手で、悪ガキで、学校の大物としての評判にくらべれば、屁《へ》みたいなもんだ。それでも、あの洗車場でのトラブルからのがれられたのは、チェースのではなく、ぼくの評判のおかげだった。

家に着くと、ぼくたちはこっそり二階にあがった。かわいい息子《むすこ》の、荒廃《こうはい》しきった姿を見せるわけにはいかない。このひどい姿が、チェースのせいじゃないってことを母さんに説得するのは、絶対無理だ。川で溺《おぼ》れ死ぬ寸前まで追いつめられ、ハンマーで眼鏡《めがね》をたたきこわされた、としか見えない姿なんだから。

ぼくはぬれた服を着替《きが》える時間もおしかった。それぐらい、撮《と》ってきた映像を早く見たかったんだ。チェースは興味を失って、さっさと帰るんじゃないかと思っていた。でも、そんなことはなかった。それどころか、ぼくとおなじぐらいのめりこんだ。

まずはゴープロの映像から見た。想像を絶するバカバカしさだ。吹《ふ》き荒《あ》れる泡《あわ》の嵐《あらし》、ほとばしる水、撮影《さつえい》しているときには気づかなかった、ぼく自身のあわれな声、声、声。たぶん、助けを求めているんだろうけど、ぜんぜんことばになっていない。それに、覚えている以上に、あちこちこづきまわされている。三輪車からころげ落ちなかったのが奇跡《きせき》のようだ。いちばんの場面は、ブラシがせまってくるところだ。まるで『かいじゅうたちのいるところ』にでてくる二匹《ひき》のモンスターが、くるくるまわりながら襲《おそ》ってくるみたいだ。

つぎに、チェースが洗車場のトンネルのすきまから撮《と》った映像を見た。宇宙の彼方《かなた》へ吹《ふ》きとばされないための、たったひとつのよりどころとでもいうように、必死で三輪車にしがみつくぼくがいる。凍《こお》りつくような水に打たれた瞬間《しゅんかん》、ぼくは全身をぶるぶると震《ふる》わせた。まるでベリーダンサーみたいに。ただし、三倍速で。そして、強力なドライヤーの風が吹《ふ》きつけられたとき、ぼくの体の肉が骨格からひきはがされそうになるようすが、はっきり映っていた。値千金《あたいせんきん》の映像だ。そして、はっきりいえるのは、チェースの腕《うで》のよさのおかげだってことだ。チェースは、まちがいなく天才カメラマンだ。

ぼくたちは、折り重なるように腹をかかえて笑った。実際にあの場面をやりとげるより、それを観《み》る方が何倍もおもしろい。ぼくはふたつのカメラの映像をパソコンにとりこみ、最大限に効果的に編集する方法を、実演しながらチェースに見せた。

たとえば、まずは画面があちこち乱れとぶゴープロの映像を見せたあとに、必死で三輪車にすがりつくぼくの映像を見せる。すると、洗車機のなかがどれほどはちゃめちゃなのかがよくわかって、より一層おもしろくなるんだ。

チェースはのみこみが早く、さらにおもしろいアイディアまで提案してくれた。ぐるぐるまわるブラシが近づくところでは、画面を二分割して、両方の映像を同時に流す、とかいったアイディアだ。最後には、全編に音楽をつけるところまでやった。映画『地獄《じごく》の黙示録《もくしろく》』で有名なワーグナーの『ワルキューレの騎行《きこう》』だ。そして、ユーチューブにアップした。タイトルは『三輪車の洗車法』で、ブレンダン・エスピノーザとチェース・アンブローズの共同制作にした。冗談《じょうだん》だと思うかもしれないけど、クレジットに名前をだしたら、チェースはぼくにありがとうといったんだ。

ぼくたちは、家にあるあらゆるディバイスでこの動画を観《み》た。パソコン、スマホ、アイパッド。クロームキャストでテレビでも観《み》た。何度観《み》ても飽《あ》きなかった。これがバズらないとしたら、この世界に正義はないと思えるぐらいだ。すくなくとも、ユーチューブの世界には。

チェースは家をでていくときも、まだ笑っていた。「こんなにおもしろかったのは、生まれてはじめてだよ!」

それは本気のことばだっただろう。だって、そのときのチェースは、世界でいちばん凝《こ》りに凝《こ》ったバルーン・アニマルを手わたされた幼稚園児《ようちえんじ》みたいにうれしそうな顔をしていたんだから。

ぼくは反射的に返事をしていた。「そんなこと、どうしてわかるんだい? これまでのおもしろかったことは、ほとんど覚えてないんじゃないの?」

チェースは一瞬《いっしゅん》おどろいた顔をしていた。ぼくは教科書の入ったチェースのバッグで頭をぶんなぐられる覚悟《かくご》をした。ところが、チェースはこういった。「たしかにそうだな。それでも、最高だったよ」

ぼくは、なんてことをいってしまったんだ。あわてて、とりつくろうようにいった。

「知ってると思うけど、ぼくたちは学校でビデオクラブをやってる。それで、きみのカメラの腕《うで》は天才的だと思う。きみもクラブに入らない?」

生まれてこのかた、これほどバカなことを口にだしたことはない。チェース・アンブローズとアメフト仲間たちは、ビデオオタクみたいな連中に、ずっと恐怖《きょうふ》を与《あた》えつづけてきたんだから。チェースを誘《さそ》うなんて、寿司《すし》パーティーにサメを招待するようなものだ。

チェースは、にっこり笑っていった。「つぎの部活はいつ?」

7 ショシャーナ・ウェバー

あいつったら、ほんとうにやっちゃったよ！　あの、イカれたおバカは、ほんとうにやっちゃった！

わたしたちは、部室の電子黒板《スマートボート》をかこんで、『三輪車の洗車法』をユーチューブで観《み》た。わたしは手放しでブレンダンをほめたたえた。ブレンダンったら、なにかを思いつくと、ビデオクラブの全員に相手にされなくても、たったひとりでつき進む。そして、その結果は？　文句なしの場外ホームラン！　こんなにおかしいもの、見たことがない。死なずにすんだのが不思議なぐらいだ。でも、死んでるどころか、ものすごく生き生きとしていて、わが子を誇《ほこ》らしげに見守る父親みたいに、顔を輝《かがや》かせてクラブのメンバーたちが絶賛するようすを見ている。

クラブの顧問《こもん》のドリオ先生は、しまいには頬《ほほ》に涙《なみだ》を流しながら笑っていた。「ねえ、ブレンダン、いったいぜんたいどこからこんなこと、思いついたの？」

「最悪だったのは、水がものすごく冷たかったことなんだ」ブレンダンはいった。「でも、やるだけの価値はあったよ」

音楽がだんだん大きくなって、洗車機から明るいところへと三輪車がこぎでてくるところにくると、嵐《あらし》のような拍手喝采《はくしゅかっさい》がわき起こった。ブレンダンは、おどけた笑顔《えがお》のまま深々《ふかぶか》とお辞儀《じぎ》をした。

クレジットがスクリーンに映しだされた。

共同制作／ブレンダン・エスピノーザ&チェース・アンブローズ

チェース・アンブローズ？

拍手喝采《はくしゅかっさい》がぴたりととまった。

「これって、ジョークなんだよね？」モーリシア・ダンバーがおそるおそるいった。「共同制作／ウィリアム・シェークスピアとか、ミッキーマウスみたいな」

「ちがうよ、ほんものさ」ブレンダンがいった。「だれも手伝ってくれなかったけど、あいつだけはつきあってくれたんだ」

「そもそも、なんであいつにたのんだのよ？」わたしは怒《いか》りをぶちまけるようにいった。「あんたは、自殺願望でもあるの？」

ドリオ先生があいだに入ってきた。「動画が完成して、すばらしい仕あがりになったってだけでいいじゃない」

「自殺願望なんかないよ」ブレンダンがいい返す。「いっとくけどね、ぼくはあいつにたのんでよかったと思ってる。第二カメラの腕《うで》はすばらしかったからね。たぶん、スポーツ選手だからなんだと思うけど、画面がものすごく安定してるんだ。ここにいるだれよりもね。ぼくもふくめてだけど。使わない手はないだろ？」

胸がむかむかしてきた。「だめにきまってるでしょ！」

ブレンダンは意味ありげにうなずいた。「クラブに勧誘《かんゆう》した」

わたしたちは、同時にぶつぶつ文句をいいはじめた。わたしは頭にきすぎてまともにことばがでてこなかったけれど。ここにいるだれもが、チェースとアーロン、ベアになんらかの形で悲惨《ひさん》な目にあわされてきたのはまちがいない。しかも、一度や二度の話じゃない。非難のコーラスは延々《えんえん》つづいた。

「ああ、わかったわかった」ブレンダンが両手をあげていった。「ぼくだってあいつらにはさんざんいじめられてきたよ。きみたちより、ずっとずっとね！」

あわれなわたしの弟ほどじゃないけどね。わたしはそう思った。

「だけど、このビデオを手伝ってくれたチェース・アンブローズは、別人だったんだ」ブレンダンがつづけた。「この夏、屋根から落ちたチェースは、記憶《きおく》をなくしてしまったんだよ。完全な記憶《きおく》喪失《そうしつ》さ。自分でもおかしなことをいってると思うけど、きっとあいつは、自分がどんなひどいやつだったかってことまで忘れてる」

「そんなのは、三輪車で洗車機を通り抜《ぬ》けるのが最高に賢《かしこ》いと思ってるやつのいう、たわごとだ」

ヒューゴが口をはさんだ。

ブレンダンはひきさがらない。「実際の話、きのうはすごく楽しかったんだ。あいつはすごく役に立った。いいアイディアもたくさん持ってた。それに、いいやつだとさえ思ったよ。あいつは別人になったのさ」

わたしは怒《いか》りのあまり、目の前に赤いもやがかかったような気分になっていた。そして、その赤いもやのむこうには、スーツケースに荷物をつめて、全寮制《ぜんりょうせい》の学校へむかうジョエルの姿が見えた。

わたしはいわずにいられなかった。「わたしの弟はね、いまでもこの部屋にいたはずなの。あのクズさえいなければね！　あいつにはここにきてほしくない。ほかのみんなもそう」

「はいはい、そこまで」ドリオ先生が割りこんだ。「学校のクラブはだれにでもひらかれてるの。選んだり、受け入れを拒《こば》んだりはできないのよ。もし、その子が入りたいっていうんなら、入ってもらう。それだけのこと」

室内の雰囲気《ふんいき》が過熱してきた。わたしの怒《いか》り、ブレンダンの挑発《ちょうはつ》、先生の頑固《がんこ》さ、そして、ほかのみんなのさまざまなレベルの不平不満、不愉快《ふゆかい》さが入りまじっている。それらの雰囲気《ふんいき》が室内に渦巻《うずま》いているさなか、ドアロから声がきこえた。

「遅刻《ちこく》でしょうか？　すみません」

それはあいつだった。われらが敵の。

あいつは部屋に足を踏《ふ》み入れた。おそるおそる、でも微笑《びしょう》を浮《う》かべながら。そして、このわたしは、ぶちまけるフローズン・ヨーグルトも持たない丸腰《まるごし》だ。

「いらっしゃい」ドリオ先生がやつを迎《むか》えた。「ちょうどいま、ブレンダンがあなたの新しいビデオを見せてくれたところなのよ。このクラブに入ることにしてくれて、みんな大歓迎《だいかんげい》よ」

チェースはとまどっているようだ。ドリオ先生のあたたかいことばと、ほかのみんながかもしだす無言の拒絶《きょぜつ》とのちぐはぐさに気づいているんだろう。それでも、立ち入り禁止の立札がさがっているわけじゃない。

わたしに気づいたあいつは、すこしばかりおそれをなして、一歩あとずさりした。すくなくとも、あのときの記憶《きおく》はのこっているようだ。わたしのことを自分を心底毛ぎらいしている人間だと認識《にんしき》している。

「『三輪車の洗車法』は大受けだったよ」ブレンダンがいった。「それに、ほら、ユーチューブでもう四十六回も再生されてる。きっとバズるって思ってるけど、それまでには時間がかかるから」

「時間がかかるもののことを、バズるなんていわないわよ」わたしはいやみたっぷりにいってやった。

「なかには、じわじわくるものもあるからさ」ブレンダンがいう。

「それで、このクラブはどんなことをやってるの?」チェースがたずねた。「三輪車で洗車機を通り抜《ぬ》けてないときは、ってことだけど」

これにもカチンときた。いやみでいってるにきまってる。くだらないことをやって、それを最高だとよろこんでるオタクの集まりだと見くだしてるんだ。ブレンダンはおバカに徹《てっ》することもできるけど、その実、学校で最も賢《かしこ》い生徒のうちのひとりだ。チェースみたいな野蛮《やばん》なゴリラ男には、よりよい世界を創《つく》ろうと努力する人間を評価することなんてできっこない。そうでしょ？　世界をよりよいものにするためのいちばんかんたんな方法は、チェース・アンブローズをこの世界から追いはらうことだ。

チェースの質問に答えたのはドリオ先生だった。「そうね、メンバーの何人かは、全国ビデオ・ジャーナリズム・コンテストに応募《おうぼ》するわよ」

「ショシャーナのことだけどね」ブレンダンがにやけながらいった。

「しばらくユーチューブ漬《づ》けをやめられれば、ブレンダンにだって、これがどんなにすごい機会なのかわかると思うけどね」わたしはブレンダンにいってやった。「今年はね、おもしろいエピソードを持ったお年寄りを紹介《しょうかい》するってテーマなの。みんなも参加すべきだと思うな」

「お年寄りに知りあいはいないような気がする」チェースがいった。

きっとそれは、チェースがお年寄りを車の前につきとばして楽しんでるからにちがいない。

「あとは、この学校のイヤーブックの動画版も作るわよ」先生がつづけた。「これは、きっと歯ごたえのある作業になるでしょうね」

わたしは身震《みぶる》いした。「歯ごたえ」だなんて、たとえが悪すぎる。わたしはいつも、チェースのことを、獲物《えもの》をねらうクーガーのようだと思っていたんだから。

「そのイヤーブックの動画版では、なにをやるんですか？」チェースがたずねた。

「生徒のインタビューだよ、おもに」ヒューゴがとびついた。「きみならきっと、ふつうよりずっとおもしろい画像が撮《と》れるだろうし、深いコメントをひきだせると思うな」

そういったとたん、話している相手がだれだか思い出して、ヒューゴは身をちぢこませた。ジョエルに起こったことを教訓に、わたしたちは、チェースの注目をさける技《わざ》を身につけてきた。そこにいることに気づかれなければ、ターゲットにされることもない。

チェースはうなずいた。「そうかも」

「この一年で、あんたが人生をめちゃくちゃにした子たちの記録をのこそうだなんて、最高ね」わたしは思わずそう吐《は》き捨てた。

チェースはきょとんとしていたが、ドリオ先生がすばやくその場をとりつくろった。

「それから、この学校のクラブやチーム全部の紹介《しょうかい》記事も必要ね。ねえ、チェース、あなたはスポーツ選手なんだから、運動部をカバーするのがいいんじゃないかと思うんだけど」

この提案に、期待に満ちたどよめきが起こった。スポーツ選手へのインタビューはたいへんだ。いつだって、非協力的だし、敵対心をむきだしにされる。その最たるやつが、わがクラブの新入部員なわけだけど、ほかにもまだまだアーロンにベア、ジョーイ・ペトロナスやランドン・ルビオやなんかもいる。まるでミス・アメリカみたいなもので、優勝した子が義務を果たせなくなったら、ティアラをひきつぐ候補はいくらだっている。

「やってみようかな」チェースがいった。「でも、ほんというと、その連中のこと、いまはあんまり知らないんだよね。連中はおれのことを知ってるんだろうけど……」

おっとっと。ブレンダンのいってたことはほんとうだったんだ。このウドの大木は、みにくい頭を強く打ちつけて、記憶喪失《きおくそうしつ》になったんだ。この街じゅうを恐怖《きょうふ》で支配していた共犯者たちのことを「あんまり知らない」だなんて、ほかに説明のしようがない。

もしかしたら、ブレンダンがいっていたように、チェースは自分がどんなひどいやつだったのかも覚えていないんだろうか？

そんなはずがない。記憶喪失《きおくそうしつ》は自分の過去の細かい部分は消し去るかもしれないけれど、その人間の性格まで変えるはずがない。もしかしたら、いじめっ子だったことは忘れているかもしれない。もしかしたら、ジョエルをこの街から去らざるを得ないほどいじめ抜《ぬ》いたことは覚えていないのかもしれない。たとえそうだとしても、この手の下衆野郎《げすやろう》は、その薄汚《うすぎたな》い心の奥底《おくそこ》で、自分の望むものをわかっていて、毒で心を満たそうとするにちがいない。

その夜、わたしは自分のセオリーをジョエルにメールした。

JWPianoMan：つまり、こういうこと？　ぼくを追放したやつは、自分がやったことを覚えていないって？

Shosh466：そういうこと。

JWPianoMan：どう考えればいいのか、わからないよ。

Shosh466：すぐに思い出すと思う。さもなければ、ドブネズミ・ナンバーツーとスリーが思い出させるよ。

JWPianoMan：ここのところ、ずいぶんナンバーワンにくわしくなったみたいだね。

わたしはジョエルに本題を伝えようとしはじめた。ビデオクラブの新メンバーがだれなのかって話だ。でも、わたしの指は、スマホのスクリーンの上で動かなくなった。ジョエルはすでに十分傷ついている。チェースに街から追いだされ、その空いた席を埋《う》めるように張本人がクラブに入ってきて、なにもかもぶちこわしそうだと伝えても、ジョエルをさらに傷つけてしまう。

いや、そうじゃない。あのクズ野郎《やろう》はビデオクラブをぶちこわしてなんかいない。実際にはもっとひどい。なにも起こらなかったんだから。

世界一の下衆野郎《げすやろう》が部室にやってきたのに、人生はつづいている。メンバーはひとりもやめていない。天井《てんじょう》に穴があいたりはしていない。機材が炎《ほのお》をあげて爆発《ばくはつ》したりはしていない。ドリオ先生はデスクでたおれ伏《ふ》したりしていない。

あいつにはがまんならないけれど、耐《た》えていくしかない。だめだ、こんなことジョエルに話せるわけがない。そうじゃなくても、つらいのに。

それに、チェース・アンブローズは、ビデオクラブに十分いるのだってがまんできないだろう。ドリオ先生がなにか作業を割り当てたら、すぐにやめるにきまってる。

だから、わたしはこう書いた。

Shosh466：たいくつな学校、たいくつな街に、記憶喪失《きおくそうしつ》は大ニュース。
JWPianoMan：ドブネズミ・ナンバーワンがニキビをつぶしたって、学校じゃ大ニュースだろ。
Shosh466：やつにはニキビなんかないんだよね。

こんなことメールしたって、なんの意味もない。でも、気づいたときには送信してしまっていた。

JWPianoMan：そっちの学校の連中はバカばっかりだ。

Shosh466：メルトンの子たちはすこしはましなの？

JWPianoMan：ノー！！！

それを見て、胃に大きな穴があいたような気がした。これ以上、ジョエルを傷つけたくない。でも、これだけはいっておこう。

Shosh466：ねえ、ジョエル、ここにいるときはみじめだったよね。

JWPianoMan：でも、すくなくとも、特別だった。ここじゃ、せいぜい二流のピアニストだから。

チェースの顔を思い浮《う》かべて、その顔を爆発《ばくはつ》させてやりたいと心の底から思った。

8 チェース・アンブローズ

ハイアワシー・ミドルスクール・ハリケーンズは、土曜日にイースト・ノリッジとプレシーズン・マッチを戦う。おれはその試合にのぞむことになった。プレーヤーとしてではなく、ビデオクラブのメンバーとして。ドリオ先生に動画版イヤーブックの運動部担当に指名されたから、スタートを切るには最高の試合だってわけだ。

スタンドをあがっているとき、手に持ったビデオカメラがなんとなくしっくりこない感じだった。自分がビデオクラブのメンバーだという気がしない。ほかのなにかのメンバーだという気がするわけでもないけど。きっとここは、おれの最高の栄誉《えいよ》に満ちた場所なんだろう。でも、すべてを失ってしまった。フィールドの選手たちを見ても、記憶《きおく》がよみがえるなんてことはなかった。スタンドいっぱいの大観衆がおれの名前を呼んでいたんだろうと想像していたのに、観客はまばらだった。せいぜい、二、三十人の生徒と、ひとにぎりの人たちがスタンドにちらばっているだけだ。

カメラをかまえて、いくつかのショットを撮《と》った。ブレンダンによると、『三輪車の洗車法』のときは、生まれついてのカメラマンのようだったらしい。あれはたしかに楽勝だった。洗車場の撮《さつ》影《えい》は最高にイカれていて、最高におもしろくて、最高にけったいなものだった。あんなものを見たのは人生ではじめてだ。正直いって、目をはなすことができなかった。そして、カメラのファインダーごしに、あのバカバカしくもおもしろいシーンの最初から最後まで心を奪《うば》われていた。

人生なんていうことばを使ったのはまちがいだった。あの事故以前の人生については、なにも語ることがないんだから。それでも、ビデオクラブに誘《さそ》ってくれたブレンダンには、すごく感謝している。

スピーカーから流れる選手紹介《しょうかい》の放送の声をかき消すように、どら声がひびきわたった。

「おい、チャンプ！　こっちだ！」

親父だった。前から四列目にヘリーンとならんですわっている。

「試合を見のがしたことは、いっぺんもないんだ」親父は大声でいった。二十八年前に自分が優勝に導いて以来、毎週毎週、五十ヤードラインの真横に、ずっとすわりつづけているんだそうだ。

「ヘリーンもいまじゃ、大ファンだ」

「妹」のヘリーンは、金属製の観覧席にドールハウスの家具をずらりとならべて、二体のバービー人形でおままごとをしている。見ているかぎり、フィールドの方にはただの一度も顔をむけていない。

ハリケーンズの大ファンである親父にとって、きょうの試合は見ていて楽しいものじゃないのはたしかだ。時間がたつにつれて、親父の気分は重苦しくたれこめる雲のように黒々《くろぐろ》としてきた。

「おい、いまの見たか?」親父が文句をいう。「あれは左のガードがブロックしなきゃだめだろ! そうじゃなきゃ、ランニングバックはどこにも抜《ぬ》けだせないぞ!」とか「おい、クオーターバック、ちゃんとフィールド全体を見ろ! エンドゾーンにノーマークのやつがいるぞ!」とか「いまのタックルはなんなんだ? おまえはあんなタックル、やったことがあるか? おれはないぞ!」とか。

「アメフトのことはなんにも覚えてないんだ」正直にそういいながら、レンズをズームアップした。

「だから、自分がどんなタックルをしてたのかもさっぱりわからない」

「ああ、そうだったな。あれよりはずっとましだった。おまえはみごとにタックルをかまして相手をたおしたもんだ」

そのころには、ハリケーンズは七対二十四で負けていた。

おかしなことに、自分のアメフト歴はなにひとつ覚えていないのに、アメフトというゲームそのもののことはわかる。フィールド上のプレイを撮《と》っているとき、選手たちがなにをしているのか、すくなくとも、なにをしようとしているのかはよくわかった。イースト・ノリッジが宇宙軍団ってわけじゃないことも、ハリケーンズが常勝チームじゃないこともわかる。自分がどれほどのプレイヤーだったのかは知らないが、たったひとりのちがいで、このへっぽこチームが、昨シーズンには州のチャンピオンだったとはとても信じられなかった。

「連携《れんけい》が悪いんだよ」おれはいった。「相手のラインにぽっかり穴があいてるのに、バックスはぜんぜんその穴をつこうとしてないな」

「その通り！」親父がけがをした方の肩《かた》をはげしくたたきながらいった。「おれがいつもいってるのも、それだ！　おれたちには才能があった。おれたちがフィールドに立ってるときには、ちゃんとやったもんだ。必要なのはタイミングなんだよ！」

おれと親父の意見が一致《いっち》したのは、これがはじめてのことではないんだろうけど、覚えているかぎりではははじめてだ。記憶喪失《きおくそうしつ》で忘れてしまっていたことがもうひとつあった。どれほど、親父に認められたいと思っていたかってことだ。

ヘリーンは観覧席の上のバービーのおうちをすっかりかたづけてしまって、たいくつしきっている。「ねえ、父さん、おうちに帰ろうよ」

「いや、まだだ」親父はフィールドから目をはなしもせずに答えた。「まだ、途中《とちゅう》だからな」

おれはカメラをヘリーンにむけた。「もう一回、家具をならべたら？　お人形の映画を撮《と》ってあげるよ」

ヘリーンは口をとがらせていった。「これはバービーなの」

「バービーは映画スターになれると思うな」

ヘリーンが注意深くプラスチックの椅子《いす》やテーブルをならべているとき、クオーターバックのジョーイ・ペトロナスが投げたボールがインターセプトされて、イースト・ノリッジがまたタッチダウンをきめた。

親父にはそれががまんならない。選手やコーチたち、しまいにはフィールドでラインをひいている裏方にまであたりちらしている。おれも標的にされてしまった。

「おい、そのカメラはなんのつもりだ？　おまえは撮影《さつえい》するんじゃなくて、試合にでてるべきだろうが。自分がどれほどのプレイヤーだったのか覚えていないのかもしれないが、おれが保証してやる。おまえは最高だったよ」

おれは動画版のイヤーブックのために撮影《さつえい》にきたんだといおうとしたけれど、どうしてだか、いわない方がいいという気がして、口にはださなかった。親父はそんな話をききたくないだろう。その代わりに、こんなことばが口をついてでていた。「フィールドにもどりたいよ。医者の許しがでたらすぐにでも。ほんとだよ。試合にでたいんだ」

親父は満足げにうなずいた。「それでこそおまえだよ、チャンプ。おれたちはアンブローズ家の男だ。名選手なんだよ。おれたちは、写真に撮《と》られる側の人間なんだ！」

ヘリーンはバービーたちで、物語を一話分演じきった。おれはそれを全部、カメラに収めた。しかも、試合についてずっと親父と話しながら。親父はぜんぜんバービータイプの人間じゃない。びっくりびっくり。

カメラの小さなスクリーンで撮影《さつえい》した動画を再生してみせたら、ヘリーンはキャーとよろこびの声をあげた。

そして、観覧席にすわって、へぼ試合を見ているとき、それは起こった。

思い出したんだ。

もともと、記憶《きおく》する能力にはなにも問題はなかった。病院で目覚めて以降のことは、なにもかも覚えている。ただ、それ以前のことは、青いドレスの女の子の、ぼんやりしたイメージ以外、なにひとつ覚えていなかった。

いま、このときまでは。

それはヘリーンの記憶《きおく》のフラッシュバックだった。ヘリーンがきっかけになったんだろう。というのも、記憶《きおく》のなかのヘリーンは、いまとおなじようにキャーと叫《さけ》んでいた。

いや、まてよ、そうじゃない。あれはよろこびの声じゃなかった。真っ赤になった顔をゆがめ、いまにも泣きだしそうだった。

その記憶《きおく》のなかで、おれはクマのぬいぐるみを持っていた。ヘリーンのお気に入りの。そして、そう、そのクマの胴体《どうたい》は左の手に、頭は右の手に。

おれは、四歳《さい》の女の子のぬいぐるみのクマの頭をひっこ抜《ぬ》いたんだ！

期待していたような記憶《きおく》とはほど遠い。でも、それは……。

「思い出したよ！」おれは大声でそういっていた。

「え、なんだって?」親父は、はじめてゲームから気をそらした。

「あの事故の前のことだよ!」

「ほらな」親父は勝ち誇《ほこ》ったようにいった。「おまえはどこも悪くないっていっただろ。すぐに元通りになるって。おれたちにはな、あの場所に立つおまえが必要なんだ!」

フィールドでは、うちのチームのハーフバックが、イースト・ノリッジの選手の山の下に埋《う》まっていた。目をそらしていた親父は見のがしたが、ディフェンスラインの弱点をつかれたプレーだった。あんなもの、かんたんに突破《とっぱ》できるはずなのに。おれなら突破《とっぱ》できるのに!

左に細かいステップを踏《ふ》む。そして、ラインバッカーをかわして置き去りに! 頭のなかで空想のステップを踏《ふ》むおれの肩《かた》は、小刻みにゆれていた。

いま、わかった。おれはプレイヤーだった!

いや、訂正《ていせい》。おれはいまもプレイヤーだ。その姿を思い描《えが》いていると、頭がもげたクマのぬいぐるみのイメージは薄《うす》れていった。

どっちみち、ただのおもちゃじゃないか。いまのヘリーンは満足しきっている。なんの害もないし、なんの問題もない。

賭《か》けてもいい。あんなこと、ヘリーンもすっかり忘れているさ。

9 チェース・アンブローズ

　試合のあと、おれはロッカールームにむかった。選手にインタビューするためだ。ロッカールームについたちょうどそのとき、アーロンが重い鉄の扉《とびら》をヒューゴの鼻先でいきおいよくしめたのが見えた。ヒューゴはたじたじとあとずさりして、おれにぶつかり、ウワッと声をあげた。

「だいじょうぶだよ、ヒューゴ。おれだから」

「やあ、チェース」ヒューゴは震《ふる》える声でなんとかそういった。「チームの映像をすこしばかり、撮《と》ろうと思ったんだ」そういって、ビデオカメラを持ちあげた。

「ドリオ先生は、おれを担当にしたはずだけど」

「うん、ああ、もちろんそうだよ」ヒューゴはあわててそういった。「ただ、もしかしたら、きみが、その、忘れてるんじゃないかと思って」

「どういうことだい、忘れるって？」おれは、すこしばかりむっとしてたずねた。

　ヒューゴは一歩さがると、顔を赤らめ、すごく困ったようすだ。「べ、べ、べつに悪気はないんだ」つっかえつっかえそういう。

返事をする前にドアがあいた。そこにいたのはベアだった。

「ほら、やっぱりそうだ！」ベアは叫《さけ》んだ。それから、おれをなかにひきこむと、またもや、ヒューゴの鼻先でドアをしめた。

「ヒューゴもいっしょなんだ」おれはいった。

「ハハ！　おもしろいジョークだな」ベアが笑った。

「いや、マジで。おれたち、動画版イヤーブックの取材できたんだ」

というわけで、ヒューゴもロッカールームに入れてもらえた。ありがたがってはいるけれど、うれしそうではなかった。まるで、地雷原《じらいげん》を歩くように、びくびくしている。

おれは何人かとハイタッチをしたけれど、チームは元気いっぱいってわけではなかった。なんといっても、大負けしたばかりなんだから。そんな落ちこんだところに、のこのこリポーターとしてやってきたおれは、プレーを再開できるというニュースを伝えることもできなかった。みんなは、がっかりした気持ちをかくせないでいる。

「どこも悪そうには見えないけどな」ジョーイがぶつくさいった。「腕《うで》だってもう吊《つ》ってないし」

なるほど。ジョーイはきょう、クオーターバックとして、ひどいへまをやらかした。おれがもどれば、ずいぶんプレッシャーから楽になれるんだろう。

「脳震盪《のうしんとう》のせいなんだ」そういいわけする。「医者からは安静にしろっていわれてる」

最初の日に見かけたぶっとい首のランドン・ルビオが、疑わしげにヒューゴからおれへとちらちら視線を移している。「まあ、おまえが何試合かでられないのはわかったよ。だけど、なんなんだ、こいつは？」

ヒューゴはカメラをかまえようとしたが、汚《よご》れて汗《あせ》まみれのソックスをつぎつぎと投げつけられてすごすごひっこめた。

おれは頭にきた。「動画版イヤーブックには、運動チーム全部をとりあげる。ゴルフ部も、バドミントン部もな。アメフト・チームが登場しないからって、あとで泣き言をいうなよ」

「イヤーブックだって？」ジョーイがきき返した。「おまえがチームをはなれてるってだけで最悪なのに、おまえはイヤーブックのスタッフをやってんのか？」

「動画版イヤーブック」ヒューゴが補足した。

タオルがたたきつけられて、ヒューゴの耳がもげそうだった。

「おい、みんな、おちつけって！」アーロンが選手たちとヒューゴとおれのあいだに進みでていった。「医者が腰抜《こしぬ》けなのは、チェースのせいじゃないぞ！　そうカッカすんなよ」

「だからって、チェースがビデオクラブのクズとつるんでる説明にはならないぞ」ランドンはひかない。

「チェースはこいつとつるんでるわけじゃないって。ハリケーンズのためを思ってるんだよ。おれたちのこと、ばっちり映してくれるさ。フィールドに立てないあいだ、チェースはそうやっておれたちを応援《おうえん》してくれてるんだよ」アーロンがいいくるめようとする。

「ああ、そうだ」ベアが口をはさんだ。「なあ、ルビオ、おれの顔がおまえらみたいに不細工だったら、いい男に映してくれるやつには感謝するぞ。だから、だまってろ」

おれはこの場をうまくおさめようとしていった。「みんな信じてくれ。医者の許しさえでたら、すぐにもどってくるから」

それをきいて、みんながよろこんでいるのがわかった。ヒューゴはおれにむかってあやしむような表情を見せた。でも、ヒューゴにわかってもらうのは無理だろう。ヒューゴにはスポーツ選手の気持ちなんてわかりっこない。ビデオゲームでなら話は別かもしれないけれど。

ジョーイがおれにむかってボールを投げた。おれはなんの気なしにそのボールを見ていたが、知らずに手が伸《の》びて、空中でつかんでいた。すごい反射神経だ。

最高の気分だった。記憶喪失《きおくそうしつ》なんかに奪《うば》われなかった過去の自分にもどったようで。

おれたちは何人かにインタビューした。おれの前だとみんな冗舌《じょうぜつ》で、カメラの前では大げさにふるまった。まるでおれが、サービスで自撮《じど》りを手伝ってやってるみたいだ。ヒューゴの質問には、みんなひとこと答えるだけだった。それに気づいたおれに、ヒューゴは編集できるから、と説明した。編集のしようがないいんじゃないかと、不思議だった。たとえば、こんなぐあいだ。

Q：これから迎《むか》えるシーズンをどう思いますか？

A：ばっちりだ。

それでもおれは、ビデオクラブのほかのメンバーが保険としてやってくるほど信用されていないんだ。

インタビューは終わったが、ヒューゴはさっさと立ち去るというわけにはいかなかった。ヒューゴにとっては敵陣《てきじん》のまっただなかだが、おれにとっては？　おれはとても居心地《いごこち》がよかった。

「おれのNFLへの栄光の未来をいやになるほどどきかせてやりたいもんだよ」アーロンが残念そうにいった。「けどよ、ベアとおれは、年寄りたちに水やりにいかなきゃならないんだ」

「ちょっと待てよ。おれもいくよ」思わずそういっていた。

アーロンとベアは、これから木星までとんでいくとでもきかされたかのように、おどろいた顔でおれを見つめた。

「いやいや、おまえはいかなくていいんだぜ」アーロンが思い出させるようにいった。「おまえはけがをしたから、解放されたんだ」

「でも、おもしろそうだし」このことばはすべった。そこで、いいかえた。「おれたち、チームメートじゃないか。ふたりがいくんなら、おれもいく」

ベアは疑わしげに目を細めている。「あの老人ホームのこと、どれぐらい覚えてるんだ？」

「なんにも」正直に答えた。

ベアはにやりと笑った。「いかなくてもいいのに、わざわざいきたがるなんて、おまえは脳をやられただけじゃすまなかったんだな。脳が完全に頭からとびだしちまったんだよ！」

「それがどうしたっていうんだ？」冗談口調《じょうだんくちょう》でそういったが、ふたりの表情は石のようにかたいままだ。おれの頭に疑問が浮《う》かびはじめた。

おいおい、いったいどんな施設《しせつ》なんだ？　フランケンシュタインの実験室なのか？

「まあ、好きにしろ」アーロンがいった。「おれたちもうれしいよ。おまえの頭がおかしくなってもな」


ポートランド・ストリート老人ホームは、学校から歩いて十分ほどのところにあった。ここで奉《ほう》仕《し》活動をさせられていたことはわかっているが、まったく見覚えのない場所だった。三階建ての地味な建物で、大きな環状《かんじょう》の車寄せがあって、広々《ひろびろ》とした前庭には、ベンチやピクニックテーブルが点々《てんてん》とちらばっていた。外には何人かのお年寄りがいて、日向《ひなた》ぼっこを楽しんでいる。そのうちの何人かはおれたちにむかって手を振《ふ》って、声をかけてきた。おれは手を振《ふ》り返した。アーロンとベアはシカトしている。

玄関《げんかん》のドアがひらいたとき、ベアがつぶやいた。「息をとめろ」

混じりあわない二種類のにおいに襲《おそ》われた。新鮮《しんせん》な花の香《かお》りと、病院のような消毒液のにおいだ。すごくいいにおいというわけではないが、すぐに慣れた。

おれたちは看護師長のダンカンさんのところに顔をだした。ダンカンさんはおれを見ておどろいた。

「だいぶ、よくなったんです」おれはいった。「それで、奉仕《ほうし》活動を最後までやろうと思って」

「裁判所の命令なの？」ダンカンさんが疑わしげにたずねた。

首を横に振《ふ》る。「自分の判断です」

「おれたちも信じられないんだけどな」アーロンがわざとらしくまじめくさってそういった。

「それは、とても……りっぱね」ダンカンさんはいった。「それじゃあ、きょうはおやつ配りをお願いするわ。通常、三人は必要ないんだけど、再開初日のチェースには、かんたんな仕事の方がよさそうだから」

おれたちは紙パックのジュース、クッキー、クラッカー、新聞などを山積みにしたカートをとりにいった。三階でエレベーターをおりたときには、アーロンとベアとで、もう、半分ほどもくすねてしまっていた。

「だいじょうぶだって。ここのミイラどもが食いきれないぐらいのオレオがあるんだから」納得《なっとく》できないでいるおれにむかってアーロンがいった。「それにな、いっとくけど、マジメくん、おまえがこのカートからどれほどたくさんのクッキーを盗《と》ったと思ってるんだ？」

おれはおやつ泥棒《どろぼう》の過去を思い出そうとしてみたが、なにも覚えていない。アーロンのことばを信じるしかなさそうだ。

ベアはジンジャークッキーの袋《ふくろ》をあけて、おれの手にひと山のせた。おれはひと口かじりながら、共犯者をにらんだ。アーロンは袋《ふくろ》とクッキーの屑《くず》をばらまきながら、すごいいきおいで食べている。

「ほら、おれたちはアメフトの試合をしてきたんだぞ」ベアが思い出させるようにいった。「腹がへるんだ。みんながおまえみたいにマジメなわけじゃないし」

「おまえらがちらかしたゴミを拾ってやるほどマジメじゃないけどな」おれはぴしゃりといい返した。このふたりと友だちでいるためのこつをつかまなくちゃいけないんだろう。

おれたちはドアからドアへと、住人たちにおやつや新聞を配って歩いた。入院していたとき、病室にやってくるスタッフやボランティアの人たちは、みんなすごく感じがよくて、フレンドリーだった。アーロンとベアは正反対だ。アーロンの礼儀《れいぎ》正しいことといったらない。ドアをいきおいよくあけるとこう怒鳴《どな》る。「おやつだぞ!」それにつづけてベアがいう。「どれにするんだ?」

ふたりはおじいさんのことを全員ダンブルドアと呼び、おばあさんはダンブルドーラと呼んだ。魔法《まほう》学校ホグワーツの百歳《さい》をこえる白ひげの校長ダンブルドアと、その女性版ってことだ。そして、なにか質問されても、肩《かた》をすくめるか、うめき声をあげるかだ。おれはだまって見ていられなくなって、みんなになにか手伝えることはないかとたずねはじめた。すると、ベッドの高さを変えてほしいとか、テレビのリモコンをさがしてほしいとたのまれた。何度かは代わりにナースコールもした。

「おい、そんなに時間をかけるなよ」アーロンがぼやいた。「こんな調子じゃ、いつまでたってもこの糞《くそ》ダメから帰れないぞ」

「だまれよ！」おれは声を荒《あら》らげた。「きこえるだろ！」

「それ、ジョークだよな？」ベアがせせら笑った。「ここにいるほとんどのじじばばは、補聴器《ほちょうき》の電池を変えるのも忘れてるんだぞ。最後にきいたのは二十年以上前のネバダの原爆《げんばく》実験の音さ」

「ちゃんときこえてる人もいるぞ。二一二号室のおばあさんは、おまえがリビングでおかしの袋《ふくろ》をあけた音を、ちゃんときいてたんだからな」

アーロンが声をあげて笑った。「いいぞ、それこそおれたちがよく知ってるいとしのチェースだ」

おれたち三人だけなら笑えるジョークなんだろう。でも、まわりにお年寄りがいるなかではそうもいかない。ほとんどのお年寄りはとても弱っている。おれたちはもっと敬わなきゃいけないのに。アーロンとベアは強制的に奉仕《ほうし》活動をさせられているせいで、がまんできないのかもしれない。そして、おれは進んでここにきた。記憶喪失《きおくそうしつ》前のおれも、覚えていないだけでおなじようにいらだっていたのかもしれない。

それでも、おれはここの住人たちにある種の関心をいだいていた。歴史の教科書でしか知らないようなできごとをリアルタイムで経験した人たちなんだから。三二六号室のおばあさんのお父さんは、飛行船ヒンデンブルク号が爆発《ばくはつ》事故を起こした現場で消火にあたった消防士だったという。三一八号室のおじいさんは、ニール・アームストロング船長が月面に第一歩をしるしたときに、ヒューストンの指令室で通信士として立ち会ったそうだ。二〇九号室のおじいさんは、完全に視力を失っているけれど、近所に住んでいた野球殿堂《でんどう》入《い》りしたジョー・ディマジオの思い出を、生き生きと話してくれた。

おやつ配りにはルールがあって、部屋にいなかったり、眠《ねむ》っている場合は、ジュースとクッキーの袋《ふくろ》をひとつずつテーブルに置いておく。一二一号室のおじいさんは安楽椅子《いす》にすわって大きないびきをかいて眠《ねむ》っていた。おれはベッド脇《わき》の机に白黒写真が飾《かざ》ってあるのに気づいた。若い兵隊が、丸い金縁眼鏡《きんぶちめがね》のいかにも重要人物といった感じの人から勲章《くんしょう》を授かるために首をたれている写真だった。

「この人、トゥルーマン大統領じゃないかな?」おれはささやいた。

アーロンはしらけきっている。「それがなんだってんだ? さっさとひきあげるぞ。このダンブルドアが目を覚ましたら、延々自慢話《えんえんじまんばなし》をきかされるからな」

でも、おれは気になった。「大統領から直接授けられる勲章《くんしょう》といったら、名誉勲章《めいよくんしょう》のはずなんだ。軍人の最高の栄誉《えいよ》だぞ。この人は英雄《えいゆう》なんだよ」

「ああ、そうかい」ベアは鼻先で笑う。「むかしは山ほど戦争があって、勲章《くんしょう》なんか、ハーシーのキスチョコなみに配ったんだろうが」

おれはため息をついて、ふたりのあとにつづいてドアにむかった「この人はなにをしたんだろう？　名誉勲章《めいよくんしょう》はそんなにかんたんにもらえるものじゃないんだ」

「たぶん、トリケラトプスでも殺したんだろ」アーロンは肩《かた》をすくめながらいった。「さあいくぞ、もうすぐ終わりだ」

「いや、プテロダクティルだ」うしろから皮肉めいた声がした。

おれたちはふりむいた。その人は椅子《いす》に体を起こして目を覚ましていた。すこし腰《こし》の曲がったおじいさんで、もじゃもじゃの白髪頭《しらがあたま》だ。

「石のナイフで殺したのさ」

おれは一歩前にでた。「この写真に写ってるのはあなたですね？」

「いいや、ハリー・トゥルーマンだ。おれがいそがしいのがわからんのか？　ベッドからでるだけで三十分かかって、このばかげた歩行器で部屋を横切るのに一時間かかるんだぞ」

どう見てもいそがしそうではない。ほうっておいてほしいだけなんだろう。おれたちのことを毛ぎらいしているのかもしれない。ただ、ここの人たち全部が耳が遠いというのはまちがいだ。

アーロンとベアは、もう部屋からでていた。「すみません」おれはそういって、ふたりにつづいて廊下《ろうか》にでた。

「おまえには学ばなきゃいけないことがたくさんあるな、アンブローズ」アーロンがいった。「このダンブルドアのだれかひとりに戦争時代のことを話させたりしたら、おまえもおなじぐらい年をとるまで、ここから帰れなくなるぞ」

それは認めないわけにいかない。いいアドバイスってことなんだろう。

「わかったよ」おれはいった。「さあ、終わらせよう」

おれたちはその階最後の部屋にむかった。

「あとすこしだ」アーロンがうめき声をあげる。「クラウド・テンさえやりすごしたらな」

「クラウド・テン？」

「きっと気に入るぞ」ベアが強い口調でいった。「クラウド・ナインは知ってるか？　夢見心地《ごこち》のことをそういうだろ。ここのばあさんは、そのひとつ上をいってるんだよ。ばあさんはここのことをおしゃれなホテルだと思いこんでて、おれたちはルームサービスだと思ってる」

その部屋にいってみると、ふたりがいうこともわからないではなかった。でも、フリルがいっぱいついた、スパンコールの花がちりばめられたガウンを着て、リビングをせかせか動きまわるスワンソンさんには、なんというか、憐《あわ》れみのようなものを感じた。現実との接点を見失ってしまっているのは明らかで、そんな姿はとても笑えるようなものじゃない。最初は、おれたちのことをお客さんだと思いこみ、そのあとには、スワンソンさんがいうところの「会話サークル」用に家具を動かしてほしいとたのんできた。

アーロンとベアは無視した。でも、それぐらいしてあげたって、なにも害なんかない。それで、おれは椅子《いす》をあちこち動かした。たいしたことじゃない。おれの「お友だち」ふたりは、スワンソンさんのうしろで、ずっと変顔をしておれを笑わせようとしていた。ほんとうに、役に立つ友だちだよ。

模様替《もようが》えが終わったころには、おれは汗《あせ》ばみ、息も荒《あら》くなっていた。スワンソンさんはじっとおれを見つめていた。おれがなぜ、自分の部屋を勝手にいじりまわしているのか、ききたいけど失礼だからきけない、とでもいうように。アーロンとベアは、とうとう声をあげて笑いだした。

おれたちは、スワンソンさんのクッキーとジュースを置いて、ドアにむかった。でも、スワンソンさんは財布《さいふ》を振《ふ》りながら、おれたちのあとについてくる。そして、財布《さいふ》から二十ドル札をひっぱりだすと、おれに手わたした。

「チップを忘れないで」スワンソンさんはいった。

おれはあとずさりした。「ああ、いえ、いただくわけには……」

つづきをいう前に、ベアの肉付きのいい手が伸《の》びてきて、お札をひっさらった。

「ご滞在《たいざい》をお楽しみください」とってつけたような笑顔《えがお》でそういう。そして、ドアからとびだしていった。アーロンもあとを追う。

おれは廊下《ろうか》でふたりに追いついた。「もらっちゃだめだろ！　盗《ぬす》んだみたいなものじゃないか！」

「ちがうね」ベアが答える。「くれたんだよ。まあ、おまえにだったけどな。んでもって、おまえはバカ正直に受けとろうとしなかった」

「それはそうだけど……」なんていっていいのか、とっさにでてこない。「あの人が正常じゃないのは、おまえだってわかってるだろ」

「おっと、それは差別だな」ベアはまじめくさっていった。「おれは、現実がわかっていない、イカれた年寄りに偏見《へんけん》はないんだ。あの連中にだって、おれに金をくれる権利はある。おまえにはわからないかもしれないが、もし、おれたちが金を受けとらなかったら、あのばあさんはすごく混乱しただろうさ。自分が信じているものを信じたがってるんだからな」

「おれたちは、ここに遊びにきてるわけじゃないだろ」おれはなおもつづけた。「裁判所に命令されたからなんだぞ。住人から金を受けとってるところを見つかったら、きっと、奉仕《ほうし》活動じゃすまなくなる」

ベアは、ただただ、あきれたようにいい返した。「なあ、おまえはそもそも、ここにはこなくてよかったんだぞ。おまえにたのまれたから、つれてきてやったんじゃないか！」

おれはひきさがらなかった。「金を返せ」

アーロンがなんとかいいふくめようとする。「このはきだめの骨董品《こっとうひん》どもは、自分のしわくちゃのケツをなくしても、気づかないんだぞ。ドアがしまった瞬間《しゅんかん》、あのクラウド・テンは、おれたちがいたのも忘れてる。まちがいない。もどって、筋を通そうとするのは、あんたはイカれてますよって、念おしするようなものなんだからな。おまえはその責任をとれるのか？」

アーロンがおれをまるめこもうとしているのはわかっている。でも、いってることがまちがいだともいえない。スワンソンさんに、奉仕《ほうし》活動をしている悪ガキにチップをわたしたんだと説明するのはむずかしそうだ。それに、うまくわかってもらえたとしても、なおさらとまどわせ、さらに混乱させることになってしまうだろう。

「じゃあ、その金は慈善《じぜん》活動に寄付しよう」おれはぼそっといった。

「わかったよ」ベアがいった。「おれのお気に入りの慈善《じぜん》活動があるんだ。『ベアにランチを基金』っていうんだけどな。ピザはどうだ？」

おれたちは声をあげて笑った。でも、ほかのふたりにくらべたら、おれの笑い声は小さい。なんだか、ほろ苦い気持ちになって、ピザなんか食べたくもなかった。

おれたちはダンカン看護師のところによって、アーロンとベアのタイムカードにサインをもらった。おれは奉仕《ほうし》活動からははずれているので、タイムカードはない。

そのあと、おれたちはなにごともなかったかのようにピザ屋にいった。おれはベアのジーンズのポケットを見つめつづけた。あの二十ドルがオレンジ色に燃えあがれと祈《いの》りながら。うまく説明できないが、ふたりがふざけまわったり、こづきあったりすればするほど、おれの食欲は失《う》せていった。

「だいじょうぶか、アンブローズ？」アーロンが心配そうにたずねた。「なんだかうかない顔だな」

「おれ……ちょっと用事を思い出した」

そういうと、ポートランド・ストリート目指して逆もどりした。角を左に曲がって、老人ホームまで走り、ドアを抜《ぬ》けるとまっすぐ一〇〇号室にむかった。

おれはポケットからくしゃくしゃに丸まった札を何枚かとりだすと、二十ドル札を選んだ。アーロンがいった通り、スワンソンさんにお金をわたすうまいいいわけなんか、なにも思いつかなかった。スワンソンさんには、お金をもらう理由などなにも思いあたらないだろうから。おれの作戦はもっと単純なものだ。ドアの下のすきまに二十ドル札をすべりこませる。気づいたスワンソンさんは、ただ落としたと思うだろう。

しゃがんでドアとじゅうたんのあいだのすきまに二十ドル札をつっこもうとしたとき、もしだれかに見られたら、おれのやっていることは、すごくあやしいと思われるだろうと気づいた。それでも、運よくだれにも見られずに二十ドルを返すことができた。

いや、返したわけじゃない。これによって、おれは二十ドル損したんだから。実質的にはおれが支はらったことになるピザを食べているアーロンとベアを思い描《えが》くと、すこしばかりくやしい気持ちになった。でも、これでぐっすり眠《ねむ》れるなら、安いものだ。

出口にむかう途中《とちゅう》、一二一号室の前で立ちどまった。あの名誉勲章《めいよくんしょう》のおじいさんの部屋だ。壁《かべ》にある小さな表札を目を細めて見た。

ジュリアス・ソルウェイ、とあった。

ドアはすこしだけあいていた。そのすきまから、ソルウェイさんが歩行器をたよりに必死で部屋を横切っているのがちらりと見えた。とつぜん、ドアのすきまからソルウェイさんがおそろしい目つきでおれをにらんだ。

「もどってきたのか？」ソルウェイさんのかすれた怒鳴《どな》り声がした。「なにしにきた？」

好奇心《こうきしん》が、にげだしたい気持ちよりまさった。

「どの戦争だったんですか？」おれはたずねた。「あの勲章《くんしょう》をもらったのは」

「トロイヤ戦争だよ」ソルウェイさんが吠《ほ》える。「アキレウスを知ってるか？　あいつの踵《かかと》を射抜《いぬ》いたのがおれなんだ」

これにはむっとしたが、おれはいった。「おじゃまするつもりはないんです」そういって立ち去ろうとした。

「朝鮮《ちょうせん》戦争だ」うしろから声がした。「一九五二年」

おれはふりむいた。「お目にかかれて光栄です。ソルウェイさん。きっと、すごく英雄的《えいゆうてき》なことをなさったんでしょうね」

「だれもがやったことだ」ぶっきらぼうな返事だった。「大勢の勇敢《ゆうかん》な男たちが、いまもまだあそこに眠《ねむ》ってる。彼《かれ》らこそが英雄《えいゆう》だ。おれはたまたま選ばれて、あの安っぽい勲章《くんしょう》を首にかけることになっただけだ」

おれはたずねずにいられなかった。「なにをなさったんですか？　勲章《くんしょう》をもらう理由になった行動は？　という意味ですが」

ドアのすきまからはソルウェイさんの片目しか見えないが、その目が腹立たしげにきらめいたのはわかった。

「逆立ちして、屁《へ》をこいてたんだよ。いいかよくきけ。賢《かしこ》いつもりでいるんだろうが、おまえもこの年になったら、過去のことをいちいち細かく覚えてなんかいられないんだ。おまえみたいな若僧《わかぞう》にわかってもらおうとは思わないがな」そういってドアをしめた。

老人には知恵《ちえ》があるものなんだろうが、ソルウェイさんは完全にまちがっている。ことおれに関しては。

おれはすでに、ソルウェイさんには想像できないぐらいたくさんのことを、忘れてしまっているのだから。

10 キンバリー・トゥーリー

わたしは試合前の激励会《げきれいかい》が大好き。騒《さわ》がしいのも、楽しい雰囲気《ふんいき》も大好き。学校じゅうが体育館の観覧席におしかけて、腕《うで》を振《ふ》りあげたり、大声で叫《さけ》んだりして、気分を盛りあげるのも大好き。授業が休みになるのも大歓迎《だいかんげい》。

わたしはアメフトの大ファン。まちがいなく、いちばん好きなスポーツ。ルールはよくわからなくて、ダウンがいっぱいあるのはややこしいけど。ファースト・ダウンにセカンド・ダウン、タッチダウンにダウン・バイ・コンタクト、それにイリーガルマン・ダウンフィールドっていうのもある。さっぱりわかんない。だけど、ハイアワシー・ハリケーンズが肩《かた》パッドをつけてフィールドにとびだしていくところは最高。肩《かた》パッドをつけると、みんなすごくかっこよく見える。

今シーズンはいつもみたいにすごくはなかった。チェース・アンブローズがチームにいなかったから。チェースは大スターだし、選手全員のなかでも、だれよりも肩《かた》パッド姿が似あってる。夏休み中に屋根から落っこちて、記憶喪失《きおくそうしつ》になっちゃったって噂《うわさ》が学校じゅうにでまわってる。なんにも覚えていないんだって。六年生のときから、わたしが彼《かれ》に夢中だってことも覚えていない。それどころか、わたしがいるってことさえ覚えてないんだから。だから、ユニフォーム姿で体育館のフロアに立って、わたしたちの歓声《かんせい》をあびている選手たちのなかにチェースはいない。あれ？　下にいるじゃない。ビデオカメラで撮影《さつえい》してる。いったい、どういうこと？　チェースがアメフト・チームをはなれるのと、ビデオクラブに入るのとは、ぜんぜん別の話じゃない。ビデオクラブの連中はみんなオタクだし。

　きょうの激励会《げきれいかい》は、土曜日にある試合でジェファーソン校をたたきのめせって全校で盛りあがるためのものだ。だから、ジェファーソン校のユニフォームを着た人形を用意して、みんなでボコボコにけっとばしてる。そして、うちらのマスコットがジェファーソンのマスコットをやっつけてる。ジェファーソンのマスコットといっても、ハイアワシーの生徒がジャガーの着ぐるみを着てるだけだけど。チェースはカメラをしっかりかまえて、くりだされるフェークパンチをすぐ近くで撮《と》ってる。肩《かた》パッドがないのが残念だけど、それでもやっぱりステキ。

　激励会《げきれいかい》が終わると、わたしたちは列になって観覧席をおりて、荷物をとりにロッカーにむかった。選手たちはこれから練習だ。騒《さわ》がしく音を立てながら、部室にむかって廊下《ろうか》を進む。そこで、ちょっとした渋滞《じゅうたい》になってしまった。選手たちとわたしたちが逆方向に進もうとしてるから。肘打《ひじう》ちがとびかっている。

　ブレンダン・エスピノーザは、なんでだか、選手たちのなかに巻きこまれてしまった。すごく、ブレンダンらしいと思う。空っぽの駐車場《ちゅうしゃじょう》のどまんなかでバナナの皮を踏《ふ》んで、ころぶようなやつなんだから。選手たちはブレンダンに気づいて、こづきまわしはじめた。まるでサッカーボールみたいに。すぐに選手たちが笑いはじめ、まわりで見てる子たちも笑いはじめた。必死でカメラをかかえたブレンダンは、あちらからこちらへとこづきまわされている。すごく笑える。

もがいているブレンダンにかけ声がかかる。アメフト選手たち全員で叫《さけ》んでいるみたいだ。「パスしろ！……パスしろ！……パスしろ！」

一瞬《いっしゅん》なにかが動いたかと思うと、両手でジャージをつかまれたジョーイ・ペトロナスが壁《かべ》にたたきつけられた。チェースだ！　イケてるチェースの顔は、いつもすごくクールなのに、いまは、真っ赤になって怒《おこ》っている。

「いいかげんにしろ！」チェースが怒鳴《どな》った。

ブレンダンはやっと自由になって、よろよろと反対側の壁《かべ》にもたれかかった。

ほかの選手たちがチェースからジョーイをひきはなした。どつきあいがはじまる。どつきあいなんて、アメフト選手にとってはあいさつ代わりみたいな自然なことだ。ゲーム中にもどつきあいがあるんだから。アメフトでは、どのプレイも二列の選手たちがどつきあいをするところからはじまるんだし。

選手ふたりがチェースの腕《うで》をつかんでおさえつけようとする。パッドだの防具だのをつけた選手たちのなかで、チェースは子どもみたいに小さく見えた。

アーロンとベアが騒《さわ》ぎのまんなかに割りこんで、ジョーイとチェースのあいだに立った。

「おちつけって！」アーロンがいった。「おれたちチームメートじゃないか」

「あいつがおまえになにをしたっていうんだ？」チェースはつかまれた腕《うで》をふりほどきながら、ジョーイにむかって吐《は》き捨てるようにいった。

「おまえがいうな」ジョーイがいい返す。

「どういう意味だ？」

ジョーイは、ビデオクラブのメンバーに囲まれて、服のほこりをはたいているブレンダンに目をむけていった。「まるでおまえは、これまでいっぺんもエスピノーザをいたぶったことがないみたいじゃないか」

これには思わず笑ってしまった。だって、チェースとアーロン、それにベアほどあのオタクをいたぶってきたやつらなんて、ほかにいないんだから。でも、それをきいたチェースは呆然《ぼうぜん》としている。ほんとうに記憶喪失《きおくそうしつ》で、なんにも覚えてないいんだろうか？

チェースは選手たちにむかっていった。「おれたちは、おまえらアメフト・チームを良く映してやろうと思って、激励会《げきれいかい》を撮影《さつえい》にきたんだ。残念だよ」

選手たちは恐怖《きょうふ》の表情を浮《う》かべてチェースを見つめている。チェースは自分のことばのなにが選手たちを凍《こお》りつかせたのか、さっぱりわかっていないみたいだけど、わたしにはわかる。

チェースは「おれたちは」っていったんだ。おれたちビデオクラブと、おまえらアメフト・チームって。

ジョーイはヘルメットを脱《ぬ》いだ。「おれたちとチェース・アンブローズはかたい絆《きずな》で結ばれてた。チームメート以上の関係だ。ほんとうの仲間だった。だけどな、最近はこいつがだれなのかもわからないよ」ジョーイはそういうと、選手たちをひきつれてフィールドへでていった。

アーロンとベアはのこっている。わたしは、ふたりはチェースに味方するんだろうと思った。だって、三人は大親友なんだから。ベアが背をむけて選手たちの方へいったのを見て、チェースはずいぶんショックを受けたみたいだ。

アーロンはしぶい顔でチェースを見ている。

「あんなこと、やっちゃだめだ。ジョーイは友だちじゃないか。なんべんもおまえをバックアップしてくれたんだぞ」

チェースはまだ怒《おこ》っているようだけど、すこしはおちついたみたいだ。

「もしかして、おれは自分の半分もないようなやつを、理由もなくいたぶってたってことなのか？」

アーロンは一歩もゆずらない。

「やめさせたきゃ、やめろといえばよかったんだ。そしたら、ジョーイはやめてた。襲《おそ》いかかる必要なんてなかったんだよ」アーロンは、あれはだめだというように首を横に振《ふ》った。「完璧《かんぺき》なやつなんていないんだ。おまえもふくめてな。つぎのときは、おまえの友だちはだれなのか、ちょっと考えてからにしろよ」

アーロンは選手たちのあとを追って消えた。

「ありがとう、チェース」ブレンダンが震《ふる》える声でいった。

ビデオクラブの連中は、おずおずと、でも心から感謝の気持ちをあらわしていた。アメフトの選手たちに立ちむかった人なんて、これまでほとんどいなかった。チェースにしかできないことだ。チェースはチームのひとりだから。

すくなくとも、ちょっと前までは。

ショシャーナ・ウェバーがあきれたように目玉をぎょろりとまわしていった。

「正気なの？　なんでこいつに、ありがとうなんていうのよ？　こいつにゴミクズみたいなあつかいを受けなかった人、だれかいる？」

ブレンダンはおどろいたようにショシャーナを見た。「なにがあったのか、見てなかったの？」

「いつも通りのならず者だったじゃない。きょうは、こっちのサイドだったけどね。でも、明日はどう？　こいつがわたしの弟にやったこと、忘れないでよ！」そういうと、ショシャーナは足を踏《ふ》み鳴らして立ち去った。

ワオ、ジョエル・ウェバーのことね。あの子のことを考えると、いやーな気分になった。ショシャーナの弟のこと、忘れかけてた。あのジョエル・ウェバー事件が起こるまでは、こんなごたごたも大した問題じゃないように思ってた。

今回のことで、チェースはすこしばかりショックを受けてるみたいだ。チェースはビデオクラブの子のために、アメフト・チームを敵にまわしたってことなんだけど、それでなにを得た？　ビデオクラブのメンバーのひとりにディスられちゃった。

ほかのメンバーはなんとかとりつくろおうとしている。

「気にしなくていいよ」

「本気でいってるわけじゃないから」

「ほんとうによくやってくれたよ」

最後はブレンダンだった。「あんなこと、してくれなくてもよかったんだよ」

そうはいっても、助けにきてくれたことに、すごく感謝しているのは見え見えだったけど。

やがて、みんないなくなった。廊下《ろうか》にのこったのはチェースとわたしだけ。

チェースはまだとまどっている。「あの子に弟がいたことも知らなかったのに」

「ええ、ジョエル・ウェバーね。おとなしい子で、ピアノを弾《ひ》くの。あんまりひどいいじめにあったから、家の人が、全寮制《ぜんりょうせい》の学校へ転校させたんだ」

　事実に、すこしばかり手をくわえて話した。そのいじめの主役だったたってことを、チェースは覚えていない。チェースはジョエルをこの街から追いだそうとしていじめてたとは思わないけど、みじめな思いをさせようとしてたのはまちがいない。ウェバー家の人たちが、息子《むすこ》をこの街から遠ざけたときいたとき、チェースがもうしわけなく思ったのかどうか、わたしにはわからない。

　きっと、だれにもわからないことなんだろう。チェース本人にも。ジョエルに起こったことをどう思ったにしても、チェースはそれを忘れてしまっている。

　チェースは考えこんでいる。

「おれもそのひとりなんだね?」ようやくいった。「おれはいろいろやらかしたみたいだ。おれを見る人の目つきがおかしいのは、おれがただ、屋根から落ちたマヌケだからってわけじゃないんだ」

「だれもマヌケだなんて思ってないよ」わたしはすかさずいった。

「ああ、だけど、アルバート・アインシュタインがやるようなことじゃないから」

　そういって考えこんでいる。とてもステキな横顔。おとなびてて。

「だれもが知ってるのに、自分だけは知らない人生を生きるのがどんなにつらいのか、きっと信じてもらえないだろうな」

「わたし、キンバリーよ」わたしはいった。「でも、あなたはいつもキミーって呼んでた」

正確にいうと、これは嘘《うそ》。でも、わかりっこないよね。わたしはいつもキミーって呼んでほしいと思ってた。特にチェースには。

わたしたちは、初対面の仕事相手とするように握手《あくしゅ》をした。

「ビデオクラブにいかないと」チェースがいった。「またね……キミー」

うれしすぎてことばがでなかった。それで、ただ手を振《ふ》った。

これまでで最高の一日だった。チェースがなにも覚えていないんだとしたら、わたしとのかかわりがぜんぜんなかったことも覚えてないはず。

すぐにでも、ビデオクラブに入らなきゃ。

11 アーロン・ハキミアン

親父がいつもいってることばがある。「アヒルに見えて、アヒルみたいに鳴けば、そいつは多分アヒルだ」

これがかならず正しいとは限らない。アンブローズに見えて、アンブローズみたいに話す。でも、あいつはアンブローズじゃない。

屋根から落ちて頭を打ったぐらいで、なんであんなに変わっちまうんだ？　アメフトができないのはわかる。マヌケな医者の命令なら、どうしようもない。それに記憶喪失《きおくそうしつ》ときた。ウィキペディアにのってるからって、ほんとうのこととは思えない。

それに、スマホをトイレに落としたときにメモリが全部消えたみたいに、頭のなかの記憶《きおく》がきれいさっぱりなくなったとしても、おなじ人間なんじゃないのか？

チェースはおなじ人間じゃない。小二のときから、おれとベアといっしょに育って、いっしょにスポーツをして、いっしょにかたっぱしからルールを破ってきたやつとは別人だ。

それは目を見ればわかる。あいつはおれたちのこと、ハリケーンズの全員のことを、赤の他人のように見る。それはなんとなくわかる気もする。はじめて会った人間みたいなものなんだろうから。それにしたって、そろそろ思い出しはじめてもいいころじゃないのか？　でも、まだだ。おれたちが夢中になっているものに関心がない。アメフトもなにもかも。

これには傷つく。やつの記憶《きおく》がなくなったのはわかる。でも、おれたちの友情も全部消えちまったのか？　仲間でいるってことは、過去にいろいろなことをいっしょにやったってだけのことじゃないだろ。それ以上のなにかが、あるはずじゃないか！　でも、いまのところ、あいつとおれたちのあいだに共通点はなんにもない。

もっとひどいのは、あいつとの共通点があるやつは、どいつもこいつも負け犬だってことだ！ビデオクラブだと？　マジなのか？　おれの知ってるチェースは、ほかのだれよりもやつらをいたぶってたのに！　それがいまは、やつらといっしょにツルんでいたいってか？　で、おつぎはだれだ？　ぬいぐるみのクマちゃんか？　それにあのオタクどもはチェースのことを完全に許してるみたいじゃないか。ショシャーナは別だけどな。まあ、それも当然か。たぶんチェースは、あのことをまだ知らないだろうけど。

最大の問題はこれだ。どこかにとじこめられたむかしのアンブローズは、いつか、いまのマヌケな自分に気づいて、正気にもどるのかってことだ。それとも、新しいオタク好きのチェースは、これ以降ずっとそのままなのか？

これは大きな問題だ。おれたちが仲間だったからってだけじゃない。おれたち三人のあの貴重な「お宝」にかかわってくる。あいつが持ってることすら思い出せなかったら、いったいどうなるんだ？

ベアはあんまり深く考えるたちじゃない。考えるより行動だ。

「なあ、こんなのバカげてる。やつにきいてみようぜ。『おまえが持ってるのは知ってるんだ。だせよ』ってな」ベアはそういった。

「あいつは記憶喪失《きおくそうしつ》なんだぞ。どこにあるのか覚えてないのかもしれない」

それに対してベアはいった。「本気にしてるのか？　あいつはちゃんと覚えてるって。まちがいない。あれはすごく価値のあるもんだ。記憶喪失《きおくそうしつ》のふりをして、ひとり占《じ》めするつもりなんだよ」

「おい、あいつはおれたちの仲間なんだぞ！」おれは怒《いか》りにまかせてそういって、ビデオクラブのオタクなら街を半分横切るぐらいのいきおいでつきとばした。「そんなこと、考えるなんておまえはクズだ！」

やつはつきとばし返していった。「なら、おまえもクズだ。おまえもおれとおなじことを考えてるって知ってるんだからな」

でも、おれは考えていなかった。ほんとうだ。チェースが記憶喪失《きおくそうしつ》のせいにして、おれたちをだまそうとしてるのなら、そのほうがずっといいぐらいだ。もし、明日になって、やつが「おまえら、だまされたな！」といったとしたら、一日二日は腹も立つだろう。でも、そのあとで、まんまとだまされたよ、といって握手《あくしゅ》するだろう。

むかしのチェースがもどってくる方がどれだけいいか！

「どっちみち、おれたちはめんどうな立場なんだ」おれはベアにいった。「この問題を、正面切ってやつにぶちまけて、ほんとうになにも覚えていないんだとしたら、もうおれたちの仲間じゃないチェースに事実を話さなきゃならない」

「そいつはめんどうだな」

「ああ、そうだ。新しいチェースはいい子ちゃんだからな。負け犬のために立ちあがるんだぞ。やらなくてもいい奉仕《ほうし》活動もやってる。もし、おれたちがやったことを覚えてないっていうんなら、思い出してほしくない。あんなチェースなら、おれたち三人のやったことをバラすだろうからな。それが『正しいこと』だから」

「あいつが嘘《うそ》をついてないならな」ベアは苦々《にがにが》しげにいった。

「なんとか、うまく立ちまわらないとな。それまで、もうすこしじっくり見てようぜ」

なにをききだそうとしているのか悟《さと》られずに、真実をひきだそうとすることほどむずかしいことはない。おれは単純な人間だ。しゃべるのも単純なことばだ。でも、この場合は危険すぎる。

やつからききだすチャンスがいちばんあるのは、老人ホームにいるときだろう。でも、それもかんたんなことじゃない。やつはやらなくていいときまで奉仕《ほうし》活動にでかけていく。いったい、なんでこんなに熱心なんだ？　見ているだけでイライラする。やつはおれとベアが午後一杯《いっぱい》ひきのばしていたおやつ配りを、たったの二十分で終えてしまう。そして、あまった時間、年寄りたちに本を読んでやるんだ。車椅子《くるまいす》は進んでおすし、まるでわけのわかってない年寄りたちに携帯《けいたい》の使い方を教えてやる。

「あいつは、おれたちを悪く見せるためにわざわざやってるんじゃないかと思うのは、おれだけか？」ベアがつぶやいた。

「わざとじゃないだろ」おれはつぶやき返した。「ほんとうにここが気に入ってるみたいだ」化石のような年寄りたちもチェースを気に入っている。廊下《ろうか》を一メートルも歩かないうちに、ダンブルドアかダンブルドーラのだれかが、大声でチェースを呼びとめる。テレビを直してくれとか、高い棚《たな》からなにかをとってくれとか。

ベアがぼやく。「おれたち、アンブローズより背が高いんだぞ。なんで、だれもおれたちにたのまないんだ？」

「おれたちは、ことわるからだよ」おれはベアに思い出させてやった。「そうじゃなきゃ、無視するだろ。いいかよくきけ、たしかにここの青い髪《かみ》の連中がみんなチェースを好きなのは見ててムカつくけどな、それも無理はないんだ」

おれたち以上に、おれたちの奉仕《ほうし》活動期間が早く終わらないかと祈《いの》っている渋面《しぶつら》のダンカン看護師でさえ、アンブローズには笑顔《えがお》を見せる。そして、その分、おれとベアには一層の渋面《しぶつら》だ。

チェースがいちばんさけなければならない住人と、いちばん親密な友情を築くのも時間の問題だった。一二一号室のあの偏屈《へんくつ》な元兵隊だ。あの、だれもかれをもきらって、だれもかれもからきらわれている灰色のひげを生やしたじいさんさえもが、アンブローズを好きになることにしたようだ。信じられない話だ。

ふたりを近づけたのは、あの朝鮮《ちょうせん》戦争の与太話《よたばなし》だった。チェースはあんまりくわしいことを知らない。熱心に話をきこうとする人間があらわれて、じいさんは大よろこびしたというわけだ。しかも、その相手が、話の途中《とちゅう》で五回も補聴器《ほちょうき》のバッテリーを替《か》えたりしなくていい若者なんだから。

「いったい、ふたりでなにをそんなに話すことがあるんだ？」ベアがたずねた。

アンブローズは肩《かた》をすくめた。「あの人はおもしろいんだ。この国の最高の勲章《くんしょう》をもらった人と話す機会なんて、めったにあるもんじゃないからな」

なんでチェースはいつも勲章《くんしょう》の話をもちだすんだ？　おれは不安になった。ベアはどうにかなってしまいそうだった。

「ウィキペディアには、朝鮮《ちょうせん》戦争は三年しかつづかなかったって書いてあったぞ」おれはいった。

「もう、すみからすみまできいたんじゃないのか？　いったい、それ以上、なにをきこうっていうんだ？」

アンブローズは笑った。「あの人はいい人なんだ」

「どこがだよ？　ここにいるみんなにきいてみろよ。車椅子《くるまいす》のきしむ音がうるさいといっては文句をつけるわ、映画の夕べには、大声でネタばらしをやるわ。看護師たちも、おれたち以上にきらってるぞ。これがテレビのリアリティーショーで、ここから追いだす人間をひとり選ぶとしたら、全員があのじいさんに投票するさ」

でも、そこでチェースはバーグランドのばあさんに呼ばれて、週に一度のトランプ遊びの会場へと車椅子《くるまいす》をおしていった。まるで、ここの職員にはまかせていられないといわんばかりに。

「やつはただ戦争の話が好きなだけかもな」おれはベアにいった。

ベアは信じなかった。「これまで、戦争の話なんか好きじゃなかったぞ」

そう、これこそが大問題だ。おれたちは、あいつのことを知っているのに知らない。そのせいで、あいつの頭のなかでなにが起こっているのかは、さっぱりわからない。

そして、おれたちがどれぐらい心配したらいいのかもわからない。

12 チェース・アンブローズ

またすこし、記憶《きおく》がもどった。

たいていは、一瞬《いっしゅん》の画像というか印象のようなものだが、ひとつだけすごく具体的なものがある。母さんは、すこしでもひっかかるものがないかと期待して、古い写真を山ほど見せてくれた。そのうちの一枚に、ツタにおおわれた建物のスナップ写真があって、なんとなく、見覚えがある気がした。母さんによると、それは兄貴が通う大学の学生会館だということだ。

それが引き金になった。思い出したというのではなく、はじめから頭のなかにあったものに、いま気づいた、という感じだった。

母さんと七年生だったおれとで、ジョニーを大学まで車で送った。そのとき、写真に写っている建物の前に車をよせた。ジョニーが車からおりる。それは、新入学の初日だった。ジョニーがはじめて家をはなれた日でもある。ジョニーはすごくびくびくしていた。

それを見たおれはどう思ったか？　おびえる兄貴に同情したか？　いまにも泣きだしそうな母さんに同情したか？　それとも、遠くでひとり暮らしをはじめるたったひとりの兄貴と別れる自分に？

そのどれでもなかった。おれはこう思っていた。

なんて情けないやつなんだ！　こんなやつを尊敬していた自分が信じられないよ！　泣き虫の赤ん坊《ぼう》め！

そのときの嫌悪感《けんおかん》は、いまおれをこの場所にひきもどすほど強かったってことだ。自分の兄貴を、あんなにきびしく責め立てたなんて、不思議な気がする。おれが入院していたとき、ジョニーは母さんといっしょに片時もはなれずにベッドサイドにいてくれた。ただただおれを心配して、事故に胸をひきさかれるような思いをしながら。

弟思いのすばらしい兄貴に対して、おれの態度はひどすぎた。

おれは人が変わったようだとよくいわれる。それがどれほどなのか、ようやくうすうすわかりはじめてきた。

クーパーマン先生はおれの記憶《きおく》がもどりはじめたことに、おどろきはしなかった。前回の診察《しんさつ》の際に、先生はおれの脳にはなにも問題がないといった。ともかく、昏睡《こんすい》から覚めて以降に起こったことはすべて覚えている。ショシャーナに頭からフローズン・ヨーグルトをぶっかけられたことや、三輪車で洗車機に入っていったブレンダンのことやなんかは、かんたんに忘れられるようなことじゃないけど。それに、ジョーイを壁《かべ》におしつけたときの暴力への衝動《しょうどう》、怒《いか》り、とっさの行動も。

あのときは、同時に満足感もあった。誇《ほこ》れるようなものではないが、感じたのはほんとうだ。思うようにことが運ばないときに、力まかせにそれを変えたという満足感だった。

アーロンのことばがよみがえる。「襲《おそ》いかかる必要なんてなかったんだよ」そして、ショシャーナの「ならず者」ということばが頭からはなれない。ジョーイにブレンダンいじめをやめさせたことは後悔《こうかい》していない。でも、暴力だけが解決策だったんだろうか？　もっとひどいのは、そもそも、ことばでジョーイをとめようなんて、考えもしなかったってことだ。おれはジョーイにつかみかかり、ジョーイがブレンダンにやったのとおなじようにつきとばした。

むかしの、つまりあの事故の前のチェースは、きっとそんなやつだったんだろう。でも、もしそいつが、いまのおれのなかにいるのだとしたら、記憶《きおく》といっしょにすこしずつ頭をもたげるんじゃないだろうか？

自分の過去をなくすより、そっちの方がもっと気味が悪い。そいつが頭をもたげればもたげるほど、おれは自分自身がわからなくなる。

クーパーマン先生は、けがも完全に治ったといっていた。でも、爆弾《ばくだん》を落とすのも忘れなかった。今シーズンはアメフトに復帰しないでほしいといったんだ。

「注意しすぎるってことはないからね。きみはもう健康体だ。でも、脳震盪《のうしんとう》をなめちゃいけない。毎日のように、脳震盪《のうしんとう》の長期的な影響《えいきょう》がつぎつぎとわかっているんだ」

「がっかりでしょうね」母さんがいった。「あなたにとってアメフトがどれほど大切なのかはわかってる」

チームメートにはなんていったらいいんだろう？　プレーしたくてうずうずしているのはたしかなんだが、いちばん気がかりなのは、アメフトが過去の自分との最大の接点だってことだ。親父とは、おれの過去のアメフト選手としての栄光と、親父がおれにどれほど期待しているかってこと以外の話は、ひとことも交《か》わしていないような気がする。

そして、ジョーイとのいざこざのあと、ハリケーンズのなかでおれと話すのはアーロンとベアだけになった。ふたりといっしょにいるときも、ふたりの関心は、おれがキャプテンとしてもどれるかどうかってことが大半のような気がする。そして、たしかなのは、（a）おれが必要もないのに奉仕《ほうし》活動をやってることと、（b）おれがそれをいやいややっていない、ってことを、ふたりは許さないだろうということだ。

正直いって、奉仕《ほうし》活動はぜんぜんいやじゃない。ひとつには、自分も入院してはじめて、ひとところにとじこめられているのがどれほどたいくつなのかを知ったってことがある。単調な生活を破ってくれる訪問者は、だれだって心からありがたいものだ。それでいまは、おれがこの老人ホームの訪問者になったということだ。それによって、自分がいい人間なんだと感じることができる。自分が実はいやな人間だと知る機会が多くなるほど、これは大きな支えになる。

それとは別に、ここでは学ぶことも多い。マージャンのやり方を教わったし、植物を育てるコツもいろいろ学んだ。おもに部屋が植物園状態のキットレッジさんからだ。いまなら、母さんの植物の命もたくさん救うことができそうだし、ヘリーンの部屋のイチジクの木だって救えるかもしれない。ヘリーンが幼稚園《ようちえん》のバザーで買ってきた鉢植《はちう》えで、すくなくとも九十八パーセントがた死んでしまっているんだけど。あのイチジクを救えば、コリーンのポイント稼《かせ》ぎにもなるかもしれない。コリーンはどんどん抜《ぬ》け落ちる葉や、びっしりとついた小さな白い害虫を見て、すっかり育てる気をなくしてしまっている。

ソルウェイさんに関していえば、自分に起こったことはほとんど忘れているおれでも、これまで出会ったなかで、最高の人だと自信を持っていえる。走っている敵の戦車にとび乗り、ハッチをあけて手榴弾《しゅりゅうだん》を放りこむなんて、とんでもなくすごい人じゃないか。

でも、ソルウェイさん本人はそうはいわない。

「ただ、それをむかしやったってだけで、いまのおれがやったわけじゃない。もし、ちょっとでも頭を使ってたなら、そんなバカげたこと、やらなかっただろうさ。いまのおれは、それほどバカじゃない」

とても残念なのは、ソルウェイさんがあの名誉勲章《めいよくんしょう》を見つけだせないということだ。看護師のダンカンさんは、ホームが大規模な壁《かべ》の塗《ぬ》り替《か》えをやったときに、どこかにまぎれてしまったんだろうから、そのうちでてくるだろうと思っている。でも、ソルウェイさんは完全になくなったものとして納得《なっとく》している。

「かみさんが死んでから、頭がはっきりしなくてな」ソルウェイさんはいった。「子どもを授からなかったから、たよれるのはお互《たが》いだけだった。かみさんは、なにからなにまでめんどうをみてくれたし、おれもかみさんのめんどうはみたよ」そこでため息をついた。「どっちがよりめんどうをみてたかは一目瞭然《いちもくりょうぜん》だろう。かみさんが死んじまったら、おれの人生も終わったようなもんだ。ここでの生活は……」そういって、手でぐるりと部屋のなかをしめす。「時間つぶしみたいなもんだ」

それをきいたときは、いやな気分になった。「やめてよ、ソルウェイさん。ここでしっかり暮らしてるじゃないですか。友だちもたくさんいるし」

ソルウェイさんはおれをにらみつけた。「ほかの連中におれのことをきいてみたことあるか？松葉杖《まつばづえ》のばあさんたちは、おれが近づくのを見たら、百メートルダッシュでにげていくぞ。食堂にはおれ専用のテーブルがあるんだ。看護師はみんな、おれのことを皮肉たっぷりにミスター・ハッピー・フェースと呼んでる。おれが知らないとでも思ってるんだろうがな。ほかの連中とおなじように耳が遠いと思ってるのさ」

「それは、なんとなくわかる気がします。事故の前、おれは学校でミスター・ハッピー・フェースのようなものだったみたいだから」

「ああ、たしかにな」ソルウェイさんが答えた。「はじめておまえがここにきたときは、ほかのふたりとおなじように、ただのゴロツキだったからな。いや、三人のなかでいちばんたちが悪かったかもしれん。ゴロツキは、ときどき頭を打った方がいいのかもな」

記憶喪失《きおくそうしつ》の人間にはとてもきびしいことばだ。でも、それがソルウェイさんらしさだ。意地悪でいっているのではなく、正直にいってるだけだ。長いあいだ生きてきて、いろいろなことを経験して、もうだれにも遠慮《えんりょ》などしないことにしたんだろう。おれはその点をなによりも尊敬している。

「頭を打ったせいで、十三年半の人生がふっとんだんですけどね」

「記憶《きおく》ってのは、過大評価されてるな。あのステキな勲章《くんしょう》をもらうことになった英雄的《えいゆうてき》な行動だけどな、実は一秒も覚えてないんだ。なにが起こったのか知ってるのは、ただ、上官が司令部にした報告を読んだからだ」

「年をとって、細かいことをいちいち覚えていられなくなったせいじゃないんですか？」

ソルウェイさんは首を横に振《ふ》った。「年のせいなんかじゃない。手榴弾《しゅりゅうだん》が爆発《ばくはつ》したあとのT三十四式戦車のなかをのぞきこんだせいだ。それはすさまじいながめだったろう。医学的な説明としては、直視できない記憶《きおく》を遮断《しゃだん》したってことらしい」

「敵だったんですよね」おれは静かにいった。「戦争のさなかだったんだし」

「銃《じゅう》をむけるやつはだれもが敵なのさ。だがな、死んだ人間は、自分がどの軍服を着てたかなんて気にしない。おれはあのひどい時代のことはなにもかも忘れた方がいいんだよ。勲章《くんしょう》もなにもかもな」

この点にも、ソルウェイさんとの共通点を感じてしまう。おれたちは、記憶喪失《きおくそうしつ》仲間なんだ。もしかしたら、かつてのおれは直視できないほどのクズだったから、記憶《きおく》を遮断《しゃだん》したんじゃないだろうか。ソルウェイさんの場合とはちがうことはわかっているけど。それに、おれのなくした過去は、すこしずつもどりはじめている。

ツナミのようにどっともどってくるってわけじゃない。目かくしされた捕虜《ほりょ》が、水責めにあってるという方が近いかもしれない。頭に一滴《いってき》落ちるたびに、つぎの一滴《いってき》を思って気がおかしくなりそうになる。おれには、それらの記憶《きおく》が本物なのかどうかもわからない。

おれの誕生パーティーらしきところで、ケーキの上のロウソクを吹《ふ》き消しているシーンもあれば、家族でのカリフォルニア旅行中の光景なのか、ハリウッドのあの看板が浮《う》かぶこともある。アメフト選手たちが自分の上に山のように折り重なっているところも。試合での勝利の瞬間《しゅんかん》なんだろうか？

それらが本物なのかどうか、だれにわかるっていうんだ。おれの心がおれをだます。きのうの夜、おれはピアノのなかで爆竹《ばくちく》が破裂《はれつ》する夢を見た。恐怖《きょうふ》で死にかけそうなあわれな男子の顔を見て、おれは冷や汗《あせ》をかいて目覚めた。でも、イヤーブックでジョエル・ウェバーの写真をチェックすると、夢にでてきた子とはちがっていた。これは記憶《きおく》ではなく、良心の呵責《かしゃく》が生みだした幻影《げんえい》なんだろう。

おれの考えた理屈《りくつ》はこうだ。おれの脳は、ききかじったできごとのにせの記憶《きおく》を作りだす。必死で記憶《きおく》をとりもどそうとするからだ。朝鮮《ちょうせん》戦争の悪夢にうなされたことさえある。その場にいたはずなど、ぜったいないのに。軍服に身をかためたおれは、ソルウェイさんのように戦車によじのぼっていた。ハッチをあけ、手榴弾《しゅりゅうだん》のピンを抜《ぬ》いたところで、なかの兵隊がおれを見あげた。そいつらのなかへ、手榴弾《しゅりゅうだん》を投げこむことができない。どうしていいかわからず、ただその場につっ立ったままだ。やがて、おれの手のなかで手榴弾《しゅりゅうだん》が爆発《ばくはつ》する。

信じようが信じまいが、事故前の印象のなかでもっとも生々《なまなま》しいのは、あの小さな少女だ。手を伸《の》ばせば、青いドレスについた白いレースや、頭の赤いリボンに触《ふ》れられそうに思うぐらいくっきりしている。あの少女はほかの夢よりも、より真実なんだろうか？ その子は動かない。ただ、じっと立っているだけ。おれを見ずに、そっぽをむいている。

それにしても、あの子はとても重要なはずだ。病院で目覚めたとき、自分のなかにのこっていたたったひとつの記憶《きおく》なんだから。

いったい、あれはだれなんだろう。

学校がきっかけでよみがえった記憶《きおく》もいくつかあった。でも、たいていはとりとめのないイメージや、なんか見たことあるなというデジャヴュのようなものだった。役に立つほどはっきりしたものはなにもない。いまだに先生たちのことも、生徒たちのことも、用務員さんたちのことも、だれがだれだかわからない。六年生のときから二年間通っている建物のなかがどうなっているのか、学びなおしているところだ。自分がどれほどひどい生徒だったのかは、先生たちのだれもが、いまのおれのようすを感心したように見ていることで思い知らされる。なかには、宿題を提出しただけで、気絶しそうになった先生までいたぐらいだ。

ビデオクラブは、元々《もともと》まっさらな場所だ。以前は接点がなかったんだから。おれたちは、イヤーブック用に山ほどの動画を撮《と》りためた。おれはメンバーからすこしはなれてうしろからついていく。というのも、たいていの生徒はおれの姿を見るだけで、走ってにげていくからだ。おれはそのたびに叫《さけ》んだ。

「ブレンダンにたのまれてきたんだ!」

それでようやく、めんどうを起こしにきたんじゃないとわかってもらえる。ドリオ先生はおれのインタビュー方法をなんとかしてほしいと願っている。おれのインタビュー相手が、そわそわとおちつきをなくしてしまうからだ。たしかにその通りで、だれもがみんな、おれにズボンの下からパンツを頭の上までひっぱりあげられて、そのままロッカーに頭をつっこまれると思いこんでいるありさまだ。

それでも、ビデオクラブのメンバーたちは、おれがいることに慣れてきた。ショシャーナは別にして。ショシャーナは相変わらず、徹底的《てっていてき》におれを憎《にく》んでいる。無理もないと思う。記憶《きおく》はなくても、おれとアーロンとベアとで、ショシャーナの弟にひどいことをやったんだから。会ったこともない人間への、まるで身に覚えのないことで、これほど憎《にく》まれるのは、すごく変な気持ちではあるけれど。ショシャーナはおれと直接ぶつかりあうのはやめた。でも、手遅《ておく》れになる前に、クラブへの入会制限をしておくべきだったと、くり返し辛辣《しんらつ》なコメントをしている。このコメントはフェアなものじゃない。最後に入ったのはおれじゃないからだ。キミーがおれのあとから入ってきた。おれをド素人《しろうと》だというんなら、キミーはなんなんだ？　キミーにはカメラとカピバラの区別もつかないんだから。チアリーダーの部長にインタビューしたときには、レンズにキャップをしたままだったせいで、映像なしの音声だけになった。二度目に撮《と》り直したときには、ズームしすぎて口元しか映っていなかった。

どうやら、ブレンダンはキミーに首ったけのようだ。キミーの悪口にはいっさい耳をかたむけようとしない。顔が映らず、口だけの映像は「表現主義」だとかばったし、レンズ・キャップはこのデジタル時代にはアナログすぎるといった。

なにはともあれ、ブレンダンがいちばん夢中なのはユーチューブだ。きょうの放課後、ブレンダンはバスタブの排水口《はいすいこう》に吸いこまれないように必死で泳ぐ小さな金魚の動画を見せた。ＢＧＭははげしいエレキギターだ。必死の泳ぎもかなわず、ついに吸いこまれそうになった瞬間《しゅんかん》、トイレ用の吸引カップがおりてきて排水口《はいすいこう》をふさぎ、金魚は助かった。

ブレンダンはまばらな拍手《はくしゅ》に答えて動画をとめた。「タイトルは『吸盤神降臨《きゅうばんしんしん》』だよ」おごそかにそういう。

ショシャーナは気に入らなかった。「こんなもの時間のむだだよ。こんな暇《ひま》があるんなら、全国ビデオ・ジャーナリズム・コンテストにエントリーするわたしの作品制作を手伝って。もし、優勝したら、このクラブの評価がすごくあがるんだから」

ブレンダンはそっけない。「年寄りの古き良き時代の思い出話じゃ、インターネットでブームは起こせないから」

「それは、人選次第《しだい》だと思うけど」ショシャーナはゆずらない。「お年寄りのなかには、すごい時代を乗り越《こ》えて、すばらしいことを成し遂《と》げた人だっているんだから。完璧《かんぺき》な取材対象さえ見つかれば……」

だれにむかって話しているのか、自分でも気づかないうちに、口が動いていた。「ポートランド・ストリート老人ホームのソルウェイさんと話すべきだよ」

ショシャーナは刺《さ》すような怒《いか》りに満ちた目でおれをにらんだ。ショシャーナの大切なプロジェクトを、おれの声で汚《よご》してしまったようだ。またしてもやってしまった。ショシャーナの弟をいたぶり、屋根から落ちて死ななかった上に、さらなる人道に反する罪を重ねてしまった。

「ソルウェイさんってだれなの？」たずねたのはキミーだ。

「朝鮮《ちょうせん》戦争の英雄《えいゆう》なんだ。名誉《めいよ》勲章《くんしょう》を受けてる。兵士が受ける最高の勲章《くんしょう》なんだけどね」

「なんでそんな英雄《えいゆう》を、あんたが知ってんのよ?」ショシャーナがいう。おれの口からでたことばなんて、なにも信じられないんだろう。

「おれたち三人は……アーロンとベアとおれのことだけど……その、奉仕《ほうし》活動で……」おれの声はだんだん小さくなってとぎれた。おれたちが奉仕《ほうし》活動をさせられてることを、ショシャーナはほかのだれよりも知っている。

「完璧《かんぺき》な人選じゃないかな」ブレンダンがいった。

「そうね、その人を三輪車に乗せて、洗車機に入ってもらえるかも」ショシャーナの声は氷のように冷たい。

「いっぺん、きくだけきいてみたら」ヒューゴがけしかけた。

ドリオ先生がその場をおさめるように割りこんだ。

「あなたが学校に栄誉《えいよ》をもたらそうとがんばってるのは、よくわかってるわ」まず、ショシャーナにむかってそういった。「チェースもありがとう。すばらしい提案ね」

ショシャーナの顔がピンクからどす黒いほどの怒《いか》りの赤に変わった。

この先、ショシャーナがおれを憎《にく》むほどはげしく、おれがだれかを憎《にく》むことがなければいいなと思った。

13 ショシャーナ・ウェバー

わたしだってわかってる。そう、わたしたちはオタク。ビデオクラブのメンバーってことだけど。それに、わたしたちはオタク・パワーを持っている。侮辱《ぶじょく》して使われることばだけど、それを誇《ほこ》りに思う。とにかく、わたしたちにとっては、はきなれた靴《くつ》みたいになじんでる。もし、わたしたちが、いわゆるクールな連中がやってるようなことをやったって、楽しくなんかないだろう。

ずっとそんな風に思ってた。わたしたちはわたしたちなんだし、それで、満足だって。クラブのほかのみんなもそう感じてると思う。人気者たちがわたしたちのことをどう思おうと、関係ない。

でも、わたしはまちがってたの？ ビデオクラブになんかぜんぜん関心のなかったAクラスの人間がひとりやってきたとたん、みんな足がすくんで、列を作ってそいつを好きになろうっていうんだから。

わたしの友人たちは、クールな連中に注目されても、それにはなんの意味もないというようにふるまってきた。だって、ほんとうに注目なんかされるわけないいんだから。なのにいまでは、すこしばかり希望を持ちはじめてる。まんまとだまされてるんだ。

ジョエルとおなじぐらいチェースにいたぶられてたブレンダンは、いまやチェースのいちばんのファンだ。そして、おとなしいヒツジたちのだれもが、チェースの「すばらしい」提案を絶賛している。わたしの全国ビデオ・ジャーナリズム・コンテストのエントリー作に対する提案を。チェースをあらわすことばならいくらでも思いつくけど、「すばらしい」なんてありえない。やつが刑務所《けいむしょ》にいるんなら「すばらしい」といってやってもいいんだけど。

その一方で、なんというか……わたしにとってすごく意味のあるコンテストなのに、あれよりましなアイディアがでてこない。すこしばかり調べてみたら、チェースがいっていた通り、名誉勲章《めいよくんしょう》は特別なものだとわかった。動かない時計でも、日に二度は正確な時間を告げるようなものだ。そしていま、わたしはソルウェイさんに会いにいこうとしている。ほんとうに名誉勲章《めいよくんしょう》をもらっているのなら、その人をこの目でたしかめなくちゃ。

老人ホームへむかう途中《とちゅう》で、スマホの着信音が鳴った。ジョエルからのメールだった。

JWPianoMan：いま、どこ？

Shosh466：街のなか。

JWPianoMan：お熱いデート中とか？

ええ、そうそう。すくなくとも八十歳《さい》は超《こ》えてるおじいさんとね。返事を打った。

Shosh466：ビデオクラブの取材。

JWPianoMan：？？？

Shosh466：コンテストのビデオ用の。朝鮮《ちょうせん》戦争の英雄《えいゆう》。

JWPianoMan：ワオ！　どこで見つけた？

一瞬《いっしゅん》、ためらった。メルトン校で苦しんでいるジョエルには、ビデオクラブにチェースがやってきて、ジョエルの代わりにおさまったなんていえるわけがない。ただでさえ、みじめな思いをしているのに、傷に塩をすりこむようなものだ。それに、チェースの提案を受けてソルウェイさんに会いにいくだなんて、ぜったいいうわけにはいかないし。

ジョエルにかくしごとをするなんて気が進まないけど、いってはいけないことだってある。何か月かたって、全寮制《ぜんりょうせい》の学校にも慣れて、友だちのひとりやふたりもできたら……。すくなくとも学校を憎《にく》まなくなったら、このニュースを伝えることもできるだろうし、ジョエルもそんなに気にしないだろう。

それで、こう返信した。

Shosh466：友だちの友だちから。

わたしはスマホをしまった。もうこれ以上、質問はしないで、と祈《いの》りながら。なにかかくしごとをされていると気づいたときのジョエルは、検察官としつこい猟犬《りょうけん》のブラッドハウンドを足して二で割ったみたいになる。故郷のことを考えるよりほかになにもすることのない、ひとりぼっちでたいくつしているいまは特に。

老人ホームに着いてカウンターでたずねると、直接一二一号室まで案内してくれた。廊下《ろうか》を歩きながら、ここの住人たちがものすごく年をとっていることに気づいた。わたしの祖父は七十三歳《さい》で、いまだに毎朝、ローラーブレードで走っている。ここの人たちは祖父よりはるかに年上だ。多くの人が九十代のようだし、百歳《さい》を超《こ》える人もいるようだ。

一二一号室のドアは半びらきで、ノックをするとそのいきおいであいてしまった。

「ソルウェイさんでしょうか？」わたしはさぐるようにいった。

ぶっきらぼうな答えが返ってきた。「おし売りはおことわりだ」

「あの……いえ、そうじゃなくて……」わたしは部屋に踏《ふ》みこんで、はじめてソルウェイさんを目にした。でも、真正面からじゃない。ソルウェイさんはテレビのニュースを観《み》ているので、わたしからは横顔しか見えない。小柄《こがら》だけどがっしりしていて、ふさふさした髪《かみ》は白い。

「お話をうかがいたくてきました。わたしは学校でビデオクラブに所属していて……」

「貴様、えらそうに、なにさまのつもりだ!」とつぜん、テレビにむかって怒鳴《どな》った。「おまえには、ホットドッグの屋台の親父だってつとまらんぞ! この、マヌケめが!」

わたしはしゃべりつづけた。緊張《きんちょう》したときのくせみたいなものだ。「全国コンテストがあるんですけど、その課題が、興味深い人生を送ったお年寄りにインタビューをするというもので……」

ソルウェイさんはわたしの方にむきなおって、燃えるような視線でわたしを見つめた。「あんたとは、知りあいだったか?」

わたしはまだ、ぶつぶつとつづけていた。「それで、あなたが朝鮮《ちょうせん》戦争で名誉《めいよ》勲章《くんしょう》をお受けになったときいたものですから……」

ソルウェイさんは怒《いか》りで顔を赤くした。「いったいなんのつもりだ? あんな勲章《くんしょう》をもらったからって、あそこにいたたくさんの連中にくらべて特別だなんてことはないんだ。インタビューならだれかほかのやつにして、ほっといてくれ」

わたしはなんとか説得しようとした。「だれかに話したくはありませんか?」

「いや。これはおれの物語だ。おれひとりが知ってればそれで十分だ」

そのとき、トゥルーマン大統領が若いころのソルウェイさんの首に勲章《くんしょう》をかけている写真が目に入った。それを見て、インタビューをするのはこの人しかいないと思った。

「わたしの世代の人間の多くは、あなたのような方がこの国のために捧《ささ》げた犠牲《ぎせい》のことを理解していません」

「おだてようったって無理だぞ。八十六歳《さい》にもなったら、ちょっとやそっとじゃ、おだてに乗ったりしないんだよ。インタビューなんかまっぴらだ。ありがたがられるのもごめんだ。望みはただひとつ。食堂でクリームあえのホウレンソウをだすのはやめろってことだけだ」

わたしは打ちのめされた。この人は無理だ。断固として、ひとりでみじめな自分の殻《から》にとじこもるつもりだ。ジョエルと重なりさえした。腹を立てすぎて、自分の居場所で悪いことばかり数えあげ、すこしでもなにかいいことに目をむけようとはしない。そのうち、文句をつけることもなくなって、あとはただ文句をいうことだけが、目的になってしまっている。

ちがいがあるとすれば、ジョエルには人生をねじ曲げられたことに対して腹を立てる正当な権利があるということで、この偏屈《へんくつ》じいさんは、ただ意地悪なだけだ。

打ちのめされて、ドアの方へひきさがろうとしたとき、きき覚えのある声がした。

「いいニュースですよ、ソルウェイさん。最後にのこってたプルーン・デニッシュをもらってきました」

あいつだった。わが家の悪夢、ドブネズミ・ナンバーワンが、菓子《かし》パンののった紙皿を手にあらわれた。胸には「チェース〈ボランティア〉」の名札をつけている。

ソルウェイさんに起こった変化は劇的だった。しかめっ面《つら》が部屋じゅうを明るくするような笑顔《えがお》になった。ある意味納得《なっとく》だ。だれにも本心を見せないみじめな変人を元気づけられるとしたら、それはだれだろう？　そう、その人以上に根性《こんじょう》の悪い、ひとりよがりな、みじめな変人しかいない。ふたりの相性《あいしょう》はぴったりということだ。

チェースがわたしに気づいた。

「ああ、ハイ、ショシャーナ……」にらみつけるわたしにたじろいで、チェースの笑顔《えがお》が消えた。

「おい、ちょっと待てよ」ソルウェイさんがいった。「おまえさんたちは友だちなのか？　なあ、チェース？」

チェースはうなずいた。「ビデオクラブでいっしょなんです。この子に、ソルウェイさんに会いにいってみたらっていったのはおれなんだ」

老兵はしばらく考えてから、ぶっきらぼうにうなずいた。「なら、話は別だ。よろこんでふたりを助けようじゃないか」

きいていて気分が悪かった。このコンテストにパートナーなんていらない。もし、必要だとしても、地球上でいちばん最後に選ぶのがチェース・アンブローズだ。

でも、ソルウェイさんにそういったら、また、さっさと追いはらわれるだろう。今度は永遠に。

わたしは怒《いか》りをこめてチェースをにらんだ。チェースは無邪気《むじゃき》な顔で見つめ返しているけれど、腹の底ではわたしのことを笑ってるにちがいない。

どうやら、パートナーができてしまったようだ。いやおうなしに。

ほんとうはいらないのに。

ジョエルには、なんて説明したらいいんだろう？

14 チェース・アンブローズ

最近、親父は改造したマスタングを買った。四百馬力で巨大《きょだい》なタイヤがついていて、マフラーに不具合があるせいで、ブルドーザーのような騒音《そうおん》を立てる車だ。アンブローズ・エレクトリックのトラックじゃないときは、いつもこの車に乗っている。親父は、死んでもコリーンのバンには乗らない。そして、おれが十六歳《さい》になったら、最初の運転教習はこの親父の愛車でやらせてやるといった。

「遠慮《えんりょ》しとくよ」おれはいった。「エンジン音がうるさくて、同乗してる人がなにを話してるかきこえないから」

親父は心得顔で笑った。「パトカーのサイレンもきこえないかもな。それでも、パトカーをぶっちぎることはできるぞ」

おれの家に着いて、エンジンを切ったのに、おれたちはまだ大声で話していた。

「晩ごはんに呼んでくれてありがとう。コリーンは料理上手だね」

「最高だよ」

「ヘリーンもすごくいい子だ。すこしは仲よくなれたんじゃないかな」

親父は顔をしかめた。「おまえが王女様みたいにあつかうからだろ」

「そうかもね。おれたち、格闘技《かくとうぎ》の試合をやろうとしたのに、金網《かなあみ》リングが見つからなかったんだ」

親父はにこりともしなかった。「四歳《さい》の子どもと仲よくなれるかどうかなんて、気にもしないいやつだったのにな」

おれは肩《かた》をすくめた。「前はこわがられてた。それよりはましだろ？」

「別に、こわがってたわけじゃないさ。でも、おまえはいまとはちがってたからな。ずっとタフだった。おまえにさからうやつなんかいなかった。アーロンとベアを見てみろ。おまえもあんなだったんだ」

一瞬《いっしゅん》、おれの「すばらしい」タフ時代がフラッシュバックした。生徒のだれかにパンチをあびせ、こづきまわし、廊下《ろうか》にけりたおしている。でも、フラッシュバックしたのは、そうしたいやな場面ばかりでもない。おれは肩《かた》をそびやかし、顔をしっかりあげて学校のなかを歩いている。自分が重要人物だという感覚で、自信と力がみなぎっている。そうした感覚の一部は、おれが悪たれだったせいかもしれないが、全部が全部そうでもない。おれはスター・アスリートで州のチャンピオンだったんだ。友だちもたくさんいた。この街ではちょっとした有名人だった。それを誇《ほこ》りに思っても、罪にはならないはずだ。

おれは家のドアノブに手を伸《の》ばしていった。「とにかく、きょうはありがとう」

「もうひとついっとくぞ、チャンプ」親父が早口でいった。「知り合いの医者のことだ。スポーツ医学の専門家でな、あのへなちょこクーパーマンとはくらべものにならない経験があるんだ。おれが交渉《こうしょう》したら、おまえのためによろこんでセカンドオピニオンをだしてくれるといってた」

「セカンドオピニオン？　おれに起こったことは、ちゃんとわかってるよね？　セカンドオピニオンなんか、なんの役に立つんだ？」

「おまえをフィールドにもどす役に立つんだよ！」親父は即座《そくざ》に叫《さけ》んだ。「あのクーパーマンだって、おまえが回復したのは認めてる。シーズン丸々《まるまる》むだにすることなんかないんだぞ！」

「クーパーマン先生はちゃんと説明してくれたじゃないか。親父だってわかってるんだろ？　慎重《しんちょう》にするにこしたことはないって」

「それがほんとうなら、グエン先生だってそういうさ。そうじゃないとしたら、おまえは八年生のシーズンをむだにすることになる。もしかしたら、二度目のチャンピオンシップもな！　二年連続で成し遂《と》げたやつはだれもいないんだぞ。このおれにだってできなかったんだ！」

親父の顔は興奮で赤くなっていた。親父が百パーセント本気なのは疑いようがない。おどろきなのは、親父が自分がハリケーンズで成し遂《と》げたことを、おれに越《こ》えさせようとしているってことだ。思い出せないことがたくさんあるのはたしかだ。それでも、おれが親父を乗り越《こ》えること、つまり、親父がおれのつぎに落ちてしまうことを自分からいいだすなんて、びっくりだ。

そのグエン先生とやらに、会わないわけにはいかないだろう。専門家なら、スポーツによるけがに関してはだれよりもくわしいはずだ。もちろん、クーパーマン先生よりも。もし、その先生がもうプレイできるというのなら、おれの復帰をさまたげるものはなにもない。

「母さんに話してみるよ」おれはいった。

「冗談《じょうだん》だろ！」親父は怒鳴《どな》った。あっけにとられているおれに、親父はつづけた。「母さんに心配かけることはないさ。ただでさえ、心配ごとでいっぱいなんだからな。まず、おれがおまえをグエン先生のところにつれていく。そして、すべてがＯＫになったところで、どうやって母さんに伝えるか考えればいい」

おれは望みを高く持ちすぎたくはなかったのでいった。「『もし、すべてがＯＫになったら』だよね」

「こまかいことというな。だいじょうぶだって。安心しろチャンプ。あっというまに元通りの生活だ」

元通りの生活か。このことばにひかれる自分がいる。アメフトを再開できるのは楽しみだけど、ほんとうに願うのは元の自分にもどるってことだ。親友との絆《きずな》を結びなおして、チームとの関係を修復するために。自信やプライドをとりもどすには、もはや記憶《きおく》にたよってはいられない。すぐにでも、実現するかもしれない。

ベアはパスしたボールを空中でつかむと、体にひきよせた。そして、歩道でベビーカーをおす女の人のまわりを稲妻《いなずま》のスピードでくるっとまわった。

「あぶないわね！」女の人が叫《さけ》び、おどろいた赤ちゃんが泣きはじめた。

「すみません！」おれは肩《かた》ごしに大声でそういって、三人でパスをまわしながらそのままポートランド・ストリートを進んだ。

まだチームに復帰したわけじゃない。それでも、奉仕《ほうし》活動へいく道すがら、「たわいもない」キャッチボールをしていても、文句をいわれる筋合いはない。

たわいもない、というのはおれたちから見たいい方で、歩行者たちは、おれたちが近づくのに気づくと、大あわてでにげていく。

「あぶないな！　どこに目をつけてんのさ！　頭がもげちゃうところだよ！」

十歳《さい》ぐらいの男の子は、頭にボールがあたって自転車からころげ落ち、おれたちにむかって悪態をあびせた。

「てめえ、どの口でいってんだ？」アーロンがにらみをきかせて怒鳴《どな》った。

おれは笑いながらその子を立たせ、自転車に乗せてやった。すると、ボールがうなりをあげておれの顔にせまってきた。間一髪《かんいっぱつ》、おれはボールをつかんだ。われながらなかなかみごとなもんだ。

みんながいうように、おれはほんとうにスター選手だったのかもしれない。

アーロンとベアは、力まかせのプレーばかりで繊細《せんさい》さのかけらもない。アーロンは不器用といってもいいぐらいで、ボールを追ってしょっちゅう道路にとびだし、車に急ブレーキをかけさせたり、怒《いか》りに満ちたクラクションをあびせかけられたりした。だが、おれにはほんものの技術があるようで、親父ならそれをグッド・ハンドと呼ぶところだろう。

「ナイスキャッチ、アンブローズ！」ベアが叫《さけ》んだ。「ハリケーンズがどれほどおまえを必要としてるか、おまえにもわかるだろ」

おれはにやりと笑った。それでも、親父がグエン先生のところに診察《しんさつ》の予約を入れたことはまだ話していない。はっきりしない時点で、よろこばせるわけにはいかない。

でも、グエン先生はきっとOKをだすんだろう。たぶんそうなる。

老人ホームに着いたちょうどそのとき、ショシャーナが玄関《げんかん》から入っていくのが見えた。さいわい、アーロンはよそを見ていたし、ベアには弾丸《だんがん》のようなパスを送って、そっちを見ないようにした。おれとショシャーナがいっしょにプロジェクトにとり組むことを説明するのはかんたんじゃない。

おれはタイムカードにサインをする必要がないので、ふたりがオフィスにいくあいだ、ソルウェイさんの部屋にとんでいった。ふたりにはどこかで合流しないといけないが、どうせふたりはクッキーを食べながらのんびりやるだろうから、時間はたっぷりあるはずだ。

ふたりにかくれてこそこそするのは本意じゃないが、その方が話はかんたんだ。わざわざ、めんどうを起こすこともない。

「……それでだな、物資の節約について講釈《こうしゃく》をたれている大佐《たいさ》の背後の滑走路《かっそうろ》で、上等兵たちがサンフランシスコから運んできたパストラミ・サンドイッチの入ったクーラーボックス六箱を荷おろししてたんだ。おれたちは、どうぞ大佐《たいさ》がふりむきませんように、と祈《いの》ってた。なにしろ、おれたちのランチのために、パイロットにたのみこんで、わざわざ二万キロも運んでもらったんだからな。途中《とちゅう》、ミッドウェイ諸島におりて給油してな。なんとか、その場を切り抜《ぬ》けたときには、みんなで背中をたたきあってよろこんだものさ。ところが、大佐《たいさ》が鼻をくんくんさせていったんだ。『頭がおかしくなったと思うかもしれんが、まちがいない、パストラミのにおいがするぞ！』ってな」

おれはビデオカメラをしっかり持ちなおした。笑ったせいで画面がゆれないようにだ。インタビューをしているショシャーナも、必死で歯を食いしばって、吹《ふ》きださないようにしている。なんとしても、ソルウェイさんの話をじゃましたくない。いったん、話しはじめると、つぎからつぎへとおもしろい話がとびだしてきた。

老人ホームでのインタビュー三日目だったが、きょうの話は最高だ。当初、ショシャーナは、ここで二時間以上すごすつもりはなかった。おれたちふたりとも、ソルウェイさんにこれほど話したいことがあるなんて想像もしていなかった。それ以前のほとんどの時間、ソルウェイさんはまったくの皮肉屋で、まともな会話をすることさえむずかしかったんだから。

生まれついてのインタビュアー、ショシャーナのおかげが大きい。ショシャーナの純粋《じゅんすい》な好奇心《こうきしん》がソルウェイさんから最大限のものをひきだしている。

悲しい話もあった。戦友をなくしたり、戦争孤児《こじ》を救いだしたりといった話だ。気分がたかまる話もあった。軍医や看護師の活躍《かつやく》ぶりや、ごくふつうの兵士の信じられないような英雄的行為《えいゆうてきこうい》の話なんかだ。けれども、おどろかされるのは、そうした戦時下の苦痛や暴力のさなかにも、笑えるようなことが起こっていたという点だった。パストラミ事件もそうだし、当時のマッカーサー将軍の洗濯物《せんたくもの》が誤って最前線に送られてしまい、将軍のシルクのボクサーパンツを大晦日《おおみそか》のパーティーで帽子《ぼうし》代わりにかぶった、なんて話だ。

ソルウェイさんは、クラスのお調子者の軍隊版だったんじゃないかという印象を受けた。現在の偏屈《へんくつ》な頑固《がんこ》じじいとは似ても似つかないけれど。いや、そうではなくて、戦争中にさんざん医者や役人といった権威《けんい》側の人間を見たせいでそうなったのかもしれない。ソルウェイさんは、そうした連中を、現在の老人ホームでの生活とおなじくらいたくさん見てきた。

あの戦車戦のあと、ソルウェイさんは病院で五週間すごした。いちかばちかの危険な不法行為《こうい》をしたかどで、軍事裁判にかけられそうにもなっている。空の点滴袋《てんてきぶくろ》にヘリウムガスをつめて、風船レース賭博《とばく》もやった。その話をショシャーナにしているとき、ソルウェイさんは大声で笑っていた。楽しい思い出に顔をピンクに染めて。

「おれはその湯たんぽ風船に五十ドル賭《か》けてたんだ。当時なら大金だぞ。ところが、タクサンって名のイカれた男が、針のついた注射器をダーツみたいに投げつけて、ゴールラインの手前一メートルのところで打ち落としやがったんだ。あのときほど怒《おこ》ったのは、生涯《しょうがい》一度っきりだ。それでも、金はとり返せそうだった。あのままMPどもにじゃまされなけりゃな。パーティーをぶちこわしやがって！」

話に夢中になっていて、廊下《ろうか》からふたり分の息をのむ音をきくのがすところだった。肩《かた》ごしにふりむくと、ドア口にアーロンとベアが立っていた。呆然《ぼうぜん》とこちらを見つめている。

しまった。

「すこし、休憩《きゅうけい》しようか」おれはカメラをおろして、廊下《ろうか》のふたりのところへいった。

「なんなんだよ？」ベアがいった。「最初は、必要もないのに奉仕《ほうし》活動をやりたがった。それだけでも、十分迷惑《めいわく》なんだぞ！　その上に今度は、ここを舞台《ぶたい》に映画作りか？」

「ビデオクラブのためで……」

「しかも、ショシャーナ・ウェバーといっしょだと？」アーロンが口をはさんだ。「おれたちをここに送りこんだのは、あいつのイカれた家族なんだぞ！」

「なんとか、ショシャーナをうまくまるめこめるんじゃないかと思ったんだよ」おれはいいわけした。「おれがプロジェクトを手伝えば、家族もすこしは寛大《かんだい》な気持ちになれるかもしれないだろ？」

「ああ、そうかもな」アーロンは鼻であしらいながらいった。「いいか、よくきけ。ウェバー家の連中がどれほどおれたちを憎《にく》んでいるのか、おまえは覚えてないかもしれないけど、おれは覚えてる。

もし、やつらに権限があったとしたら、おれたちは奉仕《ほうし》活動なんかやってない。とっくに死刑《しけい》になってるさ。けど、まあいい。ほんとうの親友といっしょにいるより、おまえが生まれた日を呪《のろ》ってる連中といっしょにいたいっていうなら、勝手にそうしろ。おれたちにはじゃまできないからな」

ふたつにひきさかれる思いだった。でも、なにも悪いことはしていない。それでも、ショシャーナといっしょに行動する事実をとりつくろおうとしたせいでひき起こした結果だといえないこともない。アーロンは心底傷ついているように見える。まるでおれにうしろからナイフでつき刺《さ》されたとでもいうように。ある意味、それはまちがっていない。ビデオクラブのプロジェクトについて、これほどひたかくしにする必要なんかなかったのに。

ベアがいった。「それによ、いくらでもいるダンブルドアのなかから、なんでわざわざあいつを選んだんだよ？　じいさんなら、選び放題だろうが？　なんであいつなんだよ？」

「インタビューしてるんだよ」おれは説明にかかった。「あの人は、ここでいちばん興味深い戦争の英雄《えいゆう》なんだぞ！」

ふたりはおれの頭がキャベツにすり替《か》わったとでもいうように、不気味にだまったまま、長い時間おれを見つめていた。ようやくアーロンがつぶやいた。「ああ、わかってる。あの写真は見せてもらったからな」

「おまえたちは、ここの人たちのことを無視してるから、てっきり忘れてるのかと思ったよ」

「いいや、忘れちゃいないさ」ベアがいった。「おれたちは、スタインウェイじいさんのことは、なんでも知ってる」

「ソルウェイさんだよ」おれは訂正《ていせい》した。

アーロンは腹を立てたようだ。「いいかよくきけよ。おれたちが毎日三時間アメフトの練習をして、そのあと奉仕《ほうし》活動をやってるのは、それが義務だからだ。これは趣味《しゅみ》じゃないんだぞ。おまえだって、じいさん全員の名前を覚えるよりほかに、もっとだいじなことがあるんじゃないのか？さあ、いくぞ、ベア」

「いったい、記憶喪失《きおくそうしつ》だなんて、だれのことなんだかな」ベアは苦々《にがにが》しげにそういって、廊下《ろうか》を去っていった。

やっちまったな、チェース。角を曲がるふたりを見ながら、おれはそう考えていた。これだけは、なんとかさけようとしていたのに。ふたりを怒《おこ》らせてしまった。それより問題なのは、ふたりはもう、おれを信用しなくなったということだ。

つぎはどうなるんだ？

部屋にもどると、最初に目に入ったのは壁《かべ》に立てかけられたソルウェイさんの歩行器だった。年老いた兵士は、自分の足で立って、ショシャーナに指図している。ショシャーナはクローゼットから重そうな箱をひっぱりだしていた。

「やれやれね」ショシャーナがいった。「軍隊にいると、みんなきちんと整理するようになると思ってたんだけどな」

ソルウェイさんは頭をうしろにそらして、大声で笑っている。「おれは例外だぞ。なかには、いまでも、ピョンピョンはねられそうなぐらいにきっちりベッドメークするやつもいるけどな。おれはいつだって、ピカピカに磨《みが》きたてるのは大きらいだった。おれは心に誓《ちか》ったもんさ。ブーツについたほこりを探しまわる上官がいなくなった瞬間《しゅんかん》から、好きなだけちらかし放題にしてやるってな」

「へえ、なるほどね」ショシャーナがいった。「このごちゃごちゃのクローゼットは、勝ちとった栄光の証《あか》しってことなんだ」

侮辱《ぶじょく》されたのに、この老兵は満足げに見える。

クローゼットのなかのようすは、部屋の反対側からでもよく見えた。ハンガーにかかったシャツやズボンが何着かと、スーツが一着、はしっこによせられていた。のこりのスペース、つまり九十パーセントほどは、ガラクタとしか表現できないようものがごちゃごちゃにつめこまれていた。家じゅうの荷物を全部、一・二メートル四方の空間につめこんだところを想像してほしい。地下室からガレージ、屋根裏まで、全部の荷物がこのクローゼットにつまってるんだ。

本、卓球《たっきゅう》のラケット、ほうきにボーリングのトロフィーがふたつ、腰《こし》までおおう防水長靴《ながぐつ》に釣竿《つりざお》、フレームに入った絵や、小型芝刈《しばか》り機、スケート靴《ぐつ》、高さが一メートルもあるひびの入った東洋風の花瓶《かびん》、ゴルフ用パラソル、庭用の小人の置物、そしてさまざまなサイズのバッグや段ボール箱。

おれは近づいて、ショシャーナがひっぱりだした箱のなかをのぞいた。なかにはボイラー用の予備のフィルターが三個と自動車バッテリー用のケーブル、純銀製のくるみ割りセットが入っていた。

それはまさに、ひとりの人間が八十六年間にわたって集めてきたものたち、といった感じだった。そして、収納スペースが小さなクローゼットひとつだけの場所に引っ越《こ》してきたらどうなるかの見本のようなものだ。

「ソルウェイさんが話しているすごい映像はたくさん撮《と》れたけど」ショシャーナが収集品の奥《おく》からおれにむかって話しかける。「わたしたちに必要なのは、記念品とか古い写真とか、なにかはっきりと形になったものなんじゃないかな。どう思う？」

このプロジェクトについて話すとき、ショシャーナはついつい、おれを仲間のようにあつかってしまうことがある。

「いいアイディアだね」おれはいった。

ソルウェイさんは別の箱のなかをのぞいている。「なんてこった！　どこにやっちまったのかと思ってた工具セットがこんなところにあったぞ」

ソルウェイさんは自分の足で立っているだけじゃなく、箱におおいかぶさるようになかをのぞきこんでいる。はじめて会ったときの姿がとても信じられない。あのときソルウェイさんは、歩行器に必死でしがみついていたし、暗い部屋に明かりを入れるためにブラインドをあけることさえめんどうくさがっていた。

奥《おく》さんが亡《な》くなって、この老人ホームにやってきたとき、ソルウェイさんは呆然《ぼうぜん》自失状態だったのかもしれない。なにしろ、人生のすべては奥《おく》さんを中心にまわっていたんだから。でもいま、ショシャーナとおれがビデオを撮《と》りにきて、ソルウェイさんはすっかり変わった。ビデオ映りがよくなるようにと、ひげをそるようになったし、着るものにも気を配り、背筋をしゃんと伸《の》ばして、しっかり歩くようになった。看護師さんによれば、食欲もぐんとでてきたようだ。

おれたちはさらに掘《ほ》り返すようにして、クローゼットから荷物をだし、床《ゆか》が骨董品《こっとうひん》でおおいつくされるまで箱の中身をあけた。ビデオに使えそうなものはいくつか見つかった。韓国《かんこく》の兵舎での白黒写真と、結婚式《けっこんしき》と金婚式《きんこんしき》の写真を二枚ならべておさめたフォトフレーム、ソルウェイさん自身の兵士の認識票《にんしきひょう》と戦死した戦友の認識票《にんしきひょう》なんかだ。

もう十分だと思ったが、ショシャーナはあきらめず、クローゼットのなかでよつんばいになって、床板《ゆかいた》に手をすべらせている。

「いったいなにをやってるんだ？」ソルウェイさんがたずねた。「石油の掘削《くっさく》か？」

ショシャーナはゴルフバッグのうしろに手をのばし、ネービーブルーの奇妙《きみょう》な三角形をしたベルベット張りの宝石箱をひっぱりだした。ふたには銀の刻印がほどこされている。アメリカの国章だった。

「それは勲章《くんしょう》だ！」ソルウェイさんがおどろいたように叫《さけ》んだ。

その発見に顔を輝《かがや》かせて、ショシャーナはふたをパチンとあけた。

空っぽだった。

ソルウェイさんは顔をしかめた。「どこかにこぼれ落ちたのか？」

ショシャーナとおれとで、クローゼットの床《ゆか》を徹底的《てっていてき》に調べた。勲章《くんしょう》は見つからなかった。

ショシャーナがたずねた。「ソルウェイさん、勲章《くんしょう》を最後につけたのはいつでした？」

「ここでか？」皮肉たっぷりに答える。「ここじゃあ、ずいぶん機会があるからな。車椅子《くるまいす》レースだろ、トランプ大会だろ、直腸検査大会だろ……」

「それ以前は？　ここにくる前です」

ソルウェイさんがショシャーナに意地の悪い笑顔《えがお》を見せた。「ああ、なるほどな。このイカれたじいさんは、二十年前に勲章《くんしょう》をなくしたのも忘れて、空っぽの箱だけ持ってきたんじゃないかってことだな？　いや、あやまらんでもいい。もっともな質問だ。だが、答えは『一度もない』だ。勲《くん》章《しょう》をもらったことを恥《は》じたわけじゃないが、つけるべきじゃないと思った。『ほら、おれはりっぱだろ、おまえの勲章《くんしょう》より格上だぞ、パープル・ハート勲章《くんしょう》なんざ、どこのマヌケだってけがさえすればもらえるんだ』そんな風にいってるみたいだろ？　かみさんは毎年、退役軍人の日にはひっぱりだしてたな。おれがつけるのを拒否《きょひ》すると、かみさんは磨《みが》きあげてしまいなおしたよ。もしかしたら、そのときにしまい忘れたのかもしれないな。最後の方は、すこしばかり混乱してたからな。それはあり得る」

ソルウェイさんは安楽椅子《いす》にすわってだまってしまった。奥《おく》さんのことを話すたびに悲しくなるようだ。おれたちは、ソルウェイさんの思い出をじゃましないように早目に切りあげた。

「ソルウェイさんのことは大好きよ。でも、変わった人ね」出口にむかってロビーを横切っているとき、ショシャーナがいった。「この国の最高の名誉《めいよ》を勝ちとったのに、基本的にそれを無視してる」

「むかしの人はいまとはちがうんじゃないかな」おれはいった。「もっと謙虚《けんきょ》っていうか」

「ええ、たしかに謙虚《けんきょ》だよね。だけど、勲章《くんしょう》があるかどうか確認《かくにん》するためにケースをあけるのさえ、めんどうくさいもの？　そして、その箱をクローゼットのゴルフバッグのうしろにしまいこむ？　そんなの、本物の変人だよ」

ドアを通り抜《ぬ》けようとしたときだったので、おれが一瞬《いっしゅん》立ちどまったことに、ショシャーナは気づかなかったようだ。

なくなった勲章《くんしょう》。ガラクタの山のうしろにかくされた空のケース。ソルウェイさんの勲章《くんしょう》はなくなったんじゃない。盗《ぬす》まれたんだ。だれかがポケットに入れて、ケースを見つけにくい場所に投げこんだ。

そんなことをするとしたら、だれなんだ？　可能性ならいろいろある。この老人ホームは人でにぎわっている。スタッフはたくさんいる。医者、看護師、用務員、ボランティア。最近では壁《かべ》の塗《ぬ》り替《か》えの作業員もいる。ほかの入居者かもしれないし、見舞客《みまいきゃく》かもしれない。

けれども、疑いの目で見ると、どうしてもあるイメージが思い浮《う》かんでしまう。スワンソンさんの震《ふる》える手ににぎられた二十ドル札。そして、それを奪《うば》いとる意地汚《きたな》い指。

ベアだ。そして、そのお金で買えるだけのピザを買っていっしょに食べるアーロン。

もちろん、二十ドル札と任務をこえる勇敢《ゆうかん》な行為《こうい》をした戦争の英雄《えいゆう》をたたえる勲章《くんしょう》とはまったくの別物だ。それでも、ルームサービスにチップをわたしていると思いこんだ、少々《しょうしょう》混乱したお年寄りからお金を奪《うば》いとるほどの欲深い人間なら、それよりずっと価値のあるものを手に入れるチャンスを見のがすはずがないんじゃないだろうか？

きっとおれの顔は青ざめていたんだろう。ショシャーナが心配そうにおれを見ながらこういった。

「だいじょうぶ？　なんだか、ぶったおれそうに見えるよ」

「だいじょうぶ」

だいじょうぶとはほど遠かった。でも、それ以上はなにもいわなかった。ソルウェイさんの勲章《くんしょう》を盗《ぬす》んだのはアーロンとベアだと即座《そくざ》に疑うなんて、おれはなんという友だちなんだ？　そして、その疑いがまちがいではないとしか思えないなんて、なんていう友だちなんだ、あいつらは？

このふたつの疑問につづいて、みっつめの疑問が浮《う》かびあがる。

さあ、おれはどうしたらいいんだ？

15 ブレンダン・エスピノーザ

たくさんの学校のビデオクラブのなかで、彼女《かのじょ》はぼくのビデオクラブに入ってきた！

キンバリー・トゥーリーが部室に入ってきた瞬間《しゅんかん》、ぼくは恋《こい》に落ちた。ひとめぼれってやつだ。

でも、残念なことに一方的な恋《こい》だ。

だって、彼女《かのじょ》が恋《こい》してるのはチェースなんだから。

ほんの数か月前なら、チェースを憎《にく》むのはかんたんだった。でも、あの事故以来、チェースは別人だ。そして、やつのことを知れば知るほど、好きになっていく。

ぼくはどうしたらいいんだ？　好きになった人間を、純粋《じゅんすい》な嫉妬《しっと》から憎《にく》むって？　それは、むかしチェースがぼくをいじめていたのとおなじようにフェアじゃない。いや、それ以上かも。なぜなら、チェースはキンバリーに好かれているとは、これっぽちも感じていないんだから。なんてやっかいなんだ。ぼくはなんとかキンバリーの気をひこうと、むだな努力を重ねてきたのに、チェースときたら、よだれを流しそうな顔でうっとり見つめるキンバリーに、気づきもしないんだから！

いったい、どれだけ頭の打ち所が悪かったんだよ。

とにかく、キンバリーは「ぼくの」ビデオクラブに入部した。ぼくが所有しているわけじゃないけど、部長なんだからそういってもいいだろう。キンバリーに好印象を与《あた》える最高のチャンスだ。なのに、人気をひとり占《じ》めしてるやつがいる。われらが新星チェースだ。

でも、だれかを責めるとしたら、自分自身にほかならない。だって、ぼくがチェースを誘《さそ》ったんだから。ぼくがチェースのカメラの腕《うで》をほめちぎったんだから。ほかのみんながチェースを追いだそうとしたとき、このぼくが大声でかばった。ゆっくりだけど確実に、ほかのみんなもチェースを受け入れはじめ、評価するようになっている。

いまでは、あのショシャーナさえ、それほど敵対的じゃない。ふたりがとり組んでいるソルウェイさんのプロジェクトはすばらしいできだ。ぼくもいくつかの映像を観《み》たけれど、その出来栄《できば》えには審査員《しんさいん》もたまげるだろう。最大の問題点は、すごい素材映像がそろいすぎて、どれをカットしたらいいのか迷うところなんだから。

おかげでぼくにも希望が芽生えた。ショシャーナとチェースが戦争の英雄《えいゆう》にかかりっきりな一方、ほかのメンバーはイヤーブックに集中している。ぼくは自分のユーチューブの新作のためにキンバリーを巻きこめばいいってことだ。そうすれば、ぼくに対するキンバリーの見方も変わってくるだろう。チェースとくらべればなんの関心も持てない八年生のオタクは、実は将来の超《ちょう》人気ユーチューバーなんだって。

完璧《かんぺき》な計画だ！

「やめとくわ」キンバリーはいった。

「どうして？」ぼくは説得にかかる。「カメラワークを学ぶ最高のチャンスだよ」

「イヤーブックの仕事？」

「もっとずっといいものだよ。ユーチューブ用なんだ。きみの名前が共同制作者のトップにでるんだよ」

「やめとく」キンバリーはまたいった。

がっかりして、思わずつぶやいた。「チェースもくるんだけどな」

その瞬間《しゅんかん》態度が変わった。「ほんとに？」

どうなったと思う？　キンバリーはやるといってくれた。あとはチェースを説得して参加させるだけだ。チェースからぼくに目をむけさせようとはじめたのに、変なことになったもんだ。でも、なにごともそうかんたんにはいかないものだ。恋《こい》のかけひきってものは、想像よりずっと複雑なものなんだ。

ところが、チェースにたのみにいくと、チェースもまた乗り気じゃなかった。

「あんまり時間がないんだ。ソルウェイさんのプロジェクトですごくいそがしいんだよ」

ぼくは拝みたおしにかかった。「なあ、たのむよ。キンバリーがどうしてもいっしょにやりたいっていうんだけど、あの子がどれほどカメラワークがへたか、知ってるだろ？　きみがきてくれないと、映像はさかさまになりかねないんだよ！」

チェースはため息をついた。「わかったよ、ブレンダン。いくよ」

こうして、ぼくのたくらみは後味の悪いものになってしまった。でもさいわい、ぼくにはすごいアイディアがあった。『葉っぱ男』がそれだ。この動画に出演するぼくを見たら、きっとキンバリーも見直してくれるだろう。うまくいけば、ぼくは有名人だ。

つぎの日の放課後、ぼくたちは公園で待ちあわせた。ぼくは必要なものを全部持っていった。全身タイツにローラーブレード、パンケーキ用のシロップを十一本。キンバリーには第一カメラを、チェースには第二カメラを持たせた。ただ、チェースの映像がメインになるのはまちがいない。キンバリーの撮《と》った映像のなかに使えるものがあったとしたら、それは幸運な偶然《ぐうぜん》によるものだ。

ぼくは木のうしろにかくれて全身タイツをとりだした。残念なことにそれは真っ白だった。母さんには黒をと念をおしていたのに！　キンバリーの前にあらわれるぼくは、まるでボーリングのピンのようだろう。でも、いまさら手遅《ておく》れだ。

ぼくはその全身タイツを身につけ、ローラーブレードをはき、チェースとキンバリーの前に姿を見せた。「さあ、いいかい。そのシロップを全部ぼくにかけてくれ」

キンバリーの注意をひくのが目的だとしたら、任務は完了《かんりょう》だ。

「どうして？」キンバリーは目を大きく見ひらいてたずねた。

ぼくは公園のはしにできた巨大《きょだい》な落ち葉の山を指さした。公園の管理人がよせ集めたものだ。

「ベタベタのシロップにおおわれたぼくがローラーブレードで丘《おか》をくだって、あの落ち葉の山につっこむんだ。すると、『葉っぱ男』のできあがり！」

キンバリーは困惑《こんわく》している。「葉っぱ男ってなに？」

「ぼくのことだよ！　シロップに葉っぱがくっついた全身葉っぱの葉っぱ男だよ」

チェースがかばうようにいった。「うん、なんだかすごそうだな」

それから、ボトルを一本手にとり、ぼくの頭にそそいだ。全身タイツの生地《きじ》を通しても、ベタベタして気持ち悪い。でも、これも芸術のためだ。それと、もちろんキンバリーのため。ただ、その点はあんまりうまくいっていないようだけど。

十一本分のボトルののち、ぼくはシロップまみれになり、ハエがたかりはじめていた。

「これでよし」ぼくはいった。「さあ、やるぞ」

正直いうと、ぼくは世界最高のローラーブレーダーっていうわけじゃない。丘《おか》をのぼるのもひと苦労だ。のぼった以上にくだってしまうありさまだ。結局、ふたりにひっぱりあげてもらった。キンバリーがぼくの手首をにぎってひき、チェースはうしろからおした。ぼくたち三人は、まわりの人たちから怪訝《けげん》な目で見られた。撮影《さつえい》中の注目ぐあいからくらべれば、この時点では、まだまだすくなかったけれど。

撮影《さつえい》開始まですこし間があいた。カメラマンたちがベタベタの手を洗い、落ち葉の山のそばにスタンバイするまでの時間だ。ようやく、チェースが手をあげて合図を送ったので、ぼくはフットブレーキをはずした。ゆっくりと坂をくだりはじめるのを感じた。

ゆっくり、の時間は長くはつづかなかった。みるみるうちに、思いもしなかった加速がつく。数秒後には、目がくらむようなスピードで坂をくだっていた。ローラーブレードで坂をくだるときには前かがみでバランスをとるのが正しいんだけど、こわすぎて、膝《ひざ》を曲げることができない。Gがかかるせいで、シロップが細い筋になって顔を伝うのが感じられた。気分が急降下するなかで、この動画は思っていた以上に注目されることになるだろうと確信していた。『葉っぱ男』としてではなく、「ベタベタの全身タイツでローラーブレードに乗り、体じゅうの骨を折った男」として。

シロップの茶色い幕を通して、落ち葉の山の両脇《りょうわき》でカメラをかまえるキンバリーとチェースが見えた。すくなくとも、チェースのカメラはぼくをとらえている。キンバリーはぼくの頭の上の空間を撮《と》っているみたいだ。すぐにふたりは見えなくなり、目に入るのはせまってくる落ち葉の山だけになった。

ドサッ！　という音とともに落ち葉の山につっこみ、動きがとまるまでにすくなくとも一メートル以上は山のなかにもぐりこんだ。ぼくは麻痺《まひ》したようにしばらくその場にたおれていた。外の世界からは、くぐもったチェースの笑い声がきこえてくる。そこからもがきでるには時間がかかった。シロップまみれの全身タイツに落ち葉がまとわりつくからだ。顔についた葉っぱをぬぐい落とすと、その山は三分の一ほどに縮んでいた。そして、空中にはたくさんの葉が舞《ま》いちっていた。

息ができるようになるとすぐに、ぼくはにぎりこぶしをつきあげて最後のセリフを叫《さけ》んだ。

「葉っぱ男だぞ！」

それ以上はなにもいえなかった。なぜなら、大きなゴールデンレトリーバーがのしかかってきて、シロップをなめはじめたからだ。ぼくの耳には犬の吠《ほ》え声のコーラスがきこえていた。公園じゅうの犬たちがぼくめがけて走ってくるんだ。

おかげですくなくとも、ハエは近よってこない。

ぼくはなんとか立ちあがって、ローラーブレードでにげようとした。でも、ブレードの車輪はシロップまみれの葉っぱでつまってしまっていた。うつぶせにバッタリたおれる前に三歩進むのがやっとだった。すると、ぼくはあっという間に犬たちの山に埋《う》もれてしまった。チェースがまだカメラをかまえていることに感謝した。体を折り曲げて笑いころげているというのに、手だけはしっかりぶれていない。

「さっぱりわかんないよ」犬たちのペチャペチャなめる音ごしに、キンバリーの声がした。「これっておもしろいわけ？」

さんざん醜態《しゅうたい》をさらしたあとだというのに、自分でもびっくりすることに、ぼくはまだキンバリーが好きだった。たぶん、以前よりもっと。

恋《こい》というのは盲目《もうもく》なだけじゃない。完全にイカれたものなんだ。

16 ショシャーナ・ウェバー

ジョエルはメルトン音楽学校でいままで以上にみじめな思いをしている。そろそろすこしは慣れるころなんじゃないかと思っていたけれど、そうはならなかった。

ジョエルは毎晩電話をかけてきて、母さん、父さん、そしてわたしとも話す。何時間も。そして、そのほとんどは愚痴《ぐち》でもない。ジョエルのいないハイアワシーで起こっているなにもかもを知りたがって質問責めだ。ジョエルはまちがいなく、身をひきさかれるようなホームシックに苦しんでいる。

ある夜には、うちの飼い犬、コッカースパニエルのミッツィをお風呂《ふろ》に入れているところを見るためにスカイプしてきた。その日の午後、ミッツィは勝手にどこかにいってしまい、もどってきたときには、なぜだか体じゅうが落ち葉だらけになっていた。シロップかハチミツでベタベタだ。きれいにするまでには、三回もシャンプーして、そのあと、三十分もブラシをかけてやらなければならなかった。

ジョエルはそのあいだずっとスカイプをつないでいて、ミッツィに話しかけることでわたしを手伝ってくれた。そのせいで、ジョエルは食堂に夕食を食べにいきさえもしなかった。家にいるときは、犬アレルギーのせいでくしゃみがでるからといって、ミッツィとおなじ部屋にいたこともなかったのに。

ソルウェイさんのプロジェクトのことは、まだいいだせないでいる。だれといっしょにとり組んでいるんだとたずねられたら？　嘘《うそ》はつけないけど、どうやって伝えればいいんだろう？　たとえば、「うん、新入部員でね……」なんてごまかそうとしても、ジョエルには見抜《みぬ》かれてしまうだろう。はるか遠くにいるといっても、双子《ふたご》どうしの直感で。

問題なのは、ジョエルがいちばん知りたがっているのがビデオクラブのことだって点だ。動画版イヤーブックの進み具合は逐一《ちくいち》伝えているし、キンバリー・トゥーリーの気をひこうとするブレンダンのむなしい努力についても、ひとつもらさずに伝えている。近頃《ちかごろ》では、それが唯一《ゆいいつ》、ジョエルから笑いをひきだす話題なんだから。答えられないような質問をさせないように、わたしは細心の努力をしている。

それでも、何度かあぶなかったこともある。

JWPianoMan：全国ビデオ・コンテストには参加しないの？

Shosh466：八年生になると、宿題が山ほどあるんだ。

結局、こんなちぐはぐな受け答えになってしまう。嘘《うそ》はつかないけど、ほんとうのこともいえない。これは悲しいことだ。だって、ソルウェイさんのプロジェクトは、わたしの人生最高のものになりそうなんだから。本来なら、二週間前には完成してなくちゃいけなかった。いくらカットしても、使いきれないぐらいの素材をすでに撮《と》りためている。

これはすばらしいインタビューの域を、はるかに超《こ》えている。わたしたちは、このお年寄りとほんとうの友だちになれた。いまはもう、インタビューはほとんどしていない。わたしたちはいっしょに散歩にいく。ランチをおごってもらうこともある。ピクニックにもいった。チェースとわたしは、ソルウェイさんとの強い絆《きずな》を作りあげた。

ほら、ついいってしまう。「チェースとわたしは」って。

ソルウェイさんがわたしの人生の一部になったように、チェースもそうなった。ジョエルとわたしがドブネズミ・ナンバーワンと呼んでいたチェースが。正直いうと、いまではそのあだ名が頭に浮《う》かぶこともない。そんなんじゃだめなのはわかっている。だってそれが、ウェバー家の忠誠心の証《あか》しなんだから。わたしだってそれはわかっている。チェースがはるかむかしから、いかに邪悪《じゃあく》で小汚《こぎたな》い、ドブネズミのなかのドブネズミなのかについてなら、大学のシンポジウムレベルの理屈《りくつ》をいくらでもいえる。

でも、問題はそこじゃない。かつてチェースがドブネズミだったという点は疑問の余地がない。

問題は、いまではそんなにドブネズミっぽくないって点だ。チェースはプログラムからバグを全部とり去ったバージョン2みたいなんだ。

ドブネズミ・ナンバーツー、スリーといっしょにいるときでさえ、そんなに悪くない。ふたりはあの老人ホームで奉仕《ほうし》活動をしているから、あちこちでしょっちゅう顔をあわせる。三人はいままでも親友同士のようにふるまっているけれど、ある種の緊張感《きんちょうかん》があるのはたしかだ。アーロンとベアがチェースをおそれているのか、チェースがふたりをおそれているのか、わたしにはわからない。いや、もっと単純な話なのかもしれない。いちばんのゴロツキどもが徒党を組んでいたのに、そのうちのひとりがそんなにワルじゃなくなったら、そのグループはばらばらになるのかもしれない。

ひとつだけたしかなのは、チェースはちっともチェースらしくないってことだ。つまり、チェースはいいやつだ。アメフト部員をつきとばしてブレンダンを助けたとき、わたしはチェースの暴力的な内面を見たと思っていた。でも、そうじゃなかった。あのあと、チェースのどこにも、そんなところは見当たらない。

チェースがどれほど変わったのかをはっきりしめすのが、ソルウェイさんとのつきあい方だ。子どもがいないソルウェイさんにとって、チェースは持つことのかなわなかったほんとうの孫のような存在になっている。

最初のうち、チェースはただ、名誉勲章《めいよくんしょう》を受けた英雄《えいゆう》に心を奪《うば》われているだけだと思っていた。

でも、いまでは、はるかにそれを超《こ》えている。ソルウェイさんがわたしのことも気に入ってくれた以上に、ソルウェイさんとチェースのあいだには本物の絆《きずな》がある。

ソルウェイさんにとってわたしは、いつもチェースの「友だち」なんだけれど、ときどきはうっかり「ガールフレンド」と呼ぶこともある。はじめてソルウェイさんがわたしのことをそう呼んだとき、チェースの顔は赤を通りこして熟《う》れたナスビのようになった。わたしの顔はそれ以上に赤くなっていたと思う。

「ソルウェイさん、ショシャーナはガールフレンドじゃないよ」チェースはうろたえてそうつぶやいた。「ショシャーナはただの……」そこで口ごもってしまった。友だちといおうとしたのに、それをきいたわたしがめちゃくちゃ怒《おこ》るんじゃないかと気づいたからだ。以前なら、たしかにそうしたかもしれない。でも、いまならどうなのか、自分でもわからない。

「わたしたち、ビデオクラブのメンバーってだけなんです」わたしはいった。

ソルウェイさんは目玉をぎょろっと動かした。「自分にそういいきかせてるってことだな」

いまや世捨て人じゃないからといって、ソルウェイさんの人あたりがよくなったってわけじゃない。いまでもずけずけものをいう頑固《がんこ》じいさんだし、だれかに反感を持たれても気にしない。ソルウェイさんがマヌケだと信じるニュース番組のコメンテーターには悪態をつくし、コメディドラマはちっともおかしくないことを証明するために、ずっと苦虫をかみつぶしたような顔で見ている。

ハッブル宇宙望遠鏡はインチキで、送られてくる写真はハリウッドの映画スタジオで作られたものだときめつけている。

ソルウェイさんは、飲むのを拒絶《きょぜつ》している痛風の薬を糸でつないで、ネックレスを作った。看護師のダンカンさんがソルウェイさんの態度にがまんできず辞職することになったら、お別れのプレゼントにするつもりだという。

「またまた、ソルウェイさん」チェースがなだめるようにいう。「ダンカンさんのこと、好きなくせに。すごくよくしてくれてるでしょ」

「あれはできそこないだ」ソルウェイさんがだみ声で返した。「おれは痛風なんかじゃない。ただ、ときどき足が痛むだけだ。あれがおれの年になったとき、どれぐらいタップダンスが踊《おど》れるか見てみたいもんだ」

ソルウェイさんはおもしろいけれど、つきあっていると疲《つか》れることもある。ときには、ソルウェイさん本人も疲《つか》れてしまって、わたしたちがいるときに寝入《ねい》ってしまう。そんなとき、チェースはソルウェイさんに毛布をかけて、ふたりでそっと部屋をでる。

そんなある日、わたしたちはおやつでも食べながら映像を見直そうってことになった。わたしはヘブン・オン・アイスでフローズン・ヨーグルトでもどうかと提案した。あの店でなにが起こったかを思い出したときには、もうそのことばはわたしの口からでてしまっていた。

チェースの顔が不安げになったので、わたしはつけたした。「頭にはなにもぶちまけないって約束するから」

ヘブン・オン・アイスはすぐ近くにある。わたしたちはサンデーを買って角のブース席を選び、その日に撮《と》った映像の見直しにかかった。

とてもいいできだった。ソルウェイさんは指名打者制がいかに野球をぶちこわしにしたかをわめきたてていた。わたしたちは笑いをこらえながらそれを見ていた。映像の素材なら、もうビデオ五本分はある。それでも、これからもまだまだ撮《と》りつづけたいという気持ちがぬぐえない。なぜなら、これでおしまいにしたくないからだ。

チェースもおなじことを考えていた。「ビデオが完成したあとも、ソルウェイさんのところにはずっと訪ねていくよ」

「わたしもつきあう」そんなことというつもりはなかったのに、即座《そくざ》にそういっていた。

「ショシャーナ?」

顔をあげるとレジの列にならぶ母さんがいた、手には小さなフローズン・ヨーグルト・ケーキを持っている。

とつぜん、ものすごい恐怖《きょうふ》の表情が母さんの顔に浮《う》かんだ。

「母さん、どうしたの?」

そのとき、わかった。母さんはわたしがだれといるのか気づいたんだ。頭をよせあって、カメラの小さなスクリーンをのぞいている相手がだれなのかに。ビデオ・コンテストのパートナーがだれなのか、家族のだれにも話していない。この姿が母さんにどう見えたのか、わたしにはわかる。ジョエルの人生をどん底につき落とし、街から追いだした恐《おそ》るべきゴロツキと楽しそうに頰《ほほ》をよせあっている。

「ちがうの、そうじゃない！」わたしは思わずいった。

母さんの表情は石のように硬《かた》かった。「車は外よ。帰りましょ」

「だけど、母さん……」

「車に乗りなさい」

チェースが立ちあがった。「ウェバーさん……」

しっかり口をとじていた母さんだったが、チェースに直接話しかけられて、がまんできなかったようだ。

「よくも、わたしに声をかけられるわね」母さんは全身をぶるぶる震《ふる》わせながら、かみつくようにいった。「うちの家族はね、全員あなたとは接触《せっしょく》禁止なの！　できることなら、あなたとあなたの汚《けが》らわしい仲間を、少年刑務所《けいむしょ》にぶちこんでやりたかったのに！」

わたしも口をひらかずにいられなかった。「悪いのはわたしなの、チェースじゃない！　責めるんならわたしを責めて！」

「あなたを責めてるのよ！」母さんはわたしをドアからおしだすと、肩《かた》ごしにふり返ってチェースにむかって怒鳴《どな》った。「娘《むすめ》には近づかないで！」

「母さん、ちゃんと話したいの」わたしはたのみこむようにいった。

「ええ、もちろんたっぷり話しましょ。話しあいが終わるころには、あなたの耳にタコができてるでしょうね。まちがいないわ」

家まで半分ほどきたところで、フローズン・ヨーグルト・ケーキの代金をはらっていないことに、わたしも母さんも気づいた。

母さんが父さんに電話すると、父さんは仕事を早めに切りあげて、とんで帰ってきた。まるで、わたしの秘密の犯罪者生活が発覚したとでもいうように。地下室の古いスキーウェアの背後にかくした印刷機での百ドル札偽造《ぎぞう》とか。

父さんはいいふくめるようにいった。「わたしたちはね、ショシャーナには自由に自分の道を進んでもらいたいと思ってるんだ。その点については、これまで一度だって、なにか制限をくわえるようなことはしなかっただろ？」

「いまこのときまではね」わたしは皮肉たっぷりにいい返した。

「まさか、制限が必要になるなんて思いもしなかったからよ！」母さんが爆発《ばくはつ》した。「あなただってわかってるはずよ。だれと友だちになるべきかなんて、いったことないでしょ！　だけど、どうしてあいつなの？　あいつは最低のゴロツキなのよ。他人の人生を台無しにするような！　そう、あなたの弟がその犠牲者《ぎせいしゃ》じゃないの！」

「わたしたちは友だちなんかじゃない！」わたしはいいわけにかかった。「すくなくとも、そんなつもりはなかった。チェースはいま、ビデオクラブの部員なの。ソルウェイさんのインタビューでコンテストにエントリーするっていうのは、チェースのアイディア。わたしだって、それを受け入れるつもりなんてなかった。だけどね、ソルウェイさんは完璧《かんぺき》なの！」

「それでおまえは、ジョエルをいじめ抜《ぬ》いてきたやつが、今度はおまえを標的に選んだとは考えもしなかったのかい？」父さんがずばりという。

「もちろん、考えたわよ！　わたしだってチェース・アンブローズを憎《にく》んでるの！　つまり、むかしのチェース・アンブローズを。でもね、いまのチェースは別人なの。もう、だれかをいじめたりはしない。あの事故の前のことはなにひとつ覚えていないんだから」

「そいつは都合がいいな」父さんが苦々《にがにが》しげにいった。

「わたしもそう思った。記憶喪失《きおくそうしつ》なんてでたらめだって。でも、そうじゃなかった。どんな名優だって、あんなに完璧《かんぺき》な演技はできっこない。それで、話しておかなきゃいけないことがあるの」

ふたりはききたくないだろうけれど、いっておかなくちゃいけない。「最初はね、わたしたち友だちなんかじゃなかった。だけど、いまでは友だち同士だっていえるんじゃないかと思ってる。わたしはね、いまの新しいチェースが好きなの」

母さんはびくんと身をすくませた。わたしにひっぱたかれたみたいに。

「あなたの弟はね」母さんが声を震《ふる》わせながら話しはじめた。「不幸のどん底にいるの。望みもしないのに、故郷から追いはらわれて、好きでもない学校に通ってる。それもこれも、あなたが懸命《けんめい》にかばおうとしてるあの子のせいなのよ。あいつが変わったかどうかなんて知らないし、興味もない。わたしたち家族をひきさいたのは、まちがいなくあいつなの。あいつがジョエルにしたことは、なにがあっても許せない。この先、あの子を許すなんてことは、ぜったいにないの」

父さんはわたしをにらみつけている。「近頃《ちかごろ》おまえがだれと仲良くしてるのか、ジョエルには当然伝えてないだろうな。いったい、どう説明するつもりなんだ?」

痛いところをつかれた。父さんのいう通りだから。

「ええ、ジョエルにはなにもいってない。いった方がよかったのかもしれないけど」

「冗談《じょうだん》じゃない!」母さんが叫《さけ》んだ。「そんなことして、どうなるっていうのよ」

ひとつのアイディアが浮《う》かんできた。ずいぶん乱暴なアイディアだけど、考えれば考えるほど、いいアイディアに思えてくる。

「さっき母さんがいってたことだけど、ジョエルは全寮制《ぜんりょうせい》の学校で途方《とほう》に暮れてる。ここにいて、いじめられてたときより、もっと不幸せなんじゃないかと思う」

「だれのせいなのよ?」母さんがいう。「あなたの新しいお友だちのせいじゃないの!」

「お願い、ちょっとでいいからジョエルのことを話しあわない? ほかの人間はおいておいて。ジョエルはメルトンでものすごく落ちこんでる。でも、がまんしなくていいのかもしれない」

「どういうことなんだ?」父さんがたずねた。

「チェースはジョエルのことを、この街にいられなくなるまでいじめ抜《ぬ》いた」わたしは説明した。

「だけど、あのチェースはもういない。ジョエルを全寮制《ぜんりょうせい》の学校に通わせつづける理由がなくなったってことでしょ?」

ふたりはわたしを見つめた。

「ジョエルをここにつれもどすってこと?」母さんがささやくようにいった。

「ジョエルをほかの場所にいさせる理由が、もうなくなったんだから。チェースは変わったの。アーロンとベアはいまもゴロツキだけど、チェースは親玉だった。これが完璧《かんぺき》だなんていわないけど、ジョエルはここにいるべきだよ。ジョエルはここにいたいんだから! そしてね、いまならだいじょうぶってわたしが保証する」

わたしは身がまえた。ふたりからいっせいに攻撃《こうげき》されるかもしれないと思ったからだ。頭がおかしいとか、夢物語だとか、弟の命をもてあそぶのか、とかいわれて。

でも、ふたりはだまりこくっていた。

ようやく、父さんがしぼりだすようにいった。「もし、おまえがまちがってたら？」

わたしには答えようがなかった。わたしはただ、ジョエルにもどってきてほしいだけだ。メルトンにむけてでていったその日から、ずっとそう思っていた。

Shosh466：ねえ、ジョエル。話があるの。

17 ジョエル・ウェバー

家のピアノの音がはずれている。

ぼくの人生全部が、はずれてるんだけど、このピアノはもっとひどい。

メルトンにはもうがまんできなかった。ただ、あそこには調子はずれのものなんてなにもなかった。それがきまりだからだ。すべての生徒は絶対音感を持っている。楽器はいつも最適な状態に維《い》持《じ》されている。校舎の外の鉄の門さえ、完璧《かんぺき》なBフラットの音できしむ。そして、ぼくにも絶対音感が備わっているのはわかっている。

音楽学校に入学する才能があるからといって、そこにいくべきだとは限らないということを、ぼくは証明した。ぼくはピアノが大好きだ。だけど、メルトン校の生徒たちののめりこみ方とはちがう。音楽を作りだすためにピアノを利用したいとは思うけど、ピアノにのめりこみたいなんて思わない。あそこでは、ただ楽器を弾《ひ》くだけではだめなんだ。楽器といっしょに生活し、呼吸し、味わい、楽器のために作曲し、内も外も理解しなくちゃいけない。人間相手のように楽器に感情移入もしなければいけない。嘘《うそ》じゃない。

ぼくはそれがいやだった。寮《りょう》で暮らして、ほかの十一人の生徒と共同でトイレを使うのがいやだった。ルームメートもきらいだった。ルームメートのバイオリンも、喘息《ぜんそく》も、寝《ね》ているときに立てるピーピーという高い音もきらいだった。

でも、メルトンでいちばんいやなのが、あそこにいかなくちゃいけなかった理由だ。公平にいえば、メルトンに罪はない。ぼくが自分の家を追いだされたのは、三人のゴロツキのせいなんだから。あの三人が非行少年なのはだれもが知っている。なのに、罰《ばつ》を受けることになったのはぼくだった。そしていま、三人のリーダー、ドブネズミ・ナンバーワンは、屋根から落ちて頭を打ったせいで、いいやつになったんだと信じなきゃいけないらしい。

最高じゃないか。とにかく一件落着だ。ぼくは家にもどってきた。ピアノの音がはずれてるなんてことは、ささやかな代償《だいしょう》だ。

ぼくはぼくの居場所にもどってきた。ぼくは幸せだ。だけど……。

なにを望むのかには気をつけなくちゃいけない。メルトンにいるとき、ぼくは肉体的苦痛を感じるほど、ミッツィに会いたかった。でもいま、この犬のせいで、頭がおかしくなりそうだ。ぼくに会えてうれしいのはわかるけど、けっしてぼくをひとりにしてくれない。ぼくはいつも犬の毛におおわれて、くしゃみのし通しだ。部屋から追いだすと、ドアの前に居すわって、Ｆシャープの音で悲しげに鳴く。

父さん母さんは、過去に起こったことと、ぼくを苦しめたことに強い罪悪感を抱《いだ》いている。ふたりは待ちかまえていて、ぼくがまるでなにもできない人間のように、なにかとかまってくる。ショシャーナのところにもどってこられたのはすごくうれしいけど、なんだか居心地《いごこち》の悪さを感じてしまう。ひとつには、ショシャーナがあのドブネズミ・ナンバーワンについて話したいことをかかえすぎてるってことがある。

「チェースはね、ユーチューブの動画撮影《さつえい》のとき、ブレンダンが首を折っちゃうんじゃないかって思って……」

「ソルウェイさんったら、腕相撲《うでずもう》で負けたくないもんだから、チェースにゼリーを投げつけて……」

「チェースはね、ヒューゴがスクールバスの運転手にインタビューしてるあいだずっと、カメラをしっかり動かさずにかまえつづけてたんだよ。踏切《ふみきり》を通るときでさえ……」

ぼくはがまんできなかった。「チェースはね、チェースはね」ぼくははげしい調子で口真似《くちまね》をした。「チェースの話はもうききあきたよ！」

ショシャーナはがまん強いし、ものわかりもいい。そこがまたわずらわしい。どうして、だれもかれもがこんなにがまん強く、ものわかりがよくなくちゃいけないんだ？　自分の家で暮らす楽しみのひとつに、家族との口げんかがあるんじゃないのか？

「とにかく、月曜に会ったらわかるから。どんなに変わったか、信じられないと思うよ」

「あいつが、どれほど変わったかなんて、どうでもいい」ぼくは正直にいった。「あいつといっしょになにかをするつもりはないから」

「だけど、いつかはかかわることになるんだよ」ショシャーナはいった。「ジョエルもビデオクラブにもどるんでしょ？　いまではチェースも一員なんだから」

「そいつはめでたい」

ショシャーナの表情が同情するように変わった。「わかるよ。不安なんだね」

その通り、不安なのはまちがいない。あの学校には、数か月足を踏《ふ》み入れていないし、当時の思い出はいいものではなかったんだから。

いじめにあったことがない人間に、いじめられた体験を説明するのはすごくむずかしい。実際に受けた仕打ちの数々《かずかず》よりも悪いぐらいだ。いじめにあっていないときでも、いじめられているのとおなじことだ。常につぎの攻撃《こうげき》をびくびくしながら待たなくてはいけないし、それがいつ、どこでなのかはわからないんだから。一歩進むたびに床《ゆか》がパックリと口をあけて、のみこまれてしまうかもしれないと、気が気じゃないんだ。

そんななかでも、唯一《ゆいいつ》安心できる場所がピアノの前だった。でも、あの夜、目の前でピアノが爆《ばく》発《はっ》して、安全な場所はどこにもなくなってしまった。

あの瞬間《しゅんかん》が人生のどん底だったし、父さん母さんが、メルトンへの転校が解決策だと提案したことも許せる。いまではすこしはましな状態だ。でもそれも、メルトンがあまりにも悲惨《ひさん》だったせいで、あそこにいるよりはいいというだけのことだ。ゴロツキどもが自分のことを獲物《えもの》だと見ているとしても、それはやつらの勝手だ。でも、それが長くつづくと、自分で自分をそのように見るようになって、そうなると、その穴からよじのぼるのはすごくむずかしくなる。

月曜の朝のその穴は、以前より深いように見えた。ショシャーナといっしょに車からおり、ハイアワシー・ミドルスクールの前に立ったときのことだ。レンガやコンクリートに悪意がないことはわかっている。でも、そのときは、校舎そのものがぼくに襲《おそ》いかかってくるような感じがして、その感情をふりはらうことができなかった。

先週、両親のところへ校長のフィッツウォーレス博士からの連絡《れんらく》があった。登校初日のホームルームの前に会おうという提案だった。ぼくはことわった。時間割はプリントアウトして持っていた。校長は自分がうしろにいて見守っていることをはっきり伝えたかったんだろう。そいつはありがたい。以前だって、校長はうしろで見守っていたはずだ。でも、それがなんの役に立った？シークレットサービスのボディガードがぴったりついてでもいなければ、百パーセント安全なんてことはありえない。遅《おそ》かれ早かれ、廊下《ろうか》のすみや、だれもいないロッカールームでひとりになって餌食《えじき》になる。

ショシャーナがふりむいていった。「だいじょうぶ？」

だいじょうぶじゃないけど、うなずいた。ぼくたちは生徒であふれる校舎に踏《ふ》みこんだ。学校の喧騒《けんそう》がこんなにやかましいことを忘れていた。ひとつひとつの音をききわけることなどできないし、全体のコードもわからない音の洪水《こうずい》にとりかこまれる。

何人かがぼくを追いこしてからふり返り、ぼくの復帰におどろいている。ときどきささやき声もきこえた。

「あの子よ！」「ジョエルが帰ってきた！」「ほら、ピアノを吹《ふ》きとばされたやつだよ」

数人だけれど、やさしい表情で迎《むか》えてくれたかと思えば、憎《にく》らしげに見つめる顔もあった。ガタイのいい連中で、きっとアメフト選手なんだろう。

でも、大半はぼくを見もしなかった。もしかしたら、ぼくがいなくなっていたことにさえ、気づいていなかったのかもしれない。いちばん腹が立ったのはそうした連中に対してだった。ぼくは人生で最悪の時期を送っていた。こっぴどくいじめられ、この街から追いだされた。なのに、ほとんどの生徒のアンテナには、ひっかかりもしなかったってことなんだ。

生徒指導の教員は、学校では人と人との絆《きずな》がいかに大切かとたわごとをいう。ああ、そうだろうとも。チェース・アンブローズのようなゴロツキがなにをやっても許されるのは、餌食《えじき》になる生徒がほかの生徒には見えない、はじめっからいないに等しい人間だからなんだ。たいした絆《きずな》だよ。

ボディガードの話をしたけれど、ショシャーナは自分がそれだと思っていて、ぼくのそばをはなれない。さらに屈辱的《くつじょくてき》なのは、ショシャーナは本気で、いざとなったらぼくの代わりに闘《たたか》うつもりでいるってことだ。

「自分のホームルームにはいかないの？」感情が声にでないよう気をつけながらたずねた。

「ずっとそばにいるから。今日だけはね。先生はまだきてないみたいだし……」

ぼくは口をはさんだ。「いいからいけよ」

ショシャーナは心配そうだ。「だいじょうぶなの？」

「いいや」ぼくは正直に答えた。「だけど、どっちみち、ずっとくっついてるわけにいかないだろ？　トイレにいくときはどうするんだよ？」

「外で待ってようかと思ってたけど……」

「いいからいけよ」ぼくはくり返した。

授業は問題ない。たぶん。メルトンとちがいはない。数学は数学だ。教師がワールドクラスのフレンチホルン奏者かどうかなんて関係ない。何人かには、どこにいってたの？　とたずねられた。どこにいっていたのか知ってる生徒からは、全寮制《ぜんりょうせい》の学校ってどんなだった？　とたずねられた。

ブレンダン・エスピノーザのことはユーチューブで追っかけていたので、『葉っぱ男』が四千ビューをこえたことに対して、おめでとうといった。バズってるとまではいかないけれど、ブレンダンの最多記録なんだから。

ブレンダンはビデオクラブのことをいろいろ話した。キンバリー・トゥーリーがメンバーになったことも。ぜんぜんぼくのタイプじゃないんだけど。ブレンダンはキンバリーのことばかり話した。どうやら、すっかり夢中ってことのようだ。

「いちばんのニュースは、ショシャーナが全国ビデオ・ジャーナリズム・コンテストにエントリーするってことだな」ブレンダンは力をこめていった。「撮《と》りためた映像を見せてもらったけど、すごいできなんだ。ふたりはちょうど編集にとりかかってるところなんだけどな。ショシャーナと……」

そこでとつぜん口をとざした。

「ああ、パートナーがだれなのかは知ってるよ」

「なあ、ジョエル。あいつがどんなに変わったか、きっと信じられないと思う。屋根から落ちたときに頭がぱっかりあいて、脳みそを入れ替《か》えたんじゃないかと思うぐらいなんだ！」

「ああ、らしいね」

不愉快《ふゆかい》なことに、ショシャーナがドブネズミ・ナンバーワンをほめたたえるところは何度もきかされた。でも、まさかビデオクラブのメンバー全員が、チェースのファンになっているとは思っていなかった。

一度、廊下《ろうか》でチェースとすれちがった。あいつの顔を見て、ぼくは心臓がとびでそうなぐらいビビった。でも、結果はこうだ。チェースはぼくをまっすぐ見たけれど、そこにだれもいないかのようになんの反応もなかった。もしかしたら、やつはほんとうに記憶喪失《きおくそうしつ》で、ぼくのことがわからなかったのかもしれない。

いや、でもぼくにはあいつのことがわかった。やつは去年全力でぼくの人生を破滅《はめつ》させたゴロツキなんだ。

ドブネズミ・ナンバーツーとスリーには、会わないわけにはいかなかった。七時間目のスペイン語のクラスでいっしょだったからだ。

「おい見ろよ、ママ恋《こい》しさに、はいはいしてもどってきたやつがいるぞ」ベアがにやつきながらいった。

ぼくは体がすくんでしまった。廊下《ろうか》でのチェースとのニアミスよりずっとたちが悪い。なにも変わっていないことが証明されたからだ。ぼくにはふたつの選択肢《せんたくし》しかないんだろうか？　この状態かメルトンか。

アーロンはベアの腕《うで》をつかんで、うしろの席にひっぱっていった。

「ほっとけよ。この負け犬のせいで、もっとめんどうなことになっていいのか？」

このふたりはピアノに爆竹《ばくちく》をしこんだカドで奉仕《ほうし》活動をさせられている。おかげで、すこしは安全なのかもしれない。

ぼくがいちばん恐《おそ》れたのは、かつて待ち望んだ場所、ビデオクラブだ。メルトンにいるときは、もどりたくて心が痛むぐらいだった。追放されたぼくにとって、ビデオクラブはなつかしいものすべての象徴《しょうちょう》だった。でもいま、頭に浮《う》かぶのはただひとつ、あそこにいけば、あいつとまともに顔をあわせなくちゃいけないということだけだった。

ぼくが部室にたどり着いたとき、明かりは消えていて、全員の目はスマートボードにむけられていた。たぶん、かの有名なショシャーナのプロジェクトなんだろう。スクリーンに映った年寄りは、いやというほどきかされたソルウェイさんなんだろう。その年寄りは戦争中の一シーンを語っていて、メンバー全員が完全に心を奪《うば》われて見入っている。

最初にぼくに気づいたのはドリオ先生で、動画を一時停止した。先生はドアに近づいてぼくを迎《むか》えてくれた。「ああジョエル、もどってきてくれて、ほんとうにうれしいわ」

みんなが集まってきた。メンバー全員だ。なかにはキンバリーもふくめて何人か新人もいた。でも、ほぼ全員が古くからの友だちだ。みんなあたたかく迎《むか》えてくれた。でも、ぼくは素直《すなお》によろこべない。あいつがいるのを知っているから。あいつはうしろにひかえて紹介《しょうかい》されるのを待っていた。

ショシャーナは堅苦《かたくる》しい紹介《しょうかい》をした。ぼくの人生をホラーショーにおとしいれた張本人のことを、ぼくが知らないとでもいうように。けれど、もちろんその紹介《しょうかい》は、ぼくのためじゃない。あいつのためなんだ。

「チェース、覚えていないかもしれないけど、わたしの弟、ジョエルよ」

チェースの顔は、ぼくがかつてそうさせられたときより十倍もみじめに見えた。

「きみにはなんていっていいのかわからないんだけど」あの傲慢《ごうまん》なドブネズミ・ナンバーワンとはとても思えないような声で、チェースは話しはじめた。「きみにやったことを、なにひとつ覚えていないんだ。でも、なかったことにはできない。それでも、これだけはいいたいんだ。ほんとうに、ほんとうに悪かった」

その瞬間《しゅんかん》まで、何か月ぶりかに会うチェース・アンブローズに対して、どう反応したらいいのか、まったくなにも考えていなかった。でも、いまわかった。記憶喪失《きおくそうしつ》というのはほんとうで、ぼくたちのあいだに起こったことをなにひとつ覚えていないというのもほんとうなんだと、心から信じられた。チェースが変わったということを信じられたし、チェースがぼくに対してやったことを心底後悔《こうかい》していることも信じられた。

そして、もうひとつ別のこともわかった。だからといって、なにも変わりはない。なにひとつ、まったく、ほんのすこしも。

ぼくはいまでも、チェースが大きらいだった。

18 チェース・アンブローズ

当裁判所は、以下の少年三名、チェース・マシュー・アンブローズ、アーロン・ジョシュア・ハキミアン、スティーブン・ベアスフォード・ブラッキーが思慮《しりょ》に欠ける悪意ある行為《こうい》によって、公共物を破損したにとどまらず、公共の安全を侵《おか》しかねない混乱を招いたことを認めるものである。のみならず、三名は日頃《ひごろ》より、他者への威嚇行為《いかくこうい》、不良行為《こうい》を重ねてきたうえに、反省の色が見られず、このまま看過すれば、将来重大な犯罪を起こしかねない。よって当裁判所は、この三名に社会奉仕《ほうし》活動を命じる。その期間については、担当ケースワーカーが三名に改善が見られたと判断するまでとする……。

「やあ、チェース！」

とつぜん、肩《かた》をつかまれて、とびあがるほどおどろいてしまった。そのおどろきぶりにたじろいだブレンダンは、ならんでいた食堂の列を半分ほどあとずさりしたぐらいだ。午前中ずっと、頭のなかでおなじ文章がぐるぐるとまわっていた。グエン先生の予約をとるために、出生証明書を探してこいと親父にいわれ、母さんのデスクの引き出しで見つけた。でも、見つけたのはそれだけじゃなかった。アーロン、ベアそしておれの三名に対して奉仕《ほうし》活動を命じる裁判所の判決書も偶然《ぐうぜん》見つけてしまった。

「だいじょうぶ?」ブレンダンが心配そうにたずねた。「ゾンビの集団に襲《おそ》われたみたいな顔してるけど」

どう説明したらいいんだ? ゾンビの集団ではないけれど、不気味なことにちがいはない。裁判官の文書が頭にこびりついてはなれない。「他者への威嚇行為《いかくこうい》」「反省の色が見られず、このまま看過すれば、将来重大な犯罪を起こしかねない」

自分がどれほど悪かったのか、わかっていなかった。

たしかにフラッシュバックは起こりつづけている。事故のあと、学校にもどってきたとき、ほかの生徒が広く道をあけるのに気づいたし、それはいまもつづいている。どうやら、ハイアワシー・ミドルスクールは、いや、もしかしたらこの世界全体は、おれがいない方が住みやすい場所のようだ。ここでのおれの存在は、とてつもなく重い。新しい生活がはじまってからは、そのような悪評を買う真似《まね》は一切《いっさい》していないとはいえ、記憶喪失《きおくそうしつ》以前のかくされた歴史がもたらす結果なんだといっていいんだろう。屋根から落ちるまでの十三年の歴史だ。

ほんの数週間前まで、四歳《さい》の腹ちがいの妹は、おれのことを、とつぜん迷いこんできた謎《なぞ》の怪物《かいぶつ》のようにあつかっていた。予測不能で、危険な野獣《やじゅう》だ。そして、その母親は、おとななのに、おれがそばにいると、娘《むすめ》以上にすごく居心地《いごこち》が悪そうだ。

アーロンとベアは聖歌隊の少年とはほど遠いし、おれもおなじような者だったんだろう。でも、ふたりはほかの連中に対して荒《あら》っぽいふるまいをするくせに、いつもおれの背後にいて守ろうとしてくれる。これぞ忠誠心というやつだ。すばらしいじゃないか。

そうだろ？

目をとじると、ソルウェイさんのクローゼットにあった空のベルベットのケースが浮《う》かんでくる。

「なあ、ブレンダン、おれはどれぐらいワルかったんだ？」思わずつぶやいた。

ブレンダンのトレイからイングリッシュ・マフィンが床《ゆか》にころがり落ちた。

「なんの話？」ブレンダンがもごもごという。「『葉っぱ男』はきみがいなけりゃできなかったよ」

「その前のことだよ。むかしのチェースのことだ」

「どうでもいいじゃないか。いまじゃ、ぜんぜん別人なんだから」

「それはわかってる。でも、どれぐらい？　おれはブレンダンにもなにかやってたのか？」

長い沈黙《ちんもく》のあと、ブレンダンは右の眉毛《まゆげ》に交差させるように指を走らせた。よく見ると、眉《まゆ》にかくれた部分もふくめて一・五センチほどの傷があった。

心臓が口からとびだしそうだった。「おれがやったのか？」

「ぼくは水飲み場で前かがみになって水を飲んでたんだ。そこへきみが通りかかって、頭のうしろをぐいっとおしていった。三針縫《ぬ》ったよ」

「ブレンダン」声がかすれた。「ごめん」

「それだけじゃないんだ。きみはそのままいってしまった。ふり返りもしないでね。どうでもよかったんだろうな。きみにとっては、自分がやったことの結果も、ぼくのこともどうでもよかったんだ」

ことばもなかった。アーロンとベア、そしておれのあいだの関係を忠誠心だと思っていたけれど、そんなりっぱなものではなかったようだ。

「とにかく」ブレンダンがつづけた。「さっきもいったけど、いまのきみは別人だよ。またあとでビデオクラブで会おう」

歩き去るブレンダンを見ながら思った。どうしてこんなに気分が落ちこむんだろうと。きょうになってはじめて知ったというわけじゃないのに。あの裁判所がだした文書に書かれていたことも、新しい情報ってわけじゃない。この学校のあちこちで嗅《か》ぎとることができるし、もっとはっきりした証拠《しょうこ》がほしいなら、ジョエル・ウェバーの目をのぞきこむだけでいい。

そこにあるのは恐怖《きょうふ》だ。本物の恐怖《きょうふ》。

あの目を見れば、おれがどれほど変わったとしても、ビデオクラブのメンバーが、さらにはショシャーナさえもが、どれほど受け入れてくれたとしても、なんの罪もない生徒の心臓をえぐりとるほどの恐怖《きょうふ》を与《あた》えるチェース・アンブローズを消し去るなんてことは、けっしてできないんだ。

ジョエルの人生を転覆《てんぷく》させたときにも、アーロンとベア、そしてこのおれがやったことは、いつものことだと思われていたんだろう。他人を痛めつける力を持っていることで、自分たちがりっぱな人間だとでも勘《かん》ちがいしていたのかもしれない。とりわけ、スポーツではなく、音楽に夢中になっているような、小さくて弱いやつをいじめているときには。

そして、だれにも信じてもらえないだろうけど、かつてジョエルがおれを恐《おそ》れていた以上に、いまおれは、ジョエルがこわい。もしまたジョエルの顔にあの恐怖《きょうふ》を見てしまったら、自分でどう対処したらいいのかわからないからだ。

こうしたことはあるにせよ、ショシャーナとおれとの仲は日に日によくなっていた。弟がおれのことを悪魔《あくま》だと思っているからといって、ショシャーナはおれを恨《うら》んではいない。ターニングポイントは、いっしょにヘブン・オン・アイスにいって、ジャイアント・サンデーをおれの頭にぶちまけたい気持ちにならなかったときだったのかもしれない。だいじなのは、おれたちはうまくやってるってことだ。

編集の佳境《かきょう》に入っているソルウェイさんのプロジェクトでは、おれを完全な共同制作者に格あげしてくれるといっている。映像の仕あがりはすばらしいものになりつつある。あまりにもいい素材が多すぎて、編集作業はたいへんだ。映像のカットをきめるときには胸が痛むぐらいだ。それをめぐって口論になることもあるし、ときには、おたがいに意見を変えることもある。これこそが真のパートナーシップというものだろう。

撮影《さつえい》は終えているが、いまでもふたりでしょっちゅうソルウェイさんを訪ねている。老人ホームにむかう途中《とちゅう》、ショシャーナは自宅によって、自分のパソコンでデータのバックアップをする。学校のネットワークがクラッシュして編集し終えた映像がなくなってしまわないかと、ショシャーナは異常なほど心配している。そのため、なにもかもを常にセーブしておくというわけだ。

おれがウェバー家に足を踏《ふ》み入れないというのは暗黙《あんもく》の了解《りょうかい》になっている。話題になったことはないが、ショシャーナが家にかけこんでデータを移送しているあいだ、おれは外で待っていることになっていた。

ある日の放課後、ショシャーナの母親に窓から見とがめられて、スプリンクラーの水をあびせられたりしませんように、と祈《いの》りながら外で待っていると、音楽がきこえてきた。ピアノの音だった。ハイアワシーの天才音楽家、ジョエルの演奏にちがいない。ジョエルの演奏をきくのは、これがはじめてでないのは明らかだ。アーロンとベア、それにおれは、爆竹《ばくちく》の成果をたしかめるために講堂にいたんだから、すくなくともいくらかはジョエルの演奏をきいたはずなんだ。でも、この新しい人生でははじめてのことだった。

それはそれは、すばらしかった。ただ単に、すばやくミスなく弾《ひ》くというだけじゃない。旋律《せんりつ》は川の流れのように、ときに速く、ときにゆったりと動き、曲調や音色を変えた。まるでピアノがうたっているようだ。この音楽をもっとちゃんと評価するために、もっと音楽のことを知りたいと願うぐらいだった。

自分では気づかないうちに、おれは一歩一歩前に進んで芝生《しばふ》を横切っていた。音が流れでる窓にひきよせられるように。気づいたときには、窓際《まどぎわ》の草むらに立って、窓のなかをのぞいていた。そこにはジョエルがいた。小型グランドピアノにむかって、演奏に没頭《ぼっとう》していた。おれは恥《は》ずかしさにおしつぶされそうだった。おれたちはこの才能をねたみ、その才能を理由にジョエルを標的にしていたんだ。

襲撃《しゅうげき》されたとき、おれは完全に無警戒《むけいかい》だった。金色の毛皮のかたまりがとんできて、前足をおれの足にからめると、ジーンズの上から牙《きば》を立てた。ショックに声をあげると同時にうしろによろけ、藪《やぶ》のなかにたおれこんでしまった。その過程で、顔も腕《うで》も、かたい枝と、小さな棘《とげ》で切り刻まれた。その犬は賢《かしこ》くて、おれが藪《やぶ》にたおれこむ前にとびはなれていた。花壇《かだん》のはしに立って、おれにむかって吠《ほ》え立てている。

音楽がとまり、ジョエルが窓から顔をのぞかせた。垣根《かきね》のなかにたおれているおれに気づくと、ジョエルの目はショックで大きく見ひらかれた。

「そんなつもりじゃないんだ！」おれは必死でそういった。すでに窓はぴしゃりとしまっていたので、声は届かなかったかもしれないが。ジョエルにとってこれは、かつての拷問執行人《ごうもんしっこうにん》が自宅まで追いかけてきて、またあの悪夢がはじまることを意味しただろう。なんてバカなことをしてしまったんだ。

垣根《かきね》から起きあがろうと必死になるのに、もがけばもがくほどあちこちひっかき、さらにもつれて身動きがとれなくなる。その上、興奮した犬がけたたましく吠《ほ》えている。

その直後、芝生《しばふ》を横切ってきたショシャーナのお母さんが、肩《かた》ごしにふり返っていった。

「なにかの見まちがいでしょ、ジョエル。まさか、チェース・アンブローズが……」そこでおれに気づいて、絶句した。

となりに立ったジョエルがいう。「ほら、いった通りだろ！」

おれは説明しようとした。「ショシャーナを待ってるだけなんです。これからソルウェイさんのところにいくんで」

「それで、それがわが家の垣根《かきね》にかくれてる理由だっていうの？」お母さんが氷のように冷たい声でいった。

正確にいえば、おれはかくれているというより血を流している、という方が正しい。でも、ただこういった。「音楽がきこえたんです。そこにその犬が……」

「母さん？」ショシャーナの声だ。「なにかあった？」

ショシャーナはおれの話を裏付けてくれた。おかげで、お母さんは警察には通報しなかった。垣《かき》根《ね》からはふたりにひっぱりだされたけれど、たおれこむとき以上にあちこち傷《いた》んだ。

「いい子だ、ミッツィ」ジョエルはひとことそういっただけだ。

おれはふたりのお母さんに顔をむけた。「お騒《さわ》がせしてすみません。音楽がききたくて近づいてしまったんです。そこで犬に襲《おそ》われて、垣根《かきね》にたおれこんでしまって」それから、ジョエルにむかってつけ足した。「演奏、すごくよかった」

ジョエルは答えなかった。

お母さんは、疑わしげにじろじろとおれをながめた。「血がでてるわね。そんな姿でこの家のまわりを歩かせるわけにはいかないわ」

おれはキッチンにひっぱっていかれ、すべての切り傷を消毒薬で洗い流してもらった。ありがたいことに、ミッツィの牙《きば》は皮膚《ひふ》にまでは達していなかった。残念なのは、枝と棘《とげ》でできた傷のすべてが、皮膚《ひふ》を切りさいていたということだ。屋根から落ちて以来、あれほどの痛みを感じたことはなかった。傷に消毒薬をつけるお母さんが楽しげに見えたのは気のせいだろうか？

ジョエルが微笑《ほほえ》むところを、そのときはじめて見た。ショシャーナまで、すこしばかり笑っていた。いかにも同情しているような表情に見せかけようとしていたけれど。

傷の痛みと、苦しむおれを見ておもしろがる三人の理由とどちらがひどいのか、おれにはわからなかった。

つぎにウェバー家の外に立って、ショシャーナのバックアップ作業を待つとき、おれは十分に距《きょ》離《り》をおいた。

その日も、ジョエルはピアノを弾《ひ》いていた。音がきこえたし、窓を通して、ピアノにむかうジョエルの姿も見えた。ふと顔をあげたジョエルの目がおれをとらえた。ジョエルは立ちあがった。

おれは思った。しまった、めんどうなことになるぞ。また、あの犬をけしかけられるにちがいない。でなければ、母親を。

ところが、ジョエルがしたのは、まったく予想外のことだった。ジョエルは手を伸《の》ばして窓をあけ、練習にもどった。

もしまちがいでなければ、ジョエルはおれにきかせてくれたんだ。

学校ではランチのときが一日でいちばん居心地《いごこち》の悪い時間になってしまった。食堂では一日おきにすごした。アーロン、ベア、ハリケーンズたちアメフト部専用のテーブルですごしたつぎの日は、ビデオクラブの連中といっしょというわけだ。アメフト仲間からは集中砲火《ほうか》をあびた。おれが「オタクの園」でうろつくのが理解できないといって。最初のうちは冗談《じょうだん》口調だったのに、どんどんマジになってきている。

ビデオクラブの連中といっしょにいるときも、びくびくしていた。そこにジョエルがいるからだ。友だちではなくても、おなじクラブのメンバーなんだからしかたがない。

おれとジョエルは、だいたいは、テーブルのいちばんはなれたはじとはじにすわった。けれども、ある日、ジョエルは遅《おく》れてやってきた。空いている席はおれのとなりだけ。最初おれは、食堂のはるかむこうにいってしまうだろうと思った。おれのとなりにすわるぐらいなら、ほかの連中といっしょの方がましだと、宣言するために。たしかに、しばらくはためらっていた。ところが、結局は観念したのか、おれのとなりにトレイを置いた。

みんなは、これから派手な戦争がおっぱじまるぞとばかりに、おれたちのことを見ていたが、なにも起こらなかった。それでも、二日後には、だれかがジョエルのために、おれから十分はなれた場所を確保するようになった。

このようすは、舌なめずりするようにおれたちを観察していたアーロンとベアに気づかれた。

「おまえがビデオクラブのオタクどもといっしょにいるのは、まあいい」アーロンがいった。「でもな、なんであいつなんだ？　ジョエル・ウェバーだぞ？　おれたちが奉仕《ほうし》活動をやらされてるのは、あいつのせいなんだぞ！」

「ああ、そうだな。そしておれたちはあいつになにひとつ手だししてないんだよな」おれは皮肉たっぷりにいった。

「わかったわかった」ベアがいう。「けどな、あいつがお母ちゃんに泣きつくなんて思わなかったからな」

「おれたちは満場の講堂で、やつのピアノに爆竹《ばくちく》をしかけたんだぞ！」おれは怒鳴《どな》った。「あいつがチクらなくたって、気づかれたにきまってるだろ！」

「そうだな、それはもっともだ」アーロンがなだめるようにいった。「あれはたしかにやりすぎだった。そして、おれたちはそれを償《つぐな》ってる。そうだろ？　もう終わったことだ、忘れろよ！」

「それで、なんであいつかって？」おれはつづけた。「おまえたちがアメフト部以外の連中を全員オタクで、弱虫で負け犬だと思ってるのはわかってる。だけど、あいつはほかの連中となにがちがったんだ？　あいつがチビだからか？　それとも、あいつが音楽の天才だからか？」

ベアが切れた。「自分自身にきけよ！　あいつを選んだのはおまえなんだぞ！　おまえは楽しいやつだったよ。それも忘れちまったのか？　おれたちは、おもしろいからやったんだよ。ウェバーがビビればビビるほどおもしろかった。とりわけおまえはよろこんでたんだ。あいつが転校するってきいたときには、最高の気分だったかって？　いいや、そんなことはなかったね。でもな、そのあと、おれたちは老人ホームに送りこまれたんだ。あいつがどこにいこうが、おれたちの知ったことじゃないだろうが」

自分でも顔から血の気がひいたのがわかった。いまのベアのことばが、事故以前のおれの脳がどう働いていたかをいちばんわかりやすく説明していると感じたからだ。

いやな気分だが、それがおれなんだ。


その日の午後、おれとショシャーナはコンテストにエントリーするビデオの最後の編集を終えた。タイトルは『戦士』にきめた。おれたちはそれを早くソルウェイさんに見せたくてしかたなかった。それでも、いつものようにショシャーナの家によってバックアップするのが先だ。

いつも通り、ショシャーナが家にむかうあいだ、おれは芝生《しばふ》に立っていた。ショシャーナはドアの前で立ちどまって、肩《かた》ごしにふり返った。

「入る?」

百万もの疑問が頭のなかで渦巻《うずま》いた。ききまちがいなのか? 冗談《じょうだん》なのか? ショシャーナのお母さんに殺される? それとも、ジョエルに? はたまた、あの犬に?

けれども、そんな質問を口にだしたら、なにもかもが台無しになって、永久にそんな機会が失われるだろうことはわかった。おれはだまってショシャーナのあとについて、家のなかに入った。

ショシャーナのお母さんが最初におれに気づいた。ほんの数秒、おれを見つめていたけれど、読んでいた本に視線をもどした。リビングルームでは、いつも通り、ジョエルがピアノを弾《ひ》いていた。ちらっと顔をあげておれを見ると、音楽がぴたりととまった。しばらくきびしい顔でおれを見ていたが、また演奏にもどった。

どうしてなのかはわからないが、不思議な感情がこみあげてきた。おれは泣きださないように何度か大きく息を吸った。

ミッツィさえもがしっぽを振《ふ》っていた。

19 ベア・ブラッキー

全校集会があるって放送があったとき、おれらは大よろこびした。なんでかって？　午前中、おおっぴらに授業をサボれるんだからな。なんの集会かって？　知るか。なんでもいーし。

講堂にはでっかいスクリーンが用意されてた。明かりも消えるってことだ。朝の三時までビデオゲームをやってた人間には、カンペキな昼寝《ひるね》タイムだ。

アーロンは先にきていた。前の席の背に足をあげて、両手を大きく広げ、だらけたかっこうですわってる。おれはほかのやつらをおしのけてとなりの席について、アーロンと陣地《じんち》争いをした。

「ねえ、ちょっと」おれたちの前列の負け犬が声をあげた。アーロンの三十五センチのワークブーツを、肩《かた》の上でぶらぶらさせられてるやつだ。でも、靴《くつ》の主がだれかに気づいたとたん、だまりこくった。そいつとそのツレは、ほかの席をさがしにどこかへいってしまった。

おれはアーロンとならんで眠《ねむ》りはじめた。

「終わったら起こせよ」半分寝《ね》かかったアーロンがつぶやいた。

「おまえが起こせよ」おれがいい返し、いびき合戦の前におたがいに頭をどつきあった。

ところが、びっくりするようなことが待っていた。この集会の目的は、チェース・アンブローズとショシャーナ・ウェバーが、なんとかいうくだらないコンテスト用に作ったビデオをたたえるためだっていうんだ。おれたちは、校長やほかの先公どもが列をなして、チェースをほめたたえるところを延々《えんえん》見させられた。おれたちの同類だったのに、屋根から落ちて頭を打ったせいで、とつぜん、おリコウさんになったチェースをな。

サイアクだぜ。ほめたたえるだけじゃなく、ビデオを見なくちゃならないんだからな。丸々《まるまる》四十分もだぞ。もう寝《ね》てられねえ。むかつきすぎた。アーロンですら、はっと起きなおって、ステージの上のチェースとウェバーをにらみつけてた。

ビデオがはじまった。その瞬間《しゅんかん》、おれは完全に切れた。タイトルは『戦士』で、あの老人ホームのダンブルドアども全部のなかで、いちばん意地の悪いソルウェイってじじいのことなんだからな！　どうりで、あのふたりがしょっちゅう、あのじじいといっしょにいたわけだ。

となりのアーロンは、耳から蒸気をだすほど頭にきてた。

「チェースのやつ、必要もないのに奉仕《ほうし》活動にきて、おれたちを悪者あつかいしただけじゃ気がすまないようだな」かんかんに怒《おこ》っている。「いいや、それだけじゃない。それを世界じゅうに知らせるために、あそこを舞台《ぶたい》にしたドキュメンタリーを作ったんだ！　しかもショシャーナ・ウェバーと。おれたちが奉仕《ほうし》活動をさせられる羽目になった元凶《げんきょう》の家族だぞ。なのにおれは、チェースのことを親友だと思ってたんだからな！」

「しかもソルウェイだぞ」おれはいった。「どういうつもりなんだ？」

「ああ、そうだな。化石だらけの博物館のなかで、クッキーの置き場所が皿のまんなかじゃないってだけで看護師に文句をつける、いちばんの偏屈《へんくつ》じじいを選びやがった」

「おれがなにをいいたいか、わかってんだろ？　なんであいつなんだ？　ってことだ。ほかのダンブルドアじゃなく、ソルウェイなんだ？　ただの偶然《ぐうぜん》じゃすまないぞ」

「あれについて、チェースはなんにも覚えてないさ」アーロンが再確認《さいかくにん》するようにいった。「あいつは記憶喪失《きおくそうしつ》なんだからな」

「記憶喪失《きおくそうしつ》ってのは、あんまりにも都合がよすぎないか？」おれは暗い声でいった。

「けどな、あいつは自分がおれたちの仲間だってことも覚えてない」アーロンは苦々《にがにが》しげにいった。

おれはうなずいた。「やつはアメフトをやってた。いまはやらない。もどってくるとはいってるけど、本気とは思えない。あいつはウェバー家のやつと組んでるんだぞ。それだけじゃない、最近じゃ、ジョエル・ウェバーとも仲良くなってる。おれたちとうまくやっていけるわけがない。あいつは自分が変わったみたいにふるまってるけど、ほんとうは、ただ、おれたちを切り捨てたいだけなんだ」

スクリーンには輝《かがや》きを放つ名誉勲章《めいよくんしょう》のクローズアップ写真が映しだされた。そこにショシャーナの声がかぶさる。その写真はソルウェイがもらった勲章《くんしょう》そのものではないと説明してる。すばらしいソルウェイさんは、ただ英雄《えいゆう》ってだけじゃなく、すごく謙虚《けんきょ》なんだとも。勲章《くんしょう》を持ってることで他人の気を悪くさせないように、一度も身につけたことがないんだといっている。そして、ここ何年もどこにやったのか忘れてしまったという。

「ああ、そうだろう」おれはつぶやいた。

「シーッ！」アーロンが黙《だま》らせる。

ようやく、全編が終わると、アンブローズとウェバーは五分間もスタンディングオベーションを受けた。それを見て、おれはまた頭にきた。ほかのやつらもおれとおなじぐらいいたいくつしてたのをわかってるからだ。ふたりはビデオクラブ全員を舞台《ぶたい》にあがらせた。手伝ってくれたからだ。ドリオ先生はあの老人ホームの所長からの手紙を朗読した。すばらしいビデオを作った生徒と、そんな生徒を輩出《はいしゅつ》した学校に感謝を捧《ささ》げる手紙だ。ゲッ！

アーロンとおれは、あの老人ホームに週三回通うよう宣告を受けた。おれたち自身が入所できるぐらいの年まで延々《えんえん》とだ。それでおれたちが手に入れるものは？　看護師やダンブルドアどもから怒鳴《どな》られるだけだ。そして、おれたちよりよっぽどワルなチェースは、所長からラブレターをもらってる。

教室にもどるのがこんなにうれしかったのは、これが生まれてはじめてだった。

「このままほっとくわけにはいかないぞ」おれはとなりの席にすわったアーロンにいった。「あいつはおれたちを踏《ふ》みにじってるんだぞ。おれたちはずっとがまんしてきた」

はじめてアーロンが、おれのことを頭がおかしいやつとは思っていないような顔で見た。

「あいつの記憶《きおく》をとりもどす方法を思いついたぞ。あいつの親友がだれなのかを思い出させる方法だ」

20

ブレンダン・エスピノーザ

『葉っぱ男』は期待したほどのヒットにはならなかった。ユーチューブでたくさんの人には見てもらったけど。バズるには爆発力《ばくはつりょく》みたいなものが必要なんだ。とつぜん、だれもかれもが話題にしているというような。『葉っぱ男』にそこまでの力はなかった。

おなじくらい残念なのは、『葉っぱ男』のせいで、キンバリーにドン引きされたってことだ。いままでもやさしく接してくれるけど、ぼくの頭がおかしいと思っていて、それをあわれんでくれているからなんだと思う。ぼくたちのユーモアのセンスは根本的に相容《あいい》れないんだという結論に達した。だからといって、ぼくたちが相容《あいい》れないってことじゃない。本やテレビ番組、映画なんかの好みがちがうってだけのことだ。

それは別にして、キンバリーはいまもチェースに夢中だ。だから、ぼくたちの相容《あいい》れなさは、いまのところ、どっちみち問題にはならない。キンバリーはほとんどぼくのことを気にもしないってことがいちばんの問題だ。

とにかく、ぼくは新しい動画のアイディアを思いついたんだけど、それはキンバリーを感動させるはずだ。今回は、ユーモアにも創造性にも特殊《とくしゅ》効果にもそれほどたよらない。

タイトルは『ワンマン・バンド』だ。場所はハイアワシー・ミドルスクールの音楽室。グリーン・スクリーンの前で、オーケストラのすべての楽器を演奏するふりをするぼくをつぎつぎ撮影《さつえい》する。それから映像編集ソフトを使って、それぞれの位置に多重録画していき、オーケストラ全部をおさめる。つまり、オーケストラのすべてのパートにはぼくがいるってことだ。はい『ワンマン・バンド』のできあがり。

ジョエルは木曜の放課後に音楽室の予約を入れてくれた。音楽の先生たちはスターの復帰に大よろこびで、ギルブライド先生なんかは、ジョエルのことを自分の子どものように誇《ほこ》りに思っている。もともとジョエルは品行方正で知られている。音楽室をめちゃめちゃにするなんて、ちらりとも考えたりしない。

運悪く、チェースにカメラをたのむことはできなかった。屋根から落ちたあとの診察《しんさつ》のために欠席した社会科の追試を受けなくちゃいけなかったからだ。これは、いい目くらましになったかもしれない。おかげでジョエルが全面的に手伝ってくれることになったし、ジョエルもとても腕《うで》のいいカメラマンだ。それに、ギルブライド先生は、記憶喪失《きおくそうしつ》だろうがなんだろうが、けっしてチェースを楽器に近よらせたりしなかったろう。先生はいまでもあの破壊《はかい》されたピアノのことを、ベートーベン本人に寄付されたもののようにおしがっている。さらに、チェースがいると、キンバリーはいつもすこしばかり集中力が切れる。キンバリーが『葉っぱ男』のユーモアを理解できなかったのは、そのせいもあるかもしれない。チェースがいなければ、キンバリーがぼくに意識を集中させることだってあるかも。

できればタキシードを借りて着たかった。オーケストラの連中は、みんな優雅《ゆうが》に着こんでいるからだ。ただ、母さんには相手にされなかった。そこで、できるだけがんばった。子どものころ、ユダヤ教の成人式にあたるバルミツバーの儀式《ぎしき》で着た明るいグレーのスーツをひっぱりだして、靴墨《くつずみ》で黒く染めた。スーツの下の白いシャツは、色が移ってストライプになってしまったけれど、画面ではわからないだろう。画面上にぼくがたくさんいても、ありがたいことにどれもすごく小さいから。父さんからは蝶《ちょう》ネクタイを借りて、いっそうタキシードっぽく見えるようにした。

その木曜日、すっかり着替《きが》えてトイレからでてきたぼくを見て、キンバリーは鼻にしわをよせてしかめっ面《つら》になった。そんな表情まですごくかわいい。

「どうしたの？　くさいんだけど！　なにをやったの？　マジックペンのお風呂《ふろ》につかってきたとか？」

「靴墨《くつずみ》だよ。それに、におうのは、ぼくじゃなくて服だから。なんとかフォーマルウエアをでっちあげなくちゃいけなかったからさ」

「ふつうの服じゃだめなの？」

「オーケストラの衣装はおしゃれなんだ」

「だけど、ブレンダンはオーケストラのメンバーなんかじゃないじゃない」

キンバリーがぼくに無関心なのだとしたら、ぼくが送ったメールを読んでいないのも、ちっともおどろくようなことじゃない。ぼくは音楽室にむかう途中《とちゅう》、手みじかに『ワンマン・バンド』の説明をした。

それに対して、キンバリーはひとことこういった。「床《ゆか》に黒いベタベタを落としてるんだけど」

「え、マジ？」ウワーオ！　廊下《ろうか》には点々《てんてん》と靴墨《くつずみ》のあとがついていた。どうせもう手遅《ておく》れだ。撮影《さつえい》が終わったら、ひとりでできるだけきれいにしよう。消毒用のアルコールなら落とせるんじゃないだろうか。それとも、マニキュアの除光液？

ジョエルは音楽室のなかで待っていた。すでにグリーンスクリーンを張って、必要な機材は全部スタンバイずみだ。カメラは三脚《さんきゃく》にのっている。チェースの安定した腕《うで》がなくてもだいじょうぶな理由のひとつだ。ジョエルはスパゲッティのようにからまりあったコードで、照明も設置していた。あとははじめるだけ。

音楽は『彼《かれ》はいいやつだ』のオーケストラ版を選んだ。誕生日なんかに歌う楽しげな短いこの曲を、ものすごいいきおいで三回くり返す。音楽自体は編集段階でくわえるんだけど、撮影《さつえい》中もスマホから流して、それぞれの楽器を演奏するときのタイミングをあわせるのに使った。

小さい楽器はそんなにむずかしくない。トランペット、クラリネット、サックス、フルート、ピッコロなんかだ。問題はバイオリンなんかの弦楽器《げんがっき》で、弓の動きをテンポにあわせなくちゃいけない。トロンボーンやティンパニはもっとむずかしいし、シンバルは最難関だ。もし、失敗したら、すべてがおじゃんだ。

「この曲、知ってる」キンバリーがそういったのは、すくなくとも二十回は撮《と》り直したあとのことだった。「どうして、こんな騒《さわ》がしい曲を選んだの？」

ぼくたちは最終コーナーにさしかかっていた。バスーン、フレンチホルン、チューバだ。ラストがチューバだ。ぼくはそのチューバを見つめた。マーチングバンド用の、楽器のなかにもぐりこんで、大蛇《だいじゃ》にからみつかれてるように演奏するタイプだ。

「ちょっと待って」ぼくは抗議《こうぎ》した。「ふつうのチューバは？」

「へこんだんだ」ジョエルが答えた。「だれかが階段で落っことして、修理にだしてる。これか、チューバなしかだ」

チューバなしのオーケストラは考えられない。ぼくはなかにもぐりこんで、必死で立ちあがろうとした。この楽器はまちがいなくぼくより重い。ぼくはヘラクレスじゃないけど、マーチングバンドでこの楽器担当の子は、身長百四十センチの六年生の女の子だ。どうやって持ちあげてるんだろう？　ましてや、どうしたら音をだすだけの息がのこせるんだ？

キンバリーは疑わしげにぼくを見ている。そこでぼくは自信たっぷりにいった。「こんなの、朝飯前だよ」でも、腎臓結石《じんぞう》にもだえ苦しんでるみたいにきこえただろう。ねらった効果にはほど遠い。ぼくはマウスピースに口をあてると、ジョエルに最後のシーンを撮影《さつえい》するよう合図した。カメラが始動した。

観音びらきのドアがけりあけられた。そして、なにひとつ反応できないうちに、ぼくの視界いっぱいが白い泡《あわ》の波におおわれてしまった。泡《あわ》はぼくの顔にも直接あびせられた。ふつうなら、たおれてしまうほどの衝撃《しょうげき》じゃない。でも、ぼくの頭の上には重たいチューバのアサガオの部分がある。ぼくはバランスをくずして台の上からころがり落ちた。チューバが台の金属製の縁《ふち》にぶつかったとき、すさまじい音が鳴りひびいた。

ジョエルの息をのむ音がきこえたけれど、その理由はすぐにわかった。チューバにからみつかれたまま、泡《あわ》のなかからころがりでたとき、目に入ったのはアーロン・ハキミアンとベア・ブラッキーだった。ふたりの腕《うで》には、それぞれ学校備え付けの大型の消火器がかかえられていた。消火器からでた泡《あわ》は、部屋じゅう、そこにいる全員に、そして、あらゆるものにむけて発射されていた。

「やめてくれ！」ジョエルは震《ふる》える声でいっていた。

アーロンはいやらしい声で笑った。「これはこれは、かの有名な負け犬じゃないか。この学校への復帰祝いはまだだったたな。こりゃまた失礼！」

「お帰り、負け犬！」ベアが吠《ほ》えた。そして、消火器をむけて、ジョエルの頭からつま先まですっぽり泡《あわ》でおおいつくした。

キンバリーに目をやると、ただつっ立っているだけじゃなく、クスクス笑っていた。とうとうこの子は、ぼくのビデオのなかにおもしろいところを見いだしたってわけだ。どうやら、これも演出の一部だと思っているらしく、ぼくたちが襲《おそ》われているとは気づいてもいないらしい。

「助けを呼んできて！」ぼくはキンバリーにむかって怒鳴《どな》った。

「ああ、そうだ。助けを呼んでこい」ベアが鼻先で笑いながらいう。「お友だちのチェースを呼んできたらどうだ？」

たしかにいう通りだ。このふたりをどうにかしてくれるやつがいるとしたら、それはチェースだ。

「チェースを呼んできて！」ぼくはキンバリーにそういった。

アーロンがひややかに笑った。「おまえなんかが頭がいいことになってるとはな！　おれたちをここに送りこんだのはだれだと思ってるんだ？　天才君よ」

「チェースは、自分たちを奉仕《ほうし》活動送りにした負け犬がだれなのか、忘れたとでも思ってんのか？」ベアがつけ足した。

「はやくいって！」ぼくは叫《さけ》んだ。「チェースはソロモン先生の部屋に……」泡《あわ》をあびせられて、それ以上しゃべれなくなった。そして、またたおれてしまった。いまだにチューバから抜《ぬ》けだせないまま。両腕《りょううで》がまっすぐ体の横にのびている状態になっていて、ほとんど身動きもできない。立ちあがったところで、ふたりのネアンデルタール人相手では、なんの役にも立たないだろうけど。

すっかり動揺《どうよう》していたぼくだけど、ジョエルのことが気がかりだった。いろいろなことを耐《た》え忍《しの》んで、ようやく家にもどってきたと思ったら、結局、またおなじことのくり返しなんだと気づかされたジョエルは、どんな思いなんだろう。

キンバリーはふたりの暴漢のあいだを縫《ぬ》って、ドアからとびだした。ふたりはキンバリーを妨害《ぼうがい》しようとはしなかった。ふたりの標的はぼくとジョエルだ。そしてメインはジョエル。

「おい、ここは楽器だらけだぞ」ベアがせせら笑いながらいった。まるで、音楽室に楽器があるのがすごくめずらしいとでもいうように。「おれもがんばって練習したら、りっぱなミュージシャンになれると思うか？　ジョエル・ウェバーみたいによ」ベアはごついブーツでフレンチ・ホルンをけりとばした。ホルンは部屋の半分をおおう泡《あわ》をまきちらしながらすべっていった。

「お願いだから、楽器にはさわらないで」ジョエルが情けない声でいった。「ギルブライド先生に、ぼくが責任を持つっていったんだ」

それが引き金になった。ふたりのゴロツキは、ジョエルを困らせる方法を知ったとたん、標的を変えた。フルートでやり投げをはじめ、シンバルをフリスビーにして投げた。トランペットやトロンボーンを泡《あわ》の山のなかにつみあげ、いちばん上にバイオリンをのせた。ティンパニはひっくり返され、譜面台《ふめんだい》は四方八方に投げつけられ、楽譜《がくふ》は秋の落ち葉のようにばらまかれた。

いまだにチューバから抜《ぬ》けだせないまま、ぼくはアーロンとベアににじりよった。ところが、ぬれた紙で足をすべらせ、またしても床《ゆか》にたたきつけられてしまった。ジョエルはアーロンの肩《かた》をつかんで、楽器からひきはなそうとしている。でも、アーロンは笑い声をあげながらジョエルを楽々《らくらく》振《ふ》りはらった。

とつぜん、チェースが部屋にかけこんできた。キンバリーはぴったりうしろについてきた。

「なにやってるんだ？」チェースが叫《さけ》んだ。

「おい、遅《おそ》かったじゃないか」アーロンがにやにや笑いながらいった。「その子を迎《むか》えにいかせなきゃならなかっただろ！」

「おまえのアイディアは最高だよ」ベアが消火器を軽く持ちあげながらいった。そして、それをチェースに手わたした。「さあ、おまえもやれよ、巨匠《きょしょう》！」

チェースは呆然《ぼうぜん》としている。ぼくにはチェースの表情が読みとれなかった。ショックを受けているんだろうか？　それとも、別の感情？

「ほら、これはおまえの計画なんだからな」ベアが念をおすようにいった。「仕あげはおまえだ！」

チェースは、目を真ん丸に見ひらいて、彫像《ちょうぞう》のようにつっ立っている。

ベアがじれたようにいった。「わかったよ、おれが代わりにやってやる」そういって、消火器をとり返そうとした。でも、チェースはしっかりにぎってはなさない。

消火器をめぐって乱暴な綱引《つなひ》きがはじまった。チェースがものすごい力でひっぱって、ベアの手を振《ふ》りはらった。不意に自由になった消火器が弧《こ》を描《えが》いた先には、ちょうど床《ゆか》から立ちあがったジョエルがいた。

ゴンという音とともに、重たい金属がジョエルの横っ面《つら》をとらえ、ジョエルはふたたび泡《あわ》のなかにたおれこんだ。

興奮した声が廊下《ろうか》からきこえてきた。先生が六人、部屋にとびこんできた。先頭はギルブライド先生だ。

「いったい、どういうことなの?」荒《あ》れ果てた部屋を見て、ギルブライド先生が悲鳴をあげた。

「ジョエル・ウェバーはどこ?」

うめき声をあげながら、ジョエルが半身を起こした。すでに青あざに変わりはじめた左目のまわりは、顔じゅうをおおう泡《あわ》でもかくしようがなかった。

そのときとつぜん、この光景が先生たちにどう見えるのか思いあたった。音楽室は混乱の海だ。楽器や譜面台《ふめんだい》、本や楽譜《がくふ》があたり一面にちらばっている。そして、全体が泡《あわ》におおわれている。この学校における、最も悪名高いゴロツキ三人がそろっている。そして、そのうちのひとり、チェースは消火器を振《ふ》りかざしている。さらに、三人の標的ナンバーワンであるジョエルは、顔をみるみる腫《は》らしながら床《ゆか》にたおれている。どう見ても、残酷《ざんこく》な襲撃《しゅうげき》の犠牲者《ぎせいしゃ》だ。

「ちがうんです！　見た目とは！」ぼくはあえぎながらそういって、そこで口をとじた。もし、これが見た目通りなのだとしたら？　チェースを呼びにいくというアイディアは、アーロンとベアからでたものだ。この計画全体もなのか？　そして、ふたりがいう通り、首謀者《しゅぼうしゃ》はチェースなのか？

先生たちはぼくのことばにはなんの注意もはらわなかった。先生たちの仕事は事態の収拾だ。ギルブライド先生は大急ぎでジョエルを保健室につれていった。ほかの先生たちはアーロン、ベア、チェースを校長室へとひき立てていった。キンバリーもついていった。こんなことになっても、キンバリーが気にかけているのはチェースだけだ。

あっというまに、ぼくはひとりとりのこされた。いまだにマーチングバンド用のチューバにとじこめられたまま。重いため息をつきながら、ぼくは真鍮《しんちゅう》の触手《しょくしゅ》からのがれようと必死にもがいた。それでも、ほんの数センチしか動かない。ひと晩じゅうここにいることになるのかもしれない。

靴墨《くつずみ》で灰色に染まった泡《あわ》をしたたらせながら、ぼくはなおも、もだえもがきつづけた。今回の最悪の部分は、チューバにとじこめられたことじゃないんだと思いながら。『ワンマン・バンド』が幻《まぼろし》に終わることでもない。最悪なのは、こんな悲惨《ひさん》な目にあっているぼくをほったらかしにして、チェースを心配したキンバリーがいってしまったという悲しい事実だ。

そこに思いいたったとたん、今回の事態で最低の人間はぼくなんだと思い知った。アーロンやべアよりもひどい。結局、チェースはぼくの友だちなんかじゃなかったのかもしれないってことよりも、キンバリーとの色恋沙汰《いろこいざた》の方を気にしてるんだから。

いや、そうじゃない！　ぼくは自分を叱《しか》りつけた。チェースは友だちだったこともあるのかもしれないけれど、いまはちがう！

それに、ぼくのこの目と耳がたしかな証拠《しょうこ》だ。破壊《はかい》された音楽室の。かわいそうなジョエルがふたたび襲撃《しゅうげき》されたことの。むかしなじみの悪党とならんで、チェースが最後の一撃《いちげき》をくわえたことの。

ぼくは演奏台のはしにすわって、頭をたれた。もうもがき疲《つか》れた。

ぬれたスニーカーが立てるキュッキュッキュッという音で、ぼくははっとなった。顔をあげるとキンバリーがぼくにおおいかぶさるように立っていた。

キンバリーはいった。「そこから抜《ぬ》けだすのに、助けがいるんじゃないかなって思ったんだ」

ぼくは舞《ま》いあがった。

希望がわいた。

21 チェース・アンブローズ

きっと、なじみの光景なんだろう。校長室の前の廊下《ろうか》に置かれた椅子《いす》に、アーロン、ベアとならんですわり、ギロチンが落ちてくるのを待っているのは。アーロンは、おれたちの尻《しり》のあとは、この椅子《いす》の座面に永遠に刻みこまれるだろうといっている。以前のことはなにも覚えていないが、おれたち三人が長い時間をここですごしたのは、まぎれもない事実だ。

アーロンはくつろいだようすで、おれに笑いかけた。「わが家がいちばんだな」

笑い返すような気分じゃなかった。「ふたりともイカれてんのか？　あれはいったい、どういうつもりだったんだ？」

ベアがぎょろっと目玉を動かした。「エーンエーン、かわいそうなオタクたち」

おれは激怒《げきど》した。「あいつらのことはいい。おれはどうなるんだ？　おまえたちのせいで、ひどいめんどうに巻きこまれたじゃないか！　おまえたちだってだ。ふたりともアメフト部から追いだされるかもしれないんだぞ！　だいたい、なんのためなんだ？　なんであんなにたくさんの楽器に消火器の泡《あわ》をぶちまけたんだよ？」

ベアはずっとにやにやしたままだ。「すくなくとも、ジョエル・ウェバーを殴《なぐ》りたおしたのはおれたちじゃないぜ」

「あれは事故だ！」

「フィッツウォーレスが信じると思うか?」ベアがいい返した。「だれがおまえの味方をしてくれる？　ビデオクラブのオタクたちか？　いまとなっちゃ、おまえはあいつらのお気に入りってわけじゃないと思うけどな」

腹が立ちすぎてまともにことばがでてこなかった。「おれをはめるためにやったんだな！　おれたちは友だちだと思ってたのに！　おまえたちは、おれの人生をめちゃくちゃにすることに夢中で、自分たちもいっしょにドブにはまることも気にしないいんだからな！」

アーロンはおちついていた。「だれもドブになんかはまらないいさ」

「おまえは寝《ね》ぼけてんのか？　それともバカなのか？　おれたちの悪評を考えてみろ。おれたちはキッチンの排水口《はいすいこう》に流されるんだ。いまになっては、奉仕《ほうし》活動は夢のように楽しい時間だったたってことなんだぞ！　おれたちは退学させられるんだ！　それどころか、フィッツウォーレス校長が、警察に電話していないのを祈《いの》った方がいいんだぞ！」

「おちつけよ」アーロンが低い声でいった。「まず第一に、おれたちはいまも友だちだよ。それに、おまえをめんどうに巻きこんだりはしない。おれたちに話をあわせて、おれがいうことにはなんでもその通りだというんだ。それで、話はかたづく」

「寝《ね》ぼけたこと、いうんじゃない！　音楽室で起こった列車事故をどう説明するつもりなんだ？」

校長室に通じるドアがあいたとき、ドアノブが銃声《じゅうせい》のような音を立てた。ドアに立ちふさがったフィッツウォーレス校長は、見たことがないほどおそろしかった。その怒《いか》りが氷のように冷たかったからだ。正直いって、その怒《いか》りも無理はないと思う。ひどい目にあうのが楽しみってわけじゃない。でも、校長が三人の生徒によって冷静さを失うのが許される場面があるとしたら、いまこのときがそれだ。

フィッツウォーレス校長はおれたちを室内におしこみ、デスクの前に立たせたまま、自分は椅子《いす》にすわった。

「また、きみたち三人か。わたしは期待して……」そこでおれを見て、悲しげに首を振《ふ》った。「まあいい。まずは話をきこう」

なにをいってもむだだと知りながら、自分の無実を訴《うった》えようとしたところで、アーロンが先に口をひらいた。

「ひどいありさまに見えるのはわかってます。でも、おれたち、悪いことはなんにもしてないんです。おれとベアとで音楽室の横を通りかかったら、ドアの下から煙《けむり》がもれてるのが見えたんです。それで、おれたち、消火器をつかむと部屋にかけこんで、噴射《ふんしゃ》しました。なかではビデオの収録かなんかをやってて、照明が無数についてました。きっと、それがショートしたかなんかで発火したんだろうな。チェースは叫《さけ》び声をききつけて、おれたちを助けにきたんです。それなのに、ビデオクラブのやつが、プロジェクトを台無しにされたといって、おれたちに襲《おそ》いかかってきたんだ。それで、どこでどうなったのか、ジョエル・ウェバーが消火器のひとつに頭をぶつけたみたいなんですよ」

校長は顔をしかめた。「あの場所にいた生徒たちの証言とはちがうんだがな」

ベアはいかにも、やつらの気持ちはよくわかります、とでもいうように首を振《ふ》り振《ふ》りいった。

「フィッツウォーレス校長、どうか、あの子らにはあんまりきびしい処分をしないでやってください。きっと、出火させたせいで、たいへんな目にあうのがこわいだけなんだ」

校長の顔がさらにゆがむ。「教師はだれひとり、煙《けむり》のにおいをかいでいない」

アーロンは、ほっとため息をついた。「それはよかった。まにあったんだ」

フィッツウォーレス校長はふたりからおれへと視線を移した。「その通りなのかね？」

ここが勝負だ。アーロンのバカげた嘘《うそ》をこきおろして、おれの無実を訴《うった》えるときだ。たしかに、フィッツウォーレス校長はおれがはめられたなんてことは信じないだろう。それでも、すくなくともこのふたりをたたきのめすことで満足できる。たとえ、自分もいっしょにたたきのめされるとしても。

「どうなんだ？」校長がうながす。

おどろいたことに、校長の顔からさっきまでの怒《いか》りが完全に消えていた。校長はおれの答えを待っている。そして、その答えがどうあってほしいと思っているのか、わかる気がした。校長はおれにアーロンとベアに話をあわせてほしいと思っているんだ。

おれたちみたいな不良が起こしたあんな騒《さわ》ぎを、校長がなぜなかったことにしようとしているんだろう？　おれなりに考えてみた。前回のようにアーロン、ベア、おれの三人にきつい処罰《しょばつ》を与《あた》えるっていうのは、相当めんどうなことにちがいない。不満たらたらな親が三組できあがるし、事務処理の書類仕事も三重だ。さらに、教育委員会の臨時会議だの、へたすれば裁判だのも三重に複雑になる。それに……。おれの目は壁《かべ》の写真をとらえた。ふたりの州チャンピオンの写真だ。そう、親父とおれ。ハリケーンズがアーロンとベアを失うことになれば、それは大きな痛手だろうし、おれの復帰のチャンスも完全に絶たれてしまうだろう。

だから、おれはつぶやいた。「はい」

「なんだって？」

むずかしいことばを話すわけじゃない。でも、ひとことひとことが舌の上にのった毒のように感じる。「はい。アーロンが話した通りです」

フィッツウォーレス校長はほっとしているようにさえ見えた。おれのだした答えはまちがっていなかったようだ。アーロンとベアも必死でよろこびをかくそうとしているが、顔はにやけている。ふたりはうまくやったってわけだ。そして、このおれも。

それでも、完全に無罪放免《ほうめん》とはならなかった。勝手に行動せずに、助けを呼んだり、火災報知機を鳴らしたりするべきだったと、さんざん小言をいわれた。ほかの生徒に対して感情を抑《おさ》えるべきだし、あんまり乱暴に接するのもやめたほうがいいといわれた。さらに、自分たちだけで家に帰るのも許されず、迎《むか》えにくるよう親に電話をかけた。

玄関《げんかん》ホールに立って、親の車を待っているとき、アーロンとベアはおれたちの「おどろくべき危機脱出劇《だっしゅつげき》」を絶賛した。

「マジにすごかったよな」ベアがアーロンにいった。「おれは前にタップダンスを見たことあるんだ。でもな、おれらのにくらべたら、あんなものカスだ」

アーロンがうなずく。「最後の最後で、チェースがなにもかも台無しにするんじゃないかとハラハラしたぞ。でも、やっぱりこいつは相棒だよ。きっと、おれたちをかばってくれるはずだって、いっただろ？」

おれはなにもいわずに考えこんでいた。それは事実だ。おれはこいつらをかばった。それがおれ自身を救うことにもなると思ったから、とびついたんだ。

そして、こいつらのバカげた話に身をまかせることで、むかしのおれにひきもどされてしまった。つまり、おれはむかしのままってことだ。トラブル・メーカーで、嘘《うそ》つき。性懲《しょうこ》りもなくおなじことをくり返す。

ありがたいことに、ふたりは自画自賛にいそがしくて、おれがほとんど会話にくわわっていないことには気づいていない。

最初に迎《むか》えにきたのはベアの親だった。つぎがアーロン。母さんは、仕事を早目に切りあげておれを迎《むか》えにくるのは迷惑《めいわく》だろうと考えはじめたところで、アンブローズ・エレクトリックのトラックが、ガタピシ音を立てながら車寄せに入ってきた。

母さんじゃなかった。親父だ。

親父はおれの顔を見て、うれしそうだ。宝くじにあたったおれから、高額の小切手を手わたされるとでもいうように。

おれは助手席に乗りこんだ。「どうして親父が？」

親父は楽しげにおれの肩《かた》に軽くパンチを入れてきた。「フィッツウォーレスからなにもかもきいたぞ。おれにはちゃんとわかってる。よくやったな、チャンプ」

「ひどいことをやったんだよ」

親父は笑った。「アーロンとベアといっしょに、この手の呼びだしを受けたのは、はじめてだとでも思ってるのか？　たしかにりっぱなことをやったわけじゃない。けどな、うまく切り抜《ぬ》けたんだ。それがよかったっていってるんだよ」

おれは「そんなわけないだろ」といいそうになった。でも、それも嘘《うそ》になる。心の痛みにおし流されてもおかしくないところなのに、ぜんぜんそうじゃなかった。後悔《こうかい》などしていない。

後悔《こうかい》しているとすれば、こんなにも自由ですっきりしているってことに対してだ。

つぎの日の朝、学校に着くとドリオ先生がロッカーの前で待っていた。

「きのうのこと、おききになったんですね」おれはいった。「あとでビデオクラブの部室でブレンダンとジョエル、キミーにあやまります」

ドリオ先生は悲しげに首を横に振《ふ》った。

「ごめんなさいね、チェース。あなたはもう、クラブのメンバーじゃないの」

バカだといわれればそれまでだが、おれは心底おどろいた。

「おれが悪いことをしてないって、だれもいわなかったんですか？」とつぜん、胸にでっかいつかえができて、とりのぞくことなどできないという気がした。

「きのうの夜、ウェバー家の人たちと電話で話したの」ドリオ先生がいった。「ジョエルはだいじょうぶだって。だけど、ご家族がとても腹を立ててらして。けがはあなたのせいだって思われてるから」

「ブレンダンは？」おれはたずねた。「ブレンダンはおれが無実だって知ってます」

「ブレンダンとも話したわ。あなたがどういう役割だったのかはわからないっていってるけど、無実だとはひとこともいわなかった」ドリオ先生はつき刺《さ》すような視線でおれを見た。「それに、もしそういったとしても、電気系統の火事だったっていうふたりのお友だちの話を、あなたが認めた以上はどうしようもない」

すっかり落ちこんだ。先生のいう通りだ。おれは、自分が助かりたくて、嘘《うそ》の証言にサインしてしまったんだ。それがビデオクラブの連中にどう見えるのかは、考えもしなかった。みんな、火事なんかじゃなかったのは知っている。

おれがむかしの本性《ほんしょう》をあらわすのを、みんなずっと待っていたんだろう。そして、おれはその期待にこたえた。

「みんなに追いだされたってことですね」

先生は首を横に振《ふ》った。「きめたのはわたし。ほんとうに残念だわ、チェース。とてもよくやってたから。『戦士』はこのミドルスクールはじまって以来、最高のできだった」

おれはショシャーナのことを思った。どんなに腹を立てていることだろう。

「いいんです、ドリオ先生」声が震《ふる》えないようにするのがすごくむずかしいことにおどろきながらそういった。「もう、近づきません」

すごく落ちこんだ。でも、さらに落ちこんだのは、自分がどれほど落ちこんでいるのかに気づいてしまったからだった。ビデオクラブのオタクどもが、おれを必要としないからって、それがどうしたっていうんだ?

おれはそこでハッとした。『ビデオクラブのオタクども』、それはアーロンとベアのいってることじゃないか。いくら動揺《どうよう》しているからって、みんなのことを、そんなことばで呼ぶなんて。おれは、今回のできごとで自分を責めていた。でも、アーロンとベアをもっと強く責めていた。アーロンとベアといえば、ふたりはおれたち三人のあいだには、なにかとてつもない絆《きずな》でもあるようにふるまっている。バカバカしい。おれはやつらにいろいろとたちの悪いことをさせてきたのかもしれない。だが、おれがやつらを許せないと思っていたことは、じつはおれのしわざだった。おれがやつらを守っていたのは、それが自分自身を守る方法だったからだ。

その代償《だいしょう》が今回のビデオクラブの一件だ。それと、アーロンとベアがおれのことを「相棒」と呼ぶたびに感じる苦い気持ち。

おれはやつらとでくわさないように、変なまわり道をして廊下《ろうか》を進んだ。たったひとつのなぐさめは、きょうは早引けできるということだ。十一時には親父が迎《むか》えにくることになっている。スポーツ医学の専門家、グエン先生の診察《しんさつ》を受ける予約を入れているからだ。すくなくとも、おかげで食堂でのアメフト・チームのテーブルをさけることができる。ビデオクラブの連中とも、もういっしょに食べることはない。

のこりの学校生活のあいだじゅう、ランチを食べずにすますってわけにはいかないだろうか？

何度かブレンダンを見かけたが、あいつはおれに気づいたとたん、そっぽをむく。ショシャーナが、超合金《ちょう》でも溶《と》かしてしまいそうな目つきでおれをにらんでいるのに気づいたこともある。ジョエルは学校にきてさえもいないようだ。

診察室《しんさつしつ》にもどってきたグエン先生は、顔を輝《かがや》かせておれを見た。「さてと、ひとつきみにいいニュースがあります。それともうひとつ、それよりもっといいニュースも。いいニュースの方は、きみには脳震盪《のうしんとう》の後遺症《こういしょう》がまったく見られないということです。どこから見ても、ピンピンしてる。もっといいニュースは、無条件でアメフト・チームにもどっていいという診断書《しんだんしょ》に、わたしがサインしたってことです。おめでとう」

こいつはびっくりだ。親父はさがしにさがしたあげく、死人をフィールドに送りだして、タックルを受けさせる医者を見つけだしたってことだ。しかも、たったの百キロしかはなれていないところにな。帰り道、マスタングのなかで、親父は「脳死のクーパーマン」をこきおろしつづけた。なんの根拠《こんきょ》もなく、おれをフィールドから遠ざけていたといって。

「クーパーマン先生は、ハーバード大学医学部の学位書を部屋に飾《かざ》ってたけど」おれはいった。

「グエン先生の学位書はどこにも見あたらなかったな」

親父は鼻でせせら笑った。「有名大学の気取り屋たちみたいにひけらかしてないからって、違法《いほう》なわけじゃないからな。すごいことじゃないか、チャンプ！　おまえはチームにもどれるんだぞ！」そこで親父の顔がくもった。「おまえがフィールドに立ったら、あの腰抜《こしぬ》けどももまた勝ちはじめるんだろうな」

「三週間後のことだからな」おれはいった。「学校のルールなんだ。一週間は接触《せっしょく》のない練習。そして、実戦にもどるまでに丸二週間、フル装備で練習だ」

「後半のプレーオフにはまにあうだろう」親父は得意げにいった。

おれはアメフトへの劇的復帰をそんなによろこぶ気分じゃなかった。親父がたんまりお金を積めば、おれが三つ子をみごもったという診断書《しんだんしょ》にだってサインしかねないグエン先生だけが理由じゃない。悩《なや》みの種は医学的なところにはない。自分でも自分が健康体だってことはわかる。クーパーマン先生もそういっていた。

実際に試合にでて、みんながいうほど自分がいい選手だったのかどうか、たしかめてみたい気もする。

気に食わないのは、アメフト選手のおれは、むかしのおれだってことだ。むかしの自分にはもどりたくないのに。アーロンとベアが、きのうおれをはめたとたん、どれほどすばやく、記憶喪失《きおくそうしつ》以前の自分が頭をもたげたか見るといい。

けれども、ハリケーンズ以外の選択肢《せんたくし》などあるだろうか？　ビデオクラブからは追いだされ、あそこでできた友だちすべてを失ってしまった。

「結局は、おまえの思い通りじゃないか。なあ、チャンプ」親父はつづける。

「そうでもないんだけどな」おれはぼやくようにいった。

「なんでだよ？　負け犬どもがおまえに腹を立てたからか？」

ビデオクラブの件がどうしてこんなにつらいのか、親父には理解できっこない。自分でもよくわからないぐらいなんだから。

「メンバーだけじゃなかったんだ。ドリオ先生もおれを追いだした」

「先公どもか」親父は鼻を鳴らした。「やつらは、おまえの手首をぴしゃりとたたいて、責任を果たした気になってりゃいいんだ。おまえはアメフト・チームからはしめだされないし、相棒のアーロンとベアからもだ。おれがプレイしていたときは、小指一本で学校じゅうの教師もスタッフも思い通りに動かせたぞ。ああ、たしかにやつらはことあるごとに、おれに居のこり勉強させたもんだ。自分たちをりっぱに見せるためにな。だがな、州チャンピオンになったとたん、おれが学校を仕切るようになったんだ」

ここにきてはじめて、おれははっきりと口にだしていった。「アーロンとベアは、もうおれの相棒なんかじゃないかもしれない」

「なにいってるんだ。そんなわけないだろう」そういって、笑いかけた。「まずはウェバーんとこのガキとのいざこざだ。それから、おまえのあの事故だ。むかしのチェースがもどってくるまで、ずいぶん時間がかかったような気がするな。これは母さんにはいうなよ。おれはな、おまえがジョエルにやったことを誇《ほこ》らしく思ってるんだ。あれははっきりとした宣言だったんだよ。まちがいない」

わざわざ、あれは宣言なんかじゃないとはいい返さなかった。どちらかといえば、あれは、相棒のアーロンとベアがおれに対しておこなった宣言だ。そして、そのために胸が悪くなるような計画と消火器の大量の泡《あわ》が必要だった。

街に帰ってきたのは二時半ごろで、もう、学校にもどるまでもなかった。親父はおれを家まで送り、約束させた。ほやほやの診断書《しんだんしょ》を持って、四時きっかりにアメフトの練習にでろと。おれはいわれた通りにするだろう。そうしたいからじゃなく、抵抗《ていこう》する気力もないほど落ちこんでいるからだ。失望はすべてのエネルギーを吸いとってしまうものだ。

二階の自分の部屋にあがると、窓から傾斜《けいしゃ》した屋根の屋根板を見つめた。気味悪いことに、一瞬《いっしゅん》、ひとりでその屋根にすわってもの思いに沈《しず》んでいる自分の姿をはっきりと思い出した。もしかしたら、記憶《きおく》ではなく、想像が生んだイメージなのかもしれない。何度もそこでそうしていたときかされたからだ。

とつぜんの衝動《しょうどう》にかられて、窓をあけ、片足をサッシにかけていた。そして、おそるおそる慎重《しんちょう》に、屋根の上にはいだした。あんな事故のあとなんだから、きっと恐怖《きょうふ》に襲《おそ》われるだろうと思った。ところが、実際には、ゆるやかにかたむいた屋根の上で、なんともいえない居心地《いごこち》のよさを感じた。

なじみの場所という気もする。フラッシュバックが起こったわけじゃない。それでも、失った過去がもたらすものにちがいない。しばらくのあいだ、ここにきていないのはたしかだ。母さんには、もうけっして屋根にはあがらないと約束もした。

でも、母さんは仕事で家にいないし、けっして、というのはしばらくのあいだって意味だ。

おどろいたことに、自然に体が動いて、かつてお気に入りだったときかされた体勢をとっていた。膝《ひざ》を立てた、いわゆる体育ずわりだ。これは別種の記憶《きおく》なんだろう。そう、筋肉の記憶《きおく》だ。記憶喪《きおくそう》失《しっ》にも手だしはできないってことだ。

どうしてここが好きだったのかよくわかった。とても静かで、ひとりになれる場所だ。街が眼下に広がっている。そして、だれからも手が届かない。

学校も見える。あとしばらくしたら、そこに立っているはずのアメフトのフィールドも見える。街の中心部にむかってそう遠くはないところには、ソルウェイさんが暮らす老人ホームがある。それに、『葉っぱ男』を撮影《さつえい》した公園も。あのときのことを思い出すと、胸にぐっとこみあげるものがあった。ブレンダンのおバカな動画撮影《さつえい》につきあったのは、あれが最後だった。

親父は古いチェースがもどったといった。それを願ったこともあった。でも、いま望んでいるのは新しいチェースの人生だ。

そして、それも失ってしまった。

22
ショシャーナ・ウェバー

わたしはこの歴史はじまって以来、最も愚《おろ》かな人間にちがいない。

学校ではオールAの成績だけれど、そんなものにはなんの意味もない。わたしはただ、地理のテストでいい成績をとる方法を知っているってだけ。性格に成績をつけるなら、わたしはFマイナス。明確な落第点。

わたしはあのゴロツキ、ドブネズミ・ナンバーワンにやすやすとだまされてしまった。すっかり人が変わって、いい人間になったんだと。しょせん、豹《ひょう》は体の豹柄《ひょうがら》を変えられない。チェース・アンブローズみたいな下衆野郎《げすやろう》ならなおさらだ。屋根から落ちて、記憶喪失《きおくそうしつ》だって？　たいしたもんだ。きのうのことを思い出せないからといって、腐《くさ》りきった人間が、きょうとつぜん真人間になるわけがない。

わたしはあわれな弟と顔をあわせることもできない。目のまわりに大砲《たいほう》の弾《たま》がぶつかったあとがあるからってだけじゃない。なにもかも、わたしのせいなんだから。父さん母さんに、もう安全だからジョエルを家にもどしてもだいじょうぶだと説得したのは、このわたしだ。そして、去年ジョエルの魂《たましい》を粉々《こなごな》に砕《くだ》いたのとおなじように、またしてもおなじような目にあわせてしまった。自分で自分をけっとばしてやりたい。ただ、その足も、いつも見当ちがいな方向をむいている。わたしがやることなすこと、なにもかも見当ちがいなんだ！

チェースはただ単に、元のゴロツキにもどっただけじゃない。まずは、みんなに自分が新しい人間だと思いこませた。それはまんまと成功して、わたしだけじゃなく、ビデオクラブのみんなも先生たちも、校長のフィッツウォーレス博士までふくめた学校じゅうをまるめこんだ。

あれは、はじめからあいつの計画だったにちがいない。もう一度、強烈《きょうれつ》なパンチをくりだす前に、みんなのガードを下げさせた。それにしても、なんという計画だろう。ブレンダンのビデオをぶちこわし、音楽室をめちゃくちゃにして、ジョエルに襲《おそ》いかかった。なにもかも、ありもしない火事のせいにして。チェースは、はじめっから裏であやつっていたんだ。戦略という観点からすれば、賞賛に値《あたい》するといっていいぐらいだ。まちがいのない大成功。そして、その餌食《えじき》は目のまわりに青黒いあざができたジョエルだ。

できることなら、わたしのビデオ・プロジェクトもなかったことにして、トイレに流してしまいたい。わたしの名前がチェース・アンブローズとならんでいるところを見るぐらいなら、わたしの最高の作品も、それにかけた時間もなにもかも、なかったことにしてしまいたい。ジョエルに起こったことにくらべれば、全国ビデオ・ジャーナリズム・コンテストなんか、大吹雪《おおふぶき》の最中に落ちてくる雪の数をかぞえるぐらい意味がない。

あのコンテストは、自分で自分を許せないもうひとつの理由だ。あんなくだらないコンテストで勝ちたいばかりに、わたしはすっかりまわりが見えなくなってしまっていた。ブレンダンとドリオ先生がどれほど勧《すす》めたとしても、わたしはチェースをパートナーにするべきじゃなかった。あのプロジェクトがほんとうにすばらしい、興味深い人をテーマにしたことも、もうどうでもいい。アメリカ独立宣言にサインした偉人《いじん》たちが、いまの時代によみがえって、バンドを結成して、そのメンバーへのインタビューだったとしても、あいつといっしょにやる価値がないことにかわりはない。

学校でいちばん賢《かしこ》いブレンダンは、わたしよりもさらに愚《おろ》かだった。ブレンダンはそのにぶい頭で、いまもまだ、チェースが無実かもしれないと疑っている。

「よくわからないんだ、ショシャーナ」ブレンダンはまだいっている。「撮影《さつえい》のじゃまをしたのはアーロンとベアだ。チェースはとめようとしてたのかもしれない」

「ええ、そうね」わたしはいい返した。「あいつは最高のタイミングで姿をあらわしたもんね」

「自分からきたわけじゃないよ」ブレンダンもゆずらない。「ぼくがキンバリーに、チェースをつれてくるようにたのんだんだから」

「ジョエルは、チェースを呼びにやったのはあなたじゃないっていってる。アーロンとベアだったって」

「いろいろなことが起こってたから、思い出すのはむずかしいんだ。あいつらが先にキンバリーを呼びにいかせようとして、そのあとにぼくがたのんだのかも」

「どうして、自分でいかなかったの？」

「ぼくはチューバのなかにとじこめられてたから」ブレンダンは、まるで、世界でいちばん自然なことのようにそういった。だれにだって、起こることだろ？　みたいに。

「よくきいてて」わたしはいった。「あわれなわたしの弟はね、あなたがいう無実かもしれない男のおかげで、顔じゅうが総天然色になってるの」

「あれは事故だったのかも。消火器の綱引《つなひ》きの末の。もしかしたら、チェースはジョエルを守ろうとしたんじゃないかな」

わたしはあきれて目玉をぎょろっと動かした。「あいつに守らせるんなら、だれかほかの人にして。とにかくあいつは、問題の起こったちょうどそのときに、アーロンとベアといっしょだったの。それ以上の証拠《しょうこ》は必要ない」

「あれがどんな風に見えたのかは、ぼくにもわかってる」ブレンダンはしぶしぶ認めた。「だけど、そんな疑いをかけられるようにして、チェースになんの得がある？」

「きいてちょうだい」わたしは断固としていった。「もし、あなたのいうことがほんとうなら、アーロンとベアはチェースをはめて、学校から追いだしてると思う。で、チェースはいまどこにいる？　最大の敵であるはずのアーロンとベアといっしょに、アメフトの練習場よ。どういうことなの？」

「うーん、ビデオクラブから追いだされたからかも……」

「それに、食堂は？　あいつがいっしょにランチを食べてるのはだれ？　アメフトのチームメートだよ」

「ぼくたちが、ぼくたちのテーブルにこさせないから……」

「わたしたちはね、ジョエルを守ってるの。ほんとうの意味で守ってるんだよ。だれかさんみたいに、消火器でぶんなぐるんじゃなくてね。わたしはあのゴロツキに、ものすごく腹を立ててるの。あなただって、そうじゃなきゃいけないんだよ。あいつはコブラみたいなもんだよ。わたしたちが信頼《しんらい》するまでだましておいて、襲《おそ》いかかったんだよ。そしていまは、なにごともなかったみたいに、元の生活に逆もどり。血を流したのはジョエルだったけど、襲《おそ》われたのはわたしたちみんななんだから」

　ようやくブレンダンも納得《なっとく》した。チェースが無実だと信じたがっているようだけど、わたしが正しいと認めた。これでビデオクラブのだれもが、あいつなんかいない方がいいんだと認識《にんしき》したわけだ。

なのにどうして、ミーティングのたびに、あいつの名前がたびたびとびだすの？

「カメラがちょっとぶれてるね。安定させなきゃ、チェースみたいに……」

「そうだろ、クールな映像だろ。ミミズの視点で撮《と》るっていうのはチェースのアイディアで……」

「あの子はもごもごしゃべってたんだ。だけど、音声ははっきり録《と》れてるよね。あのとき、チェースは床《ゆか》にはいつくばって、画面に映らないぎりぎりのところにマイクをかまえてたから……」

「お願いだから、チェース・アンブローズの話はやめて！」わたしは爆発《ばくはつ》した。「あいつは神様じゃないんだよ。ただの人間だし、いやなやつ！　あいつはほかの脳みそ筋肉頭といっしょに、アメフトやってんの。ほんとうなら鎖《くさり》でコンクリのかたまりにつながれて、マリアナ海溝《かいこう》の底にいるべきなんだけど、アメフト・チームにまかせて、わたしたちから遠ざけてる」

そのあいだ、ジョエルはずっと黙《だま》っていた。でも、ついに話しはじめた。「このビデオクラブのメンバーもだめなやつらだってことに気づいてるのは、ぼくだけかな？」

「なにがいいたいの？」わたしはたずねた。

ジョエルは肩《かた》をすくめた。「ぼくたちはみんな『戦士』を見たよね。あれはほんとうにすばらしかった。あんなにすごい作品は、もう作れないだろうな」

わたしは激怒《げきど》した。「あいつがいないから、っていいたいわけ？」

ジョエルはぶじな方の目でわたしをしっかり見た。「いくらぼくがチェース・アンブローズを憎《にく》んでるからって、あいつの名前がでるたびに傷ついたりはしないよ。いいからつづけて。あいつのこと、話せばいい。ぼくはだいじょうぶ。去年とはちがうんだ。なにがあっても、ぼくはもうこの街から追いだされたりはしないから」

わたしたちは、ジョエルの背中や肩《かた》をたたいた。歓声《かんせい》をあげたものもいた。けっして認めたくはないけど、まるでアメフト部みたいに。ドリオ先生はジョエルをぎゅっとハグした。

わたしも、父さん母さんを説得して、ジョエルをメルトンから呼びもどさせたことで、自分を責めるのをやめられるかもしれない。最悪のことが起こったのに、ジョエルはだいじょうぶだ。

わたしはかわいい弟をしみじみと見た。十四分だけ若い弟を。

成長したもんだ。

23
チェース・アンブローズ

アメフトの練習場で、ほかのみんながさまざまな防具を身につけて苦しんでいるときに、ひとりだけ短パン、Tシャツ姿で軽く流していると、そいつはその場でいちばんの人気者ってわけにはいかない。フィールドじゅうに、タックルするときのはげしい衝突音《しょうとつおん》や、ウーッという苦しみの声がひびきわたっているなか、おれひとりだけ、それらとは無縁《むえん》だった。復帰後一週間は、接触《せっしょく》禁止というのがこの学校のルールだからだ。

チームメートたちは、なんとかおれにもおなじ苦しみを味わわせようとした。スポーツ飲料のタンクのそばにいっても、おれの口には飲み物は入らない。おれの特別あつかいが終わるまでは、なんとしてもひと口だって飲ませないつもりのようだ。飲み物が入ったコップを手にするたび、だれかが肘《ひじ》でこづいてきて、中身を足にぶちまけ、スパイクのなかまでぬらしてしまう。この状態はすでに三日つづいている。ぎりぎり脱水症状《だっすいしょうじょう》を起こす瀬戸際《せとぎわ》だし、歩くとぬれたパンツがキュッキュッとおかしな音を立てる。

「おい、ピンク！」コーチのダベンポートさんがおれを呼んだ。こぼれた飲み物で下半身がピンクになっているのをからかっているんだ。「フィールドにでて、パスを受けてみろ！」それがどんな練習なのかは覚えていない。それでも、文句をいわずにいわれたことに集中する。アメフトをやるのは自転車に乗るようなものなんだと思う。一度覚えたら忘れないはずだ。さんざん走りまわって、二日がすぎると、カットやジュークといった基本動作がもどってきた。これもまた筋肉の記憶《きおく》なんだ。何度かいいキャッチがでると、まわりの態度が軟化《なんか》したような気がした。

「ナイスキャッチ、キャプテン」ランドンが本来肩《かた》パッドがあるはずの肩《かた》をたたきながらいった。どうやら、おれはまだキャプテンのようだ。記憶喪失《きおくそうしつ》を理由に剝奪《はくだつ》されてはいないらしい。

「そうだな、もどってきてくれてうれしいよ」ジョーイが、ほとんど親愛の情がこもったといってもいいような調子でいった。

この進歩を機に、こういってみた。「それじゃあ、飲み物をもらえるか？」

ジョーイは笑った。「ロッカールームにいけば水道があるぞ、新人」

その手は思いつかなかった。おれはすぐにそこへいって、蛇口《じゃぐち》からあびるように水を飲んだ。トイレの水を飲むよりはずっとましだ。多分ジョーイはそうさせたかったんだろうけれど。

そのあとも、しばらくは教えてもらえなかったが、とうとうランドンが説明してくれた。おれが受けた仕打ちは、接触《せっしょく》を禁止された選手みんなに課されるものなんだそうだ。ほかのみんなとおなじようにタックルを受けるようになると、スポーツ飲料の特権も回復された。

これぞアメフトといったところだ。

自分でもおどろいたことに、こんなあつかいがいやじゃなかった。おれが頭を打ったからといって、なにも特別あつかいされなかったということなんだから。これはスポーツ選手でありながら、ビデオクラブのメンバーにもなれることを証明している。ただ、おれが例外なのは明らかだけれど。ビデオクラブの連中はおれを追放したんだから。それでも、同時に両方は可能だ。そうしようとするものがいないのが不思議なくらいだ。スポーツ選手は、経験がないから、文系の楽しみを知らないせいなのかもしれない。そして、文系の連中はスポーツに対しておなじように感じているんだろう。いろいろなことがあったが、いまではハリケーンズのほとんどの連中とうまくやっている。がさつな連中で、アメフトというスポーツの性格が、ほかの生徒のあつかいにでてしまうこともある。正しいことじゃないのはまちがいないけれど。それでも、こいつらはおれにチャンスをくれた。あの当時、ビデオクラブの連中がくれた以上に。アメフト選手たちとの友情がどんなだったか、わかるようになってきた。

ただし、例外がふたつある。

アーロンとベアは、結局、ほしいものを手に入れた。おれの新しい「お友だちたち」は、おれをゴミのようにあつかい、おれはチームにもどったんだから。しかし、ふたりが三銃士《さんじゅうし》の復活を期待しているのなら、その期待にはこたえられない。やつらは、自分たち抜《ぬ》きでおれが独自の人生を歩むことが気に入らなかったんだ。そこで、おれをおとしめることにした。そして、その目的のために、あわれなジョエルを再び標的にきめたんだ。故郷にもどって、まだ二週間にもならないというのに。

そして、それだけではすまずに、老人ホームの住人たちにもつらくあたっている。だが、最後の一撃《いちげき》は、おれを苦境に追いつめたときで、おれは自分たち三人の身を守るために、フィッツウォーレス校長に嘘《うそ》をつかざるを得なかった。アーロンは常々《つねづね》、友情について講釈《こうしゃく》をたれていた。あいつは友情ということばのほんとうの意味を知らない。

やつらとはことばを交《か》わしていない。ならんでストレッチをすることもない。ロッカールームでは、遠くはなれてすわる。そのせいで、ほとんど廊下《ろうか》にはみだすぐらいだ。おなじグループで練習をするときにも、やつらとは口をきかない。視線をあわせることすらしない。

そのようすに気づきはじめたハリケーンズのほかのメンバーは、それをおもしろがっているみたいだ。アーロンとベアは気づいてもいない。そもそも、やつらの「デリケートな」感情を傷つけたとして、おれがどれぐらい気にするかって？　せいぜい、炭素原子のなかの原子核《げんしかく》の動きぐらいのものだ。

金曜日、ダベンポートコーチは短時間で練習を切りあげた。翌日の夜に試合を控《ひか》えているので、疲《つか》れをのこさず、万全《ばんぜん》の状態にするためだ。おれはその試合にでる予定はない。ほかのみんながロッカールームにひきあげるときに、コーチはおれだけフィールドにのこした。

「十周だ、ピンク」コーチがいった。「ちんたら走るなよ」

チームメートはそれを見て笑いながら、はやしたてた。防具をつけないおれの一週間への仕返しだ。おれは、これみよがしに全速でサイドライン沿いをかけ抜《ぬ》けた。第一週目の練習ではっきりわかったのは、おれの足はものすごく速いということだった。それについて、チームメートがおどろくそぶりはなかった。以前からおれがいちばん速かったからだろう。でも、おれにとっては新鮮《しんせん》だった。そして、おれには自分に自信を持てるものが必要だった。

とつぜんのタックルを受けたとき、おれは完全に不意打ちをくらった。自由に走っていたつぎの瞬間《しゅんかん》、大きな体が膝下《ひざした》にぶつかってきた。足をすくわれて、前にすっとんだ。おそらく宙返りしたんだろう。一瞬《いっしゅん》のうちに空と芝生《しばふ》がパノラマのように見えたから。地面が顔にせまってきた。土が口に入った。

あえぎながら、おれは地面にころがった。ヘルメットをかぶっただれかが、太陽をさえぎっていた。背番号57。ベアだった。横に立ったアーロンが拍手《はくしゅ》をしている。

「なあ、こんなもの接触《せっしょく》とはいえないよな？」ベアが吐《は》きだすようにいった。

返事などできなかった。肺のなかの空気を全部吐《は》きだしてしまっていた。ただ、あえぐばかりだ。

「おっと、悪かった」ベアはあやまるふりをしてつづけた。「こいつは接触《せっしょく》だったかもな。最近のおまえには、ついていけないぜ、アンブローズ。おれたちは友だちで、敵だ。おまえはチームメートで、ビデオオタクだ。しかも記憶喪失《きおくそうしつ》ときた」ベアはおれのTシャツをつかんで無理矢理立たせた。「だがな、ほんとうはいろいろ覚えてるんじゃないのか？」

「おれは防具をつけてないんだぞ！」喉《のど》をつまらせながらも、かろうじて息をしていった。「おれを殺すつもりか？　死ぬ可能性だってあるんだぞ！　そうなったら、老人ホームのボランティアじゃすまないんだからな！」

「おまえの気をひきたかったんだよ」アーロンがまじめな顔でいった。「今週、おまえはずっと、おれたちとぜんぜん話そうとしなかったじゃないか」

「心配するなって。おまえのちっちゃな頭には髪《かみ》の毛一本さわらないさ」ベアがつけたした。「借りを返してもらうまではな」

「借りを返してもらうだと？」これほど頭にきたことがあっただろうか。「まだ足りないっていうのか？　音楽室であったことは、全部おれの計画だと思われて、友だちみんなにきらわれてしまったんだぞ」

アーロンはにやりと笑った。「あいつらをだますのはかんたんだったな。どうやら新しいチェースがインチキくさいと思ってるのは、おれたちだけじゃなかったようだ」

「なんの話だ？」吐《は》きだすようにいった。

「記憶喪失《きおくそうしつ》なんて嘘《うそ》っぱちなんだよ！」ベアがきびしく責め立てるようにいった。「なにもかもが、でっちあげだったんだよ！」

「おまえはバカなのか？　人生のなにもかもを忘れたなんて嘘《うそ》をついて、なにがおもしろいっていうんだ？　おれはな、自分の母親もわからないんだぞ！」

「なら、これはどうだ？」ベアはあらかじめ用意していたようにいった。「記憶喪失《きおくそうしつ》になって、おれたちへの借りをなかったことにしようとしたんじゃないのか？」

「借りなんかなにもない！」おれは吐《は》き捨てた。「おまえたちと友だちだったたってだけで、気分が悪くなるんだよ！　おれをほかの連中とおなじように思い通りにできると思ってるんなら、考え直すんだな！　おまえらを相手にするだけのむかしのチェースなら、ちゃんとのこってるからな。ソルウェイさんの勲章《くんしょう》を盗《ぬす》んだかどで、警察にかけこまないだけでもありがたく思えよ！」

ふたりはおどろいたようにおれを見つめている。優位に立ったことを感じて、おれはさらにつづけた。「ああ、天才くんたち、おれにはちゃんとわかったんだ。手助けしなくちゃいけないお年寄りたちを見くだしながら歩きまわってるおまえたちを観察してな。自分の身のまわりもちゃんとできないぐらい弱ってる戦争の英雄《えいゆう》から、盗《ぬす》みを働くほど汚《きたな》いやつがだれなのか、見抜《みぬ》いた自分をほめてやりたいぐらいだよ！」

ベアはまだ見つめたままだ。ところが、アーロンは、じわじわとなにかに気づいたようだ。

「おまえは……おまえは、ほんとうに記憶喪失《きおくそうしつ》なんだな」アーロンがそういった。

「ああ、だからなんだ？」

「おまえは覚えてないんだな。あの勲章《くんしょう》を盗《ぬす》んだのはおれたちじゃない。おまえなんだぞ」

ぶち切れそうになった。アーロンをなぐろうと、にぎったこぶしを大きくうしろにふりかぶった。ところが、こぶしをくりだす前に、脳のかたすみに記憶《きおく》の断片がひらめいた。鏡台の上の三角形のケース。ふたをパチンとあけると、そこには光を放つ星型の名誉勲章《めいよくんしょう》。星がちりばめられたリボンのはしについている。そして、その勲章《くんしょう》にむかって伸《の》びる手。

それはおれの手だ。

はげしいショックを受けたが、なにもかもがストンと腑《ふ》に落ちた。アーロンとベアが最悪の人間だってことはわかっている。でも、こいつらはふたりだけだったわけじゃない。リーダーがいたんだ。チェース・アンブローズという名のリーダーが。そして、こいつらが邪悪《じゃあく》だったとしたら、チェース・アンブローズはもっと邪悪《じゃあく》だった。

記憶《きおく》がもどらなくても、おれは気づくべきだった。

すっかりかき乱された心のなかに、ベアのことばが割りこんできた。「ああ、その通りだ。あれをやったのはおまえだ。おまえは、あのダンブルドアじじいが部屋からでていくのも待たなかった。じじいが背中をむけたとたん、おまえは勲章《くんしょう》をつかんで、ケースをクローゼットに放りこんだんだ。

相当の金になったはずだぞ。おまえには、おれたちの分け前分の借りがあるんだよ」

「三分の一ずつだ。そうとりきめたんだからな」アーロンが念をおすようにいった。「あの老人ホームに送りこまれたんだから、なんらかの見返りはなくちゃな」

「おれは、おれは、持ってないんだ」

ベアの顔がくもった。「嘘《うそ》つくな！ ポケットにつっこんで、老人ホームからでていくのを、おれはちゃんと見てたぞ！」

「いや……」つぶやくようにしか声がでない。「そうじゃない。きっと持ってるはずだ。でも、どうしたのかわからない。それに、見つかったら、ソルウェイさんに返すよ。たしかにおれは、ひどいやつだったかもしれない。でも、もうちがうんだ」

アーロンが一歩前にでた。「ああ、そうかい。いまじゃおまえは、おれたちより善人だっていうんだな。聖者かよ。だけどな、あの勲章《くんしょう》を盗《ぬす》んだのはむかしのおまえで、むかしのルールってもんがあったんだよ。だから、あれはおれたち三人のものだ。おれたちの許しなしに、勝手なことはさせない。おれたちはあきらめないからな」

アーロンは契約書《けいやくしょ》を読む弁護士のようにまじめな顔でそういった。

「おれたち抜《ぬ》きで勝手なことをやったら、後悔《こうかい》することになるぞ」ベアがおどすようにつけたした。

「おまえたちと出会ったことを、もう後悔《こうかい》してるよ！」おれは興奮のせいでかすれた声で叫《さけ》んだ。

おれはくるっと背をむけて、家にむかった。ロッカールームによってシャワーをあびたり、着替《きが》えたりもせずに。あのふたりとのあいだに、すこしでも距離《きょり》をおきたかった。

走っているうちに、恥《は》ずかしくてたまらず、熱い涙《なみだ》が頬《ほほ》を流れてきた。事故以来、かつてのおれについてのさまざまな話を耳にしてきた。しかし、これほどまでとは想像もしなかった。

おれは歩道をがむしゃらに走った。アメフトの練習のときでさえ、これほどのペースでは走らない。アーロンとベアからにげるのはかんたんだ。

でも、自分自身からにげることは、けっしてできない。

24
ブレンダン・エスピノーザ

キンバリーはいなくなった。

別に死んだとかっていうような、深刻な話じゃない。はなれていったってわけでもない。ただ、ぼくの人生から姿を消した。

音楽室で、消火器の泡《あわ》にまみれて身動きのとれなかったぼくを、キンバリーはすごく心配してくれた。あのときは、キンバリーに一歩近づけたんじゃないかと、心から信じていたんだ。でも、それはただの妄想《もうそう》だった。

結局、キンバリーはチェースに近づきたかっただけだった。チェースがビデオクラブから追放されると、キンバリーもこなくなった。クラブの芸術的観点からすれば、それはいいことなんだろう。チェースがアメフト部にもどると、キンバリーもアメフト・チームのファンにもどった。スタンドにすわり、宿題のバインダーを膝《ひざ》の上に広げて、練習の見学までしている。それを見ると悲しくなる。キンバリーはビデオクラブでもおなじことをしていたからだ。最近では、キンバリーにいちばん近づくのは、廊下《ろうか》でたまたますれちがったときだ。そんなとき、キンバリーは、どうしてこの人の顔に見覚えがあるんだっけ？　というような表情をする。

きっと、チェースに対してはげしい嫉妬《しっと》をしてるんじゃないかと思うだろう。たしかに、ある意味ではそうだ。でも、ほんとうのことをいうと、ぼくはキンバリー以上にチェースがいないことをさびしく思っているのかもしれない。チェースのいないビデオクラブは役立たずだ。ビデオということばをはずして、ただのクラブと改名するべきなのかもしれない。部室のなかの創造性のレベルはゼロに等しいんだから。ほかのみんなもそれには気づいている。ドリオ先生が、だれか、試写をする人は？　と問いかけて、だれも立ちあがらないときに、それはあからさまになる。

このクラブがゆっくりと活動停止状態におちいっているとはいえ、メンバーたちには同情できない。チェースは無実の可能性があるかもしれないとは、だれひとり、ちらっとも考えていない。もしかしたら、ほかのみんなの方が正しくて、このぼくだけが、マヌケなのかもしれないけれど。

あのときチェースは、音楽室で起こったことについて、迷いなく嘘《うそ》をついた。なにもかもをぼくたちの電源コードのせいにしたんだ。チェースがジョエルと『ワンマン・バンド』になにをしたのか、しなかったのか、いずれにせよ、その嘘《うそ》だけでほかのネアンデルタール人ふたりとおなじぐらい罪深い。

だけど、チェースはぼくたちの友だちだった。あれが見せかけだったとは思いたくない。チェースはとても優秀《ゆうしゅう》なビデオクラブのメンバーだった。もしかしたら、ナンバーワンの。チェースはショシャーナと肩《かた》をならべて『戦士』にとり組み、このクラブがこれまでに作りだした最高の作品に仕あげた。ショシャーナは、すくなくともチェースの言い分に耳をかたむける時間をとるべきだと思う。もし、言い分なんてものがあるとしたらだけど。

どっちにしろ、ショシャーナはそんなことはしなかった。ヒューゴもモーリシアもバートンも、そして、このぼくさえも。チェースがクラブに所属していたときにはさんざん利用しておきながら、かつてのチェース・アンブローズではないんだと心から信じることは、実は一度もなかったんだ。そして、たった一度、悪いことが起こったとたん、厄介者《やっかいもの》として追いはらってしまった。

なにもかもがいやになって、ぼくもクラブをやめようと思うぐらい落ちこんだ。でも、ぼくは部長だ。ぼくがいなくなったら、クラブはまちがいなくバラバラになってしまう。いや、メンバーをふたたび奮い立たせることができるかどうかは、ぼく次第《しだい》だ。ほかのみんなにそんな価値がないとしても、ぼくはビデオを作らなくてはならない。それがどんなものであれ、ぼくたちのなかの創造性を呼び覚ますために。

残念ながら、なんのアイディアもなかった。これが、チェース事件がぼくたちみんなにもたらした弊害《へいがい》だ。そこでぼくは、目先を変えようと外にでて、あちこち歩きまわった。そして見つけた。

それは、丸々《まるまる》太ったでっかいナメクジだった。ぼくの家のモルタルの壁《かべ》を一日半かけて、ゆっくりとのぼっていた。ほとんど動いていないように見える。一日半かけてのぼった距離《きょり》からざっと計算してみると、一週間でやっと四・五メートルだ。それでも、このチビすけのガッツはほめてやりたい。あきらめずに目的の場所、たぶん屋根、を目ざしているんだから。屋根にのぼることにどんな意味があるのか、ぼくは知らない。それはそのナメクジの問題で、ぼくには関係ない。

ぼくはそのナメクジの旅を撮影《さつえい》することにした。重力にさからってじわじわとのぼる姿を。ぼくはそれを『ナメクジの旅』と名づけた。いや、もっと感情に訴《うった》えかけるようなタイトルの方がいいかもしれない。たとえば『登攀《とうはん》』とか。それから、映像に編集の手をくわえる。エベレスト登山になぞらえたようなナレーションを入れるのもいいだろう。カーレースの実況中継風《じっきょうちゅうけいふう》もいいかも。きっとおもしろいものになる。たったの一ミリほどの移動のようすを、スポーツキャスター調で、熱狂的《ねっきょうてき》にまくしたてるんだ。

たしかに、『葉っぱ男』のようにはいかないだろう。それでも、ビデオクラブに活気をもたらしてくれるかもしれない。

ぼくはリュックからビデオカメラをとりだした。学校の備品だけれど、急なひらめきがあったときに備えて、持ち歩いている。それから、カメラを三脚《さんきゃく》にとりつける。これで、なにも起こらなくても、何時間でもカメラをまわしておける。

外にでると、家の横にまわって、例のナメクジがフレームのどまんなかにくるように、カメラをセットした。ナメクジが、すぐにフレームからでていってしまうことはなさそうだ。だれかが、ナメクジのお尻《しり》にちっぽけなロケットエンジンをとりつけでもしないかぎりは。ナメクジにお尻《しり》があるのかどうかは知らないけれど。

録画ボタンをおしても、カメラが反応しない。撮影中《さつえいちゅう》をしめすグリーンのライトもつかない。変だぞ。カメラのバッテリーは毎日チャージすることになっている。もう一度、ボタンをおす。やっぱりだめだ。そのとき、モニター画面のメッセージに気づいた。

〈メモリーがいっぱいです〉

そんなはずはない。クラブにはルールがあって、撮影《さつえい》を終えたら、データをパソコンにダウンロードして、メモリーカードから消去することになっている。つぎの人がすぐに使えるようにだ。このルールに関して、ドリオ先生はすごくきびしい。どうして、このカメラのメモリーは消去されていないんだろう？　それに、もし、メモリーがいっぱいなのだとしたら、いったい、なにが映ってるんだ？

ぼくはプレイボタンをおした。カメラのちいさなスピーカーから、元気のいい、フルオーケストラ版の『彼《かれ》はいいやつだ』が流れてきた。それから、グリーンスクリーンの前の演台の上に、黒っぽいスーツに蝶《ちょう》ネクタイ姿のぼくがあらわれた。ぼくはクラリネットを手に、椅子《いす》にすわっている。ハイテンポの音楽にあわせて、演奏するふりをしている。その映像を食い入るように見ていると、クラリネット奏者のブレンダンが消えて、すこしはなれた位置のおなじ椅子《いす》にすわった別のバージョンのぼくがとつぜんあらわれた。今度はバイオリニストで、音楽にあわせて、猛烈《もうれつ》にはげしい動きで弾《ひ》くふりをしている。そのシーンがしばらくつづいたあと、とつぜん、一段高い演台のドラムセットの前にすわったぼくがあらわれた。腕《うで》をやたらめったら振《ふ》り動かしている。

これは『ワンマン・バンド』じゃないか！　録画をはじめたものの、その後に起こった事件にまぎれて、停止するのを忘れたにちがいない。そういえば、あの日ぼくは、自分の手でカメラを返さなかった。キンバリーが代わりにやってくれたんだ。ぼくはそのあいだに、トイレにいって、スーツの汚《よご》れを落とそうとしていた。学校じゅうに靴墨《くつずみ》をまきちらしたスーツの汚《よご》れだ。そして、キンバリーはキンバリーだったということだ。データを消去するというルールを知らなかった。ただ、カメラを棚《たな》にもどしただけだったんだ。

すごいぞ！　ぼくはてっきり、『ワンマン・バンド』は永久に失われたと思っていた。でも、ちゃんとここにあって、ぼくの最高傑作《けっさく》になるべく、編集を待っている。もちろん、チューバのシーンは使えないだろう。あの場面で襲《おそ》われて、なにもかもが台無しになったんだから。ぼくのバンドには、泡《あわ》だらけで楽器のなかにとじこめられたチューバ奏者は登場しない。けれども、のこりの部分は……。息もつかずに早送りして確認《かくにん》すると、すべてOKだった。いや、OKどころか、すばらしい！　ユーチューブでバズることまちがいなしの、大傑作《だいけっさく》だ！

ぼくは最後までざっと見た。なにもかもが映っていた。アーロンとベアが音楽室に乱入し、キンバリーがチェースを呼びに走っていくところも、最後にチェースとベアが、消火器を奪《うば》いあうところも。大音量の音楽が流れているにもかかわらず、重たい金属製の消火器がジョエルの顔面にあたるガツッという音まできこえた。そのシーンでは、思わず顔をしかめてしまった。かわいそうなジョエルの顔の半分が青黒いあざになってしまったのも無理はない。どんなに痛かったろう。いまでも痛むことはまちがいないだろう。

そして、これはとても重要なことなんだけれど、どこにも煙《けむり》も火も映っていなかった。音楽室じゅうを泡《あわ》だらけにする理由なんか、これっぽちもなかったということだ。はじめっから、そんな話はまじめに受けとめてはいなかったけれど。それでも、たしかな証拠《しょうこ》を見ることができたのはよかった。

そう、これは証拠《しょうこ》だ。

あのときのことを反芻《はんすう》するのに夢中で、いま見たものが、決定的に重要なものだと気づくまでに、すこし時間がかかった。めまぐるしいスピードで起こった、あの音楽室の狂乱《きょうらん》を、正確に検証するなんて不可能だ。でも、ここにあのときの映像がある。何度でも再生し直して、細部まで検証することができる映像なんだ。

そこでぼくは、チェースが音楽室にとびこんだ瞬間《しゅんかん》に巻きもどして、スーパースローモーションで再生した。チェースはショックをあらわにしている。もし、これが演技だというなら、世界一の役者だといっていいだろう。ベアが消火器を手わたした。チェースは受けとったものの、それがどうして手にあるのかさっぱりわからないというように呆然《ぼうぜん》としている。チェースは泡《あわ》を噴出《ふんしゅつ》するどころか、ちゃんとかまえてもいない。まるで、めまいでも起こしているみたいだ。つぎにベアがつかんで、とりもどそうとした瞬間《しゅんかん》、目を覚ましたチェースがベアにわたすまいと綱引《つなひ》きをはじめた。そして、ベアが手をはなしたために、消火器がうしろにスウィングされてジョエルの顔に……。

これは、純粋《じゅんすい》な事故だ。

あとになってチェースは、アーロンとベアと話をあわせて、自分たちがやったことをごまかしたかもしれない。でも、この動画はチェースが襲撃《しゅうげき》に参加しにきたのではなく、とめようとしていたことを証明している。

ぼくは興奮で爆発《ばくはつ》しそうだった。あちこち走りまわって、大声で知らせたい気分だった。まずだれに教えるべきだろうか？　チェース？　ドリオ先生？　フィッツウォーレス校長？　これは、単にビデオクラブの問題じゃない。正義にかかわることなんだ！

そして、ジョエル本人はぜったいにはずせない。チェースにやられたんだと思わせたままにしておくわけにはいかない。それにショシャーナも。ショシャーナはいいやつで、映像作家としてもすぐれているけれど、チャンスがあるならチェースを火あぶりにしたいと思っている。ショシャーナは真実を知るべきだ。ビデオクラブの全員もだ。

ぼくは顔をしかめた。今日は土曜で、月曜までだれも学校にはでてこない。でも、放っておくわけにはいかない。学校は待てても、ビデオクラブのメンバーは、この動画を見るべきだ。単なる証拠《しょうこ》以上の意味があるんだから。映像には人の感情や思考を劇的に動かす力があることを明らかにしめすものなんだ。そして、それをおこなうのに、ビデオクラブの部長以上に適格な人間がいるだろうか？

ぼくはスマホを手にとると、チェースとショシャーナ、ジョエルに送るメールを書いた。

緊急連絡《きんきゅうれんらく》！　明日の午前十時半にぼくの家にきてくれ。どうしても見てもらいたい重要なものがあるんだ。P.S.念のためにいっておくけど、ぼくのつぎのユーチューブ用の動画作りを手伝ってほしいわけじゃない。

散々《さんざん》、悩《なや》み抜《ぬ》いた末、おなじ文面のメールをキンバリーにも送った。でも、一行書きそえた。

P.S.チェースもくるよ。

ああ、そうとも。ぼくはキンバリーに会いたいんだ。

文句ある？

25
チェース・アンブローズ

どうしても見てもらいたい重要なものがあるんだ。

ブレンダンからのメールをまじまじと見つめた。ずいぶん大げさだけど、見せたいものって、なんなんだ？　たぶん、なんてことないものだろう。新しいユーチューブ用の動画作りを手伝わされるのがせいぜいだろう。本人はわざわざ否定しているけれど。

まあ、それはいい。メールをくれたという事実が、なによりうれしい。あの音楽室の日以降、ビデオクラブの連中からは、なんの音沙汰《おとさた》もなかった。それもしかたない。電源コードの火事にまつわるおれがついた嘘《うそ》は、みんなが知ってることなんだから。

それに、このおれがどれほどひどいことをしたのかを、あいつらは知らない。

正直なところ、もう一度ブレンダンのバカバカしい動画作りに参加できるなら、なんだって差しだしたいぐらいだ。ブレンダンの動画はいつだっておかしかった。いまだって、思い出して笑えばいいのかもしれない。

最後に笑ったのがいつなのか、思い出せない。最近じゃあ、おもしろいことなんてなにもない。そして、最低におもしろくないのは、自分自身についての発見だった。たしかにアーロンとベアはゴロツキだ。親父はおしつけがましいし、ビデオクラブの連中はそっぽをむいてしまった。でも、なによりもひどいのはこの自分だ。おれは犯罪者で、やったことを覚えていなくても、その事実は変えられない。

どうして、あんなことができたんだろう？　答えなど必要のない疑問だ。やったのはおれじゃない。過去のおれだ。そして、過去のおれならば、どんなにおぞましいことをやったって、不思議じゃない。おれはソルウェイさんの名誉勲章《めいよくんしょう》を老人ホームのあの部屋から盗《ぬす》んだ。チェース、アーロン、ベアの三人組がやった、ひどい悪事のひとつにすぎない。盗《ぬす》んだあと、どうするつもりだったのかはわからない。おそらく、売っぱらって仲間と山分けするつもりだったんだろう。

でも、そのささやかな計画は、おれが勲章《くんしょう》をどこかにしまいこんで、そのあと記憶《きおく》を失い、かくし場所を思い出せなくなったことで頓挫《とんざ》した。アーロンとベアがおれを疑うのも無理はない。ふたりは、おれがもうけをひとり占《じ》めするつもりなんだろうと思っている。そして、最悪なのは、勲章《くんしょう》をソルウェイさんに返すこともできないということだ。勲章《くんしょう》をどうしたのか、まったく思い出せないんだから。そして、どうやって見つけたらいいのかもわからない。

もしかしたら、ほかの記憶《きおく》の断片とおなじように、いつかひょっこりと思い出せるのかもしれない。でも、それはいつ？　何年もかかるかもしれない。そのあいだに、ソルウェイさんが死んでしまったら？　いったい、どうしたらいいんだろう？

おかしな話だけれど、ブレンダンの家にいくと考えると胸が痛む。いったのはたった一度だけなんだけど。あの事故のあと、むかしの自分にもどりたいとは一度も思ったことがない。なにも覚えていないんだから。でも、新しい過去の人生、つまり、ビデオクラブでのことや、新しい友だちを失うのはとてもつらい。失うものがよくわかっているからだ。そして、新しい友だちが、あんなにもかんたんに顔をそむけてしまったことで、そのつらさは二倍になった。ほんとうの友だちではなかったということなのかもしれないけれど、おれはほんとうの友だちだと思っていた。

ショシャーナとの相棒関係は特にそうだ。おれたちふたりで、肩《かた》をならべてソルウェイさんにインタビューして、『戦士』を編集していたとき、ふたりでほんとうにすばらしいものを創《つく》りだしているという実感があった。ビデオクラブのほかのメンバーも、みんな最後には、おれを信頼《しんらい》するようになっていた。ジョエルさえもが、態度をやわらげはじめていた。そう思っているだけかもしれないけれど。きっとおれは、とんだマヌケだったんだろう。

結局、ブレンダンの家にいくことにした。ブレンダンが手をさしのべてくれたのが、うれしかったからだ。

家をでると、外はずいぶんにぎやかだった。おとなりの家の芝生《しばふ》には、段ボールや家具がちらばっていた。四人の大男が、つぎからつぎへと、それらを引っ越《こ》しトラックに積みこんでいる。

そうだった。きょうは、おとなりのトッテンハムさんの引っ越《こ》しだ。とてもいいおとなりさんだったようで、ジョニーとおれの成長もあたたかく見守ってくれていたらしい。引っ越《こ》していってしまうのを、母さんは悲しんでいる。もちろん、おれにはなんの記憶《きおく》もない。記憶喪失《きおくそうしつ》になってしまったら、人生におけるだいじな人のことを学びなおすのもたいへんだ。たくさんの人たちとの関係が途絶《とだ》えてしまいがちだ。

ブレンダンの家にむかって芝生《しばふ》を横切ろうとしたとき、ふたりの運送屋が額入りの大きな絵を持って、玄関《げんかん》のドアからでてきた。おれはハッと息をのんだ。

あの子だ！

白いレースの縁取《ふちど》りのある青いドレスを着た小さな女の子！　事故のあと、たったひとつだけのこっていた記憶《きおく》の子だ。その記憶《きおく》をめぐって、いったい何時間、苦しんだことだろう。どこからきたイメージなのかと悩《なや》み、もしかしたら、そもそも完全な妄想《もうそう》なのかとさえ思った。でもちがった。ちゃんとそこにいる。記憶《きおく》とおなじブロンドの髪《かみ》に赤いリボンをつけて。記憶《きおく》のイメージにはなかった細かい部分も見えた。少女が立っているのは花でいっぱいの庭だし、手にはジョウロを持っていた。

この子はおれの空想の産物なんかじゃなかった。おとなりの家にあったこの絵を、おれは覚えていたんだ！

おれはトッテンハムの奥《おく》さんのもとにかけよった。奥《おく》さんは「壊《こわ》れ物注意！」というステッカーが貼《は》られた段ボール箱を前に立っている。

「その絵なんですけど！」おれはかすれ声で叫《さけ》んだ。「見せてもらったこと、ありますか？」

「あら、チェース、こんにちは」奥《おく》さんはクスッと笑った。「これはただの複製画よ。本物のルノワールなら、何百万ドルもするんだから」

「ああ、そうなんだ」おれはたたみかけるようにたずねた。「だけど、どうして知ってるんだろう？　お宅で見たんでしょうか？」

「ちがうと思うな。この絵は二階のサンルームに飾《かざ》ってあったから」

そういいながら、二階のガラス張りのサンルームをさす奥《おく》さんの指の先を目で追った。たしかに、あそこにいったことはない。でも、見たんだ！　それ以外に、とざされた記憶《きおく》のなかで、この絵のイメージだけがのこっていた理由があるだろうか？

おれはトッテンハムさんの家から、となりの自分の家へと視線を泳がせた。二階のどこかの窓から、あのサンルームのなかを見たってことは？　ありえない。うちとトッテンハムさんの家とは玄《げん》関《かん》のむきがちがっていて、トッテンハムさんの家にむかってひらいた窓はない。あのサンルームの正面にあるのは、うちの煙突《えんとつ》と斜《なな》めの屋根だけだ。うちからあの絵を見るには、屋根のてっぺんにのぼって、あの大きなガラス窓をのぞきこむしかない。

そして、とつぜん、わかった。家にかけこむと階段をかけあがって自分の部屋に入り、むかしの自分が子どものころからずっとしていたように、明かり採《と》りの天窓から屋根へと踏《ふ》みだした。おれはのぼりはじめた。スニーカーのゴム底がざらざらした屋根板をしっかりととらえる。天窓から屋根の縁《ふち》までは一メートルほどの幅《はば》があって、屋根のてっぺんまでまっすぐにのぼることができる。

窓のすぐ外の居心地《いごこち》のいい場所にすわるのと、屋根のてっぺんまでのぼるのとでは、大ちがいだ。傾斜《けいしゃ》は急で、のぼればのぼるほど、夏のはじめに起こった事故のイメージが鮮明《せんめい》になってくる。思ったよりもずっと高い。地面ははるか遠くに見える。脳みそを芝生《しばふ》にぶちまけずにすんだのが不思議なぐらいだ。

両膝《りょうひざ》をついて、右手で天窓の枠《わく》をつかみながら、はうようにのぼる。そうでもしないと、生きた心地《ここち》がしない。ものすごくおそろしいのに、てっぺんまでたどりつかなくてはと必死だった。あの青いドレスを着た女の子を覚えていたということは、あれが事故の前に見た最後のものだったにちがいない。そして、あの少女を見ることができるたったひとつの場所が、屋根のてっぺんなんだ。なぜだかわからないが、おれになにが起こったのかを解くカギは、あと何センチか上にあるんだと確信できた。

手を伸《の》ばして、Aの形の屋根のてっぺんに手をかけ、トッテンハムさんの家を見おろす位置まで体をひきあげた。思った通りだった。サンルームの床《ゆか》から天井《てんじょう》まで大きくひらいた窓が見えた。あの絵がかけられていたにちがいない、壁《かべ》の色ちがいの長方形のあとまではっきり見えた。

やっぱりそうだ。おれはここから落ちたんだ。それでも、最大の疑問の答えにはなっていない。なぜ、ここにのぼったのか？　という疑問だ。トッテンハムさんのサンルームをのぞき見していた？　たしかにおれはどうしようもないクズだった。だとしても、トッテンハムさんたちがなにをしてるかなんて気にかけるか？　それに、母さんがいうには、おれとトッテンハムさんたちとは友だちだったという。ならば、でかけていって、ドアをノックすればいい。どうして、わざわざ苦労して、月までの半分ほどの高さのところにのぼったんだろう？

もどかしさとがっかりが入りまじった気持ちがわきあがる。あの青いドレスの少女は、おれが落ちた場所を教えてくれた。でもそれだけ。

てっぺんからそろそろとおりるとき、体をささえるために右手を伸《の》ばし、天窓の横の杉《すぎ》の板につかまった。いくら悪いことを重ねてきたといっても、もう一度屋根からとびおりるなんてまっぴらごめんだ。つかまっていた杉板《すぎいた》がずれて、体勢がくずれた。思わず恐怖《きょうふ》のあえぎ声がもれた。すこし滑《すべ》り落ちたところで足がとまった。壁《かべ》のハエのようにへばりついたまま、鼓動《こどう》がもとにもどるのを待った。

そのとき、にぶい茶色の杉板《すぎいた》がずれたすきまに、なにか青いものがちらっと見えた。なにかがつっこまれているようだ。手を伸《の》ばす前から、それがなんなのかに気づいていた。

青いリボンに手を伸《の》ばす。ゆっくりひっぱりだすと、勲章《くんしょう》の重みがずしりときた。金色の五芒星《ごぼうせい》の先が、一瞬《いっしゅん》、断熱材にひっかかる。そして、ソルウェイさんの名誉勲章《めいよくんしょう》が姿をあらわした。盗《ぬす》まれ、かくされ、忘れられ、そして、再発見された。

それから、勲章《くんしょう》の発見によって、排水溝《はいすいこう》のつまりがとれたように、あの事故の記憶《きおく》がどっとおしよせてきた。まずは屋根のてっぺんで勲章《くんしょう》のかくし場所を満足げに見おろしているところからはじまる。おとなりのトッテンハムさんの家のサンルームのなかも目に入っている。旦那《だんな》さんのほうが、あの青いドレスの少女の絵の前にすわって、ぎくしゃくとしたヨガのロータスポーズをとっている。肌《はだ》にぴったりの蛍光《けいこう》イエローのヨガスーツを着た、突然変異《とつぜんへんい》の巨大《きょだい》なレモンのような太り気味のおとなりさんが体をひねっているようすをのぞき見て、おれは大笑いしている。おれはその笑えるシーンを撮《と》ってやろうと、スマホに手を伸《の》ばし、一瞬《いっしゅん》、ささえている手をはなした。つぎの瞬間《しゅんかん》、おれは屋根を滑《すべ》り落ちていた。スピードがあがるにつれて、屋根板の長方形がぶれてかすむ。

なんとか、滑《すべ》り落ちるのを食いとめようと、必死で手や足に力をこめる。屋根板に爪《つめ》を立てる。でも、すべてがむだだった。いきおいが強すぎる。おれは落ちはじめた。

ひさしにぶつかったときに体がねじれ、待ちかまえる庭のおそろしい景色がせまってきた。目もくらむ加速度を感じて……。

衝突《しょうとつ》に備えて身構えるが、記憶《きおく》はそこでとぎれる。地面に落下する瞬間《しゅんかん》を、再現せずにすんだ。

そう、これが真相だ。人生をひっくり返し、危《あや》うく命を落としかけた事故の。あわれなトッテンハムさんをのぞき見したばちがあたったんだ。ぴちぴちスーツでヨガをしているからって、いったいこのおれにどんな関係があったっていうんだ？　でも、それがむかしのチェースなんだ。なにもかもが、笑えるネタになると思っていた。

もし、ポケットからスマホをぶじにとりだせていたとしたら、撮《と》った写真でなにをするつもりだったんだろう？　アーロンや、ベア、ほかのチームメートに見せる？　フェースブックにあげる？　五十枚ぐらい印刷して、街じゅうに貼《は》りつける？

ため息がでた。チェースの行動の理由なんて、いったいだれにわかるんだ？　かつての自分ではなくなったことに、感謝するべきなんだろう。

勲章《くんしょう》をかたくにぎりしめて、じわじわとおりる。両手両足を屋根にずっとついたまま慎重《しんちょう》に。いろいろ考えていた。ブレンダンの家にいくのはあとまわしだ。この勲章《くんしょう》を持ち主に返しにいくこと以上にだいじなことなんて、なにもない。ソルウェイさんのところにいかなくちゃならない。

ひさしに近づくと、窓の桟《さん》に尻《しり》をのせ、片足をなかに入れた。

「チェースなの？」

しまった。母さんだ。

「もう、屋根にはでないって、約束したのに。この窓をあかないように釘《くぎ》で打ちつけなくちゃだめなの？」

おれは母さんの横をすりぬけた。

「ごめん、母さん」肩《かた》ごしにいった。「老人ホームにいってくる」

「話はまだ終わってないわよ！　夏のはじめにあったこと、もう忘れちゃったの？　記憶喪失《きおくそうしつ》の記憶《おく》もなくしちゃったの？」

おれは階段をかけおりながら叫《さけ》んだ。「あとで、ちゃんと説明するから！」

キッチンに干してあったやわらかい皿拭《さらふ》き用の布巾《ふきん》をつかむと、それで勲章《くんしょう》を包んだ。それから、それをポケットにつっこむと、玄関《げんかん》をとびだした。

26

ジョエル・ウェバー

目のまわりはもう痛まない。それでも、見た目は列車相手にチキンレースをして負けたみたいだ。見た目に関していえば、治っていく過程は、相当ひどかった。腫《は》れがひきはじめると、青と黒のあざのただなかに別の色が芽生えてきた。紫《むらさき》、グリーン、黄色もだ。鏡を見るたび、自分の顔に毎回ちがうモダンアートのような彩《いろど》りがあらわれていた。きのうはオレンジ色のかけらがあった。

目のまわりの色をこんなに色とりどりに変えてる人間は、わが家にぼくひとりだけだ。変ないい方だけど、これはぼくにとっては気が楽だ。自分の顔にうんざりするなら、鏡を見なければいいだけだ。でも、両親はそうはいかない。ふたりはぼくの目のまわりの、さまざまに進化する段階を目にするたびに、罪悪感に身をかたくする。

「おまえをここに帰ってこさせたのは、まちがってたのかもしれないな」父さんが悲しそうにそういった。

「そんなことないって」ぼくは安心させようとしていう。「メルトンは大きらいだったんだから」

「でも、こわくないの?」母さんはCシャープの音でみじかい嗚咽《おえつ》まじりにいった。「また、あれがはじまるんじゃないかって」

　こわくないかって？　そりゃあこわいさ。去年、チェースとアーロン、ベアの標的になっていたときは、苦しくて、屈辱的《くつじょくてき》で、ものすごくこわかった。自転車に乗れば、どこからかラクロスのスティックがとんできて、空中に投げだされることになるとしたら、生きていくのも楽じゃない。それが、自分のせいじゃないのはわかっている。やつらがイカれてるってこともわかってる。それでも、ついつい、なにか自分に落ち度があって、ほかのみんなより、価値がないせいなんじゃないか、なんて考えてしまう。なんの理由もなしに標的にされたりはしないんじゃないかって。

　でも、そんなことをくよくよ考えていても、いちばん腹が立つのは、チェースのことを思いちがいしていた自分のバカさかげんだ。ぼくはバカ正直にチェースは変わったんだと信じた。あいつのことが好きになりはじめてさえいた。その結果、人間というのは、いかにとんでもない思いちがいをするものかを証明することになった。

　父さん、母さんの反応は十分にひどいものだったけれど、ショシャーナは完全に常軌《じょうき》を逸《いっ》している。ぼくの顔のあざの形が変化するたびに、ショシャーナは、「もし自分にこの世界を自由にする力があるなら」と、チェースに対するあらたな復讐《ふくしゅう》を空想しはじめる。ものすごく残酷《ざんこく》なものもあるし、あまりにも不気味すぎて、思わず途中《とちゅう》でさえぎらなきゃいけないようなものもあった。

「やめろよ、ショシャーナ！」日曜の朝、いっしょにブレンダンの家にむかっているときだった。

「自分でなにをいってるのか、わかってる？　人間を木材粉砕機《ふんさいき》にぶちこむなんて、ひどすぎるって」

「わたしは人間の話はしてないよ」ショシャーナは淡々《たんたん》と答えた。「わたしが話してるのは、ドブネズミのこと。それにね、ちゃんときいてた？　わたしはね、そのドブネズミを足から粉砕機《ふんさいき》につっこむっていったんだよ。そうすれば、ちゃんと見られるでしょ、自分の下半身が……」

「やめろって！」ぼくはさえぎった。「そんなことできるわけないだろ。だれにだってできない。スペインの異端審問官《いたんしんもんかん》だってやらなかったよ」

「それは、当時まだ木材粉砕機《ふんさいき》が発明されてなかったからだよ」ショシャーナはふてくされたようにいった。

「それにしても」ぼくはため息をつきながら話題を変えた。「ブレンダンはなんの用だと思う？」

「さあね」ショシャーナは、鼻を鳴らした。まだ、きげんが悪い。「どうせ、またくだらないユーチューブのアイディアでも思いついたんでしょ。そして、わたしたちは出演者で撮影《さつえい》クルーってわけ」

「メールじゃあ、そうじゃないっていってたよ」

「だといいんだけどね。さもなければ、ブレンダンも粉砕機《ふんさいき》いきよ」

これがショシャーナだ。どんなささいな問題にも、過剰《かじょう》反応せずにはすまない。

ブレンダンの家の前までできたところで、キンバリーとでくわした。

「あら、おそろいで」キンバリーはぼくの顔をまじまじと見た。「目のまわりのあざは……だいぶよくなったね」探りを入れるようにそういった。

「もう、だいじょうぶだから」ぼくはあわてて答えた。ショシャーナの粉砕機《ふんさいき》送りリストに、これ以上、人をふやすわけにはいかない。

「あなたにもメールが？」ショシャーナがキンバリーにたずねた。

キンバリーはうなずいた。「チェースもくるんだって」

なんだって？　チェースが？

ショシャーナはぼくの腕《うで》をつかむと、ぼくをひっぱり、逆もどりしはじめた。

そこへ、玄関《げんかん》からブレンダンがとびだし、かけよってきた。「どこにいくんだよ？」といいながら。

「チェース・アンブローズは、わたしにもジョエルにも近よらせないからね！」ショシャーナがかみつくようにいった。

「そう、それが理由だよ。チェースの無実を証明するためにきみたちを呼んだんだ！」

ショシャーナはなおもぼくをひっぱる。

「そうだね、完全に無実ってわけじゃないけど。でも、わざとジョエルをねらったわけじゃないんだよ！　チェースは、ぼくたちとおんなじで、ジョエルが見えてなかったんだ！　証拠《しょうこ》があるんだ！」

「証拠《しょうこ》って？」ぼくはたずねた。

『ワンマン・バンド』だよ。動画がのこってた。それを見れば、チェースがアーロンとベアをとめようとしてたのがわかるから」

「さあ、帰るわよ」ショシャーナはゆずらない。

「うん、帰っていいよ」ぼくはいった。「でも、ぼくはのこる」

「ここに？　あいつがくるのに？」

今度ばかりは、ショシャーナのいいなりにはならない。「なにがあったのか知りたい。自分のためにその動画を見なきゃいけないんだよ」

そして、結局、ショシャーナものこった。多分、ぼくを守るために。そんなことをされたら、恥《は》ずかしいと思う人も多いだろうけど、すこしばかりありがたかった。すぐにでも、チェースがブレンダンの家に入ってくる。そのとき、ぼくがどんな気持ちになるのかは、予測できなかった。学校ではときどき見かける。だけど、おなじ部屋にいるのはあの消火器事件以来、はじめてのことになる。

ぼくたちは、リビングルームのソファに腰《こし》をすえた。ブレンダンはコーヒーテーブルにパソコンをセットした。

「ビデオカメラからデータを転送したんだ」ブレンダンが説明する。「新しい動画を撮《と》ろうと思って持ち帰ったら、そこにのこってた」

ブレンダンはお菓子《かし》をだしてくれて、ぼくたちはチェースを待ちかまえた。二十分たった。二十分が三十分になる。

キンバリーはじれったそうだ。チェースがくることだけが、そこにいる理由なんだから。

「チェースはいまどこ?」

ブレンダンがもう一度メールした。返事はない。

「ふん、思った通りね」ショシャーナが吐《は》き捨てるようにいった。

「くるっていったんだ」ブレンダンはいいはる。

「あいつはね、あなたのこと、自分以外のすべての人とおなじぐらい気にかけてると思うよ。つまり、まったくのゼロってこと。いいかげん、目を覚ましたら? あいつはとっくに忘れてるよ」

ショシャーナはそういって立ちあがった。「さあ、ジョエル、いくよ。これまでに十分、あいつのせいで人生をむだにさせられてるんだから」

ぼくはブレンダンに顔をむけた。「その動画を見せてよ。チェースにはあとで見せればいいだろ」

ほとんどのシーンは早送りした。音楽家姿のブレンダンがあちこちにあらわれて、いろいろな楽器を演奏している。チューバのシーンになったところで、ブレンダンは通常の再生モードにもどした。胃がぎゅっと縮むような感じがした。いくら散々《さんざん》いじめられてきたといっても、それを実際にこの目で見るのははじめてのことだ。

それまでイライラしたようすだったショシャーナの表情が、ぐっと集中力をました。

「よくわからないんだけど」キンバリーが口をはさんだ。「ブレンダンしかでてこないじゃない。ほかの人たちはどこ？」

「きみとジョエルもここにいるんだ。ふたりともフレームの外だけど」ブレンダンがいった。「つづきを見てて」

ついに、アーロンとベアがドアをいきおいよくあけた。ただ、ふたりも画面の外だ。最初に見えたのは、二本の白い泡《あわ》のジェット噴射《ふんしゃ》が、ブレンダンの顔にあびせられたところだった。ブレンダンはチューバもろともひっくり返った。つぎになにが起こるか知らなければ、笑えるシーンだ。泡《あわ》の流れが方向を変えて、画面の外、右側にむけられた。その先にぼくがいるのはわかっている。同時にあちこちで叫《さけ》び声があがった。ブレンダン、キンバリー、そして襲撃者《しゅうげきしゃ》ふたりの声に混じって、ぼく自身の声もきこえる。

さらにしばらく泡《あわ》の噴射《ふんしゃ》がつづいたあと、アーロンとベアが画面の左はしに姿をあらわした。そのあとのことは、いやになるほどはっきり覚えている。アーロンとベアが楽器を投げちらかして、音楽室をめちゃくちゃにしたんだ。ぼくはアーロンをとめようとした。でも、泡《あわ》のなかにおしたおされてしまった。

見ているのはつらかったが、実際に起こったことほどじゃない。いまの自分に起こってるわけじゃないんだから。そう、自分にいいきかせる。これは、過去のできごとなんだ。その動画を高解像度の映像で見ているうちに、なぜだか、その音楽室の騒《さわ》ぎを、ぼくに対しておこなわれたすべてのいじめ行為《こうい》をふくめて客観的にとらえることができた。そして、いまここに、ぼくはちゃんと生きている。傷つかずに。まあ、目のまわりは別として。

ぼくは標的の獲物《えもの》にされてきた。でも自分自身を獲物《えもの》になる運命だときめつける必要なんかないんだ。

ぼくはもどってきた。元の家に。元の自分に。

パソコンのスクリーンにチェースが姿をあらわしたのはそのときだった。チェースは音楽室のようすを見て、ショックを受けて呆然《ぼうぜん》としている。ベアに消火器をおしつけられたときも、まだそうだ。ぼくは身を乗りだしてみた。それがぼくの消火器だからだ。このあと、ぼくの顔面に襲《おそ》いかかる消火器だ。

チェースとベアが、光を放つ金属製の筒《つつ》をおしたりひいたりしているのを見ながら、ぼくは緊張《きんちょう》していた。つぎの瞬間《しゅんかん》に起こることを知っているからだ。ぼくはふたりの争いを注意深く観察した。ぐるになって、自分たちをボランティア活動送りにしたぼくを襲《おそ》う合図をかわしあう瞬間《しゅんかん》を見のがさないように。

でも、そんなものはなかった。チェースがひっぱりあいに勝って、たまたまその先にぼくの顔があった。それが真相だった。

ブレンダンが映像を一時停止した。「事故だったんだよ」勝ち誇《ほこ》ったようにいう。

「たしかにそうだ」ぼくは同意した。

「ワオ！　チェースってすごい腕力《わんりょく》なんだね」キンバリーにとっては、その動画の意味はそれだけだ。

この真相を消化中のショシャーナは、頬《ほほ》を赤く染めている。ショシャーナはどんなことでも、だれに対しても、すごく辛辣《しんらつ》な判断をくだす。その分、自分に審判《しんぱん》をくださなければならなくなったときには、まるで世界の終わりのようになってしまう。

「それでも、あいつは嘘《うそ》をついた」ショシャーナはそういうと、唇《くちびる》をかたく結んだ。

「チェースだって完璧《かんぺき》じゃないさ」ブレンダンがいう。「だけど、考えてもみなよ。あの音楽室のできごとの責任をすべておしつけられる場面に立たされたら、きみならどうする？　しかも、楽なにげ道が目の前にぶらさがってるんだ。それでも、とびつかない？」

ショシャーナは頑固《がんこ》だ。「わたしはそんなめんどうに、巻きこまれたりしないから！　あんなゴロツキどもとツルんだりしないからね！」

ぼくはショシャーナを見ていった。「それでも、チェースと話だけでもしないと」

きっと、また反論してくるだろうと思ったけれど、ショシャーナはうなずいた。

「あいつにいいたいことなら、いくらでも思いつくしね」

「そのうちのひとつは『ごめん』だよね」ブレンダンが皮肉っぽくいった。

ショシャーナはブレンダンをにらみつけた。「それはどうだか。もしそうだとしても、最後の最後だよ」

「ねえ、チェースはどこなの？」キンバリーがうんざりしたようにいった。「チェースはくるっていったじゃない」

ブレンダンは、もうすでに電話をかけていた。相手はチェースのお母さんだ。ブレンダンは顔をしかめ、ありがとうございます、といって電話を切った。

「お母さんによると、老人ホームにむかってるってさ。すごくあわてたようすだったたって」

「ここにくるのを忘れたってこと？」ぼくはたずねた。

ブレンダンは首を横に振《ふ》る。「いいや、ちゃんとくるって、二時間ほど前にメールをくれたんだ」

ショシャーナが立ちあがった。「老人ホームにいこう」

27
アーロン・ハキミアン

「ねえ、あなた、もう三十分も待ってるのよ」そのダンブルドーラがおれにそういった。「カード・テーブルをセットしてくれるって、約束したじゃないの」

「ああ、やるって」おれはいった。「おれたちもいそがしいんだ」

このおいぼれコウモリは、ギアを入れまちがえたトラックみたいな金切り声をだす。

「そんなにいそがしそうには見えませんけどね。スナック・カートのまわりにつっ立って、わたしたちに配るはずのクッキーを食べてるだけじゃないの」

「これもだいじな仕事のうちなんだよ！」ベアはキレたふりをした。「すきっぱらで、やれってのか？」

「まあ、おちついて」おれはそのダンブルドーラにいった。「五分でやるから」

わざわざいうまでもないが、この老人ホームでの奉仕《ほうし》活動は、生ゴミのなかに手をつっこむぐらいわくわくする。住人たちをいびって楽しむのが救いだ。そのダンブルドーラは、午前中ずっと、レクリエーション・ルームにカード・テーブルをセットしろとうるさくいいつづけていた。ほかの青い髪《かみ》のばあさんたちとブリッジをするためにだ。おれたちは、どれぐらい長いあいだ、ばあさんたちをカリカリさせられるか、笑いながら見ていた。五分だって？　五時間待たせてやろう。五日だっていい。それがいやなら、自分でやりゃあいいんだ。スモウレスラーなみの体つきなんだから。

そのダンブルドーラが、イライラしながらレクリエーション・ルームにひっこんだのを見て、おれとベアは大笑いした。ああ、ちゃんとやってやるとも。あのばあさんの頭が怒《いか》りでふっとぶ直前にな。看護師に報告するぎりぎり前のタイミングを選ぶのが、芸術ってもんだ。

おれたちは、さらにクッキーを食べた。だが、最後のチョコレート・クッキーをベアと奪《うば》いあううちに床《ゆか》にたおれこんでしまい、おれたちはバカみたいに笑った。そのクッキーは、粉々《こなごな》に砕《くだ》けちった。

床《ゆか》から立ちあがって、クッキーのかけらや粉をはたき落としているときに、おれたちは見た。チェースがすごいいきおいで廊下《ろうか》を歩いてくる。世界一周レースでも争っているみたいなスピードだが、顔つきは楽しそうってわけじゃない。アメフト場でのけんか以来、あいつはここには姿を見せなくなった。元々《もともと》、くる必要はなかったわけだけどな。でも、もどってくる気になったんだろう。たぶん、あの英雄《えいゆう》に会いにきたんだろう。この老人ホームにうじゃうじゃいるダンブルドアのなかでも、いちばん陰険《いんけん》なあのじじいにだ。

びっくりするほど目のいいベアは、まず、チェースのふくらんだポケットに気づいた。野球のボールでも入っているように見えるが、布切れがはみだしている。

「よお、アンブローズ」おれは声をかけた。「なにしにきたんだ?」

やつはおれを無視して、おれたちをさけるように廊下《ろうか》の反対側にコースを変えた。

ベアがその前に立ちふさがった。「アーロンの質問に答えろよ」

またコースを変えようとしたので、おれはベアとならんで廊下《ろうか》をふさいだ。チェースはアメフトの試合でランニングバックがやることをやった。頭を低く下げ、おれたちのあいだをすり抜《ぬ》けようとしたんだ。でも、おれたちだって守備専門のラインマンだ。チェースの動きをおさえこんだ。ゲームではボールを奪《うば》いにいくところだが、いまはポケットからはみだした白い布をつかんでひっぱった。

おれの手のなかで皿拭《さらふ》き用の布巾《ふきん》が広がって、なにかがとびだし、人造大理石の床《ゆか》にカチンと落ちた。星の形で、青いリボン。あのじじいの勲章《くんしょう》だ。チェースはファンブルをとり返すかのように、勲章《くんしょう》におおいかぶさった。ベアとおれはチェースに乗りかかる。

「三分の二はおれたちの分だぞ!」おれは怒鳴《どな》った。

「これはソルウェイさんのものだ!」

「やつは気にしないって!」ベアがいう。「それを持ってたことも覚えてないって!」

「どけよ!」

どうやったのか、チェースはおれたちをふたりともはらいのけると、勲章《くんしょう》をつかんで立ちあがった。

「おまえには勝ち目がないんだよ」おれはいった。親しげといってもいいような口調で、おれは重要な情報を伝えてやった。「どんなことをしてでも、そいつはいただくからな」

チェースは、どうするべきなのかと、ためらっている。そのあいだに、さっきのダンブルドーラがまた廊下《ろうか》にもどってきた。

「ここでなにをしてるのよ？　とっくに五分はすぎてるわよ。テーブルをセットしてちょうだい。いますぐに」

「ああ、はい。すぐやります」チェースはおれたちからのがれるチャンスにとびついた。

やつは勲章《くんしょう》を手にかくしたまま、そのダンブルドーラをレクリエーション・ルームにエスコートした。ベアはふたりについていこうとしたが、おれは背中をつかんでとめた。

「目撃者《もくげきしゃ》が多すぎるだろ。いまはがまんだ。あいつだって、ずっとそこにいるわけにはいかないからな」

おれたちはドア口から食い入るようにやつを見た。勲章《くんしょう》をどこかにかくして、おれたちがいないときにもどるつもりなんじゃないかと思ったからだ。やつは勲章《くんしょう》を右手ににぎっている。折り畳《たた》み机と椅子《いす》をセットするときにも、けっしてその手をひらかない。やつは常に片目をおれたちからはなさなかった。おれはやつにむかってにやりと笑って見せた。つぎの氷河期まで待つことになっても、おまえをつかまえるからな、という意味をこめて。

「やつもおしまいだ」ベアが勝ち誇《ほこ》ったようにささやいた。「この部屋の出口はここだけだからな」

レクリエーション・ルームのダンブルドーラどもは、まるで、アンブローズが世界の救世主かなにかのようにほめそやしている。おれたちをきらうのとおなじぐらい、あいつが大好きなんだ。吐《は》き気がするぜ。やつはテレビ・キャビネットから小さな鉢《はち》に入った観葉植物を持ってきて、テーブルのまんなかに置くことまでした。青い髪《かみ》のばあさんたちは、うれしそうに身もだえしている。

そのとき、ふりむきざまに、チェースの肘《ひじ》がその鉢《はち》にあたって、テーブルから落としてしまった。鉢《はち》は床《ゆか》でくだけちって、土をあたり一面にばらまいた。

ベアはご満悦《まんえつ》だ。「ハッ！　バカが！」

アンブローズは部屋の隅《すみ》に立てかけられた掃除機《そうじき》にかけよると、電源を入れて土を吸いこみはじめた。

危《あや》うく見落とすところだった。やつは前後に掃除機《そうじき》を動かしながら、勲章《くんしょう》を下に落とした。つぎの瞬間《しゅんかん》には、もう掃除機《そうじき》に吸いこまれていた。おれたちが気づいたかどうかたしかめるために、肩《かた》ごしにちらっとふり返ったが、おれたちは気づかないふりをした。でも、ベアの顔が真っ赤だ。これじゃあバレバレだ。

チェースは掃除機《そうじき》をかかえたまま、おれたちの方にむかってきた。どんどんスピードをあげ、もう走っている。プラグはポンとはずれた。掃除機《そうじき》の音が消えた。それでも、やつはおれたちにむかって突進《とっしん》してくる。おれとベアはドア口でスクラムを組んで、チェースをとめようとした。ぶつかる寸前、やつは掃除機《そうじき》を破城槌《はじょうつち》のように振《ふ》りかざし、おれたちに振《ふ》りおろした。

おれたちは尻《しり》もちをつき、衝撃《しょうげき》で破れたフィルターバッグからとびだしたほこりの雲で窒息《ちっそく》しそうになった。ようやく、視界がクリアになって、なんとか立ちあがったときには、アンブローズはもう廊下《ろうか》のはるかかなたに姿を消そうとしていた。まだ掃除機《そうじき》をだきかかえたままだった。

おれたちは、おたがいに相手の顔を見つめた。そして、息がもどると同時に叫《さけ》んだ。「やつをつかまえろ！」

おれたちはスター選手であるランニングバックのあとを追った。これまで、一度だって追いついたことはない。だが、今回やつは、ボールじゃなく、掃除機《そうじき》をかかえている。きっと、スピードもにぶるはずだ。

28
ショシャーナ・ウェバー

老人ホームに着いたとき、あんまり速足でやってきたので、ほかのみんなを半ブロックほどひきはなしていた。みんなは追いつこうと走っている。

チェースのやつ！　これまでよりもさらにあいつに腹を立てることができるなんて、考えもしなかった。でも、ジョエル襲撃《しゅうげき》について、あいつは無実だった。この目で見たんだからまちがいない。そのせいでもっと腹が立った。

なんの疑問も抱《いだ》かずに、ただただあいつを憎《にく》んでいられるときの方が、ずっと気が楽だった。でも、そんなに単純なものじゃなかった。怒《いか》りを募《つの》らせようとするたびに、ジョエルを守ろうとするあいつが目に浮《う》かぶ。ビデオクラブのみんなと作業している姿や、ソルウェイさんと親しげに話している姿も。そうなると、なにもかも台無しだ。いいこと、悪いことがごちゃまぜになって頭がくらくらする。

さらにつらいのは、わたしがいった数多くの意地悪な発言がまちがっていたってことだ。そして、一度口からでたことばはとり消すことができない。

ほかのみんなが追いつくのをロビーで待ちかまえ、廊下《ろうか》をひきずるようにソルウェイさんの部屋にむかった。ドアをノックすると、返事を待たずに、いきなりドアを内側にあけた。ソルウェイさんはお気に入りの椅子《いす》にすわって体を折り曲げ、スニーカーのひもを懸命《けんめい》にいじっていた。ちらっと顔をあげてわたしに気づくといった。

「おい、そんなところにつっ立ってないで、靴《くつ》ひもをほどいてくれ。むかしみたいには体が曲がらないし、やっと近づいたと思ったら、手元が見えないときた！」

わたしは部屋に踏《ふ》みこみ、ほかのみんなもつづいた。

「これはこれは」ソルウェイさんがつけたした。「世界じゅうをご招待したんだったか？　偏屈《へんくつ》じじいが靴《くつ》ひもをほどこうとする無様な姿を、さあ、ご覧あれ。ポップコーンは持ってきたか？　風船は自分でふくらませてくれよ。おれにはそんな息はのこってないからな」

わたしはひざまずいて、ソルウェイさんの靴《くつ》ひもの結び目をほどいた。

「ソルウェイさん」わたしはいきおいこんでたずねた。「チェースはきてませんか？」

ソルウェイさんは首を横に振《ふ》った。「しばらく会ってないぞ。おまえさんもだけどな」すこし責めるようにそういった。

身がすくむ思いだった。ジョエルがけがをしてから、ここには一度もきていない。そして、いまわかったことだけど、チェースもまた、あの悲惨《ひさん》な一日のあと、たずねてこなかったようだ。ここにこようとは、思いもしなかった。ひたすら、チェースを憎《にく》むことしか考えていなかったから。

でも、ソルウェイさんにしてみれば、ビデオが完成したとたん、わたしたちふたりに同時に必要とされなくなって、見捨てられたような気分だったんだろう。

「わたしのせいなんです」わたしは告白した。「チェースにものすごく腹を立てちゃって。チェースにはちょっとしか責任がなかったのに。それで、チェースはここにこなくなったんだと思います。チェースはあなたに会いたくなかったんじゃなくて、わたしに会いたくなかったから。それに、わたしもチェースに会いたくなかったからここには……」

肩《かた》にだれかの手がのった。ジョエルが横に立っていた。感情的になりすぎて、支離滅裂《しりめつれつ》だよ、と伝えようとしているんだ。

しわだらけのソルウェイさんの顔に、ゆがんだ微笑《ほほえ》みが広がった。「どんな大金を積まれても、若者にはもどりたくないもんだ」

キンバリーが一歩前にでた。「学校で、あなたの映画、観《み》ました」

「『戦士』だね」ブレンダンが素早《すばや》く補足した。「ショシャーナとチェースがいっしょにとり組んだプロジェクトだ」

廊下《ろうか》が騒《さわ》がしい。怒鳴《どな》りあう声とはげしい足音。

ソルウェイさんが顔をしかめた。「またぞろ、車椅子《くるまいす》レースでもおっぱじめたか。まったく、ごりっぱな世代だよ。やつらは世界は自分たちのものだと思ってるんだからな！」

わたしがドアから頭をだすと、チェースがこちらにむかって走ってくるのが見えた。両手で掃除《そうじ》機《き》をかかえて。そのまま見ていると、チェースはうしろむきにひきたおされた。すごいいきおいでたおれたのに、まだ掃除機《そうじき》にしがみついている。チェースのすぐうしろには、アーロンもたおれていた。両手で掃除機《そうじき》のコードをにぎっている。あのコードをひっぱってチェースをたおしたんだろう。

ベアがたおれたアーロンをとびこえて、猛禽類《もうきんるい》が獲物《えもの》に襲《おそ》いかかるように、チェースに馬乗りになった。それでも、掃除機《そうじき》をはなさないチェースに、ベアはパンチのあらしを見舞《みま》う。頭にも肩《かた》にも。

キンバリーの怒《いか》りに満ちた悲鳴がきこえたけれど、わたしの悲鳴の方が大きかった。ふたりでかけよると、ベアにとびつき、チェースからひきはなそうとした。それはうまくいった。ベアはあたふたと立ちあがると、わたしたちをおしのけた。キンバリーは壁《かべ》までとばされた。わたしたちは、よろけているうちに頭と頭をぶつけあった。わたしの頭のまわりに星がとんだ。

「おい！」ひとまわりもふたまわりも小さなブレンダンが、ベアにむかってとんでいった。だれも、そんなものがあるとは知らなかったブレンダンのその勇気は、怒《いか》りによってひきだされたものだ。ブレンダンはベアをなぐりはじめた。つぎからつぎへとパンチをくりだす。すさまじい光景だ。まるでダビデと巨人《きょじん》ゴリアテの戦いみたいだ。ブレンダンはまともにこぶしをにぎってさえいない。親指がリンゴの軸《じく》みたいにとびだしている。

ベアがショックを受けていたのは最初だけで、表情はすぐに残忍《ざんにん》なよろこびに変わった。ブレンダンがなぐりつづけているのに、笑い声まであげはじめた。そしてとうとう、さっと身をかわすと、小さな襲撃者《しゅうげきしゃ》にあごの骨がくだけそうなアッパーカットを食らわせた。ブレンダンは宙に浮《う》き、二メートルも先までとばされた。

おどろいたことに、パンチであごが真っ赤になったブレンダンは立ちあがり、ふたたび、ベアにむかっていった。

立ちあがったチェースは、ブレンダンが近よらないように手を伸《の》ばした。いいアイディアだ。ふたりのゴリラにかかったら、ブレンダンはばらばらにされかねない。アーロンは床《ゆか》から掃除機《そうじき》を拾いあげ、野球のバットのように振《ふ》りかざしている。ボールはチェースの頭だ。

わたしはかすれる声で叫《さけ》んだ。「チェース！」

ソルウェイさんの歩行器が持ち主なしで、廊下《ろうか》を走ってきた。ホームランを放とうとスイングに入って、バランスをくずしたアーロンの背中側からじん臓《キドニー》あたりに、その歩行器はぶつかった。ボクシングの反則技、キドニー・ブローってやつだ。アーロンは掃除機《そうじき》ごとうしろむきにたおれかかり、ベアにぶつかった。三人が床《ゆか》にたおれこんだ。アーロンとベア、そして掃除機《そうじき》くん。

「ハハ！　命中だ！」満足げに叫《さけ》んだのはソルウェイさんだ。「ほら、ご到着《とうちゃく》だぞ！」

廊下《ろうか》の奥《おく》の重い扉《とびら》がいきおいよくあいて、あらわれたのはジョエルだ。うしろには看護師のダンカンさんと警備員がふたり。

よくやった、ジョエル！　すくなくともひとりには、助けを求める知恵《ちえ》があったということだ。

アーロンとベアは第二ラウンドを戦う気満々《まんまん》だったけれど、警備員と看護師長の登場で、試合終《しゅう》了《りょう》のゴングが鳴った。裁判所に命じられた奉仕《ほうし》活動の最中に乱闘《らんとう》事件を起こしたとあっては、かんばしくない報告が書かれるのは目に見えている。

ベアが責め立てるようにチェースを指さしていった。「こいつのせいだ！」

ダンカン看護師は激怒《げきど》している。「どういうことなの？」

住人たちがドア口に顔をだしはじめ、はやくも騒《さわ》ぎの原因を探ろうとききを耳を立てている。なので、ダンカンさんは声を落とした。「この騒《さわ》ぎは、いったいぜんたいなんなの？」

答える代わりに、チェースは掃除機《そうじき》からフィルターバッグをとりだし、中身を床《ゆか》にぶちまけた。

チェースは綿ぼこりや砂ぼこりの山のなかから、星がちりばめられたリボンをひっぱりだした。リボンはほこりで灰色になっている。そして、そのリボンの先にぶら下がっているのは、アメリカ兵が授与《じゅよ》できる最高に名誉《めいよ》あるものだった。名誉勲章《めいよくんしょう》だ。掃除機《そうじき》の中身でさえ、その輝《かがや》きをにぶらせることはできない。

「もしかして、それは……」ソルウェイさんが目をみひらいてたずねた。

チェースがうなずく。「おれがあなたから盗《ぬす》んだんです。でも、覚えてなくて……。あの事故の前のことだったから。でも、いいわけにはなりません」チェースはその勲章《くんしょう》を、正当な持ち主に手わたし、恥《は》じ入って顔を伏《ふ》せた。

「むかしのチェースのしわざだったのか！」ブレンダンが急速に腫《は》れあがってきたあごをもどかしげに動かしながらつぶやいた。

「おれはおれだよ」ほとんどききとれないぐらい小さな声でチェースが答えた。

ソルウェイさんは手に持った勲章《くんしょう》を心ここにあらずといった感じでいじっている。衝撃《しょうげき》を受けているようだ。「このマヌケふたりはどうなんだ？　こいつらも共犯者なのか？」

アーロンとベアは、元の親友におどおどと目をむけた。

「おれひとりがやったことです」チェースが答えた。「おれが盗《ぬす》んで、家の屋根のゆるくなった壁《かべ》板《いた》のすきまにかくしたんです。屋根から落ちたのはそのせいでした。ばちがあたったんだと思います」チェースは首を横に振《ふ》り振《ふ》りいった。「こんなとんでもないこと、どうしてやったのか、自分でもわからない。きっと、売りとばすつもりだったんだ」

ソルウェイさんはひどくショックを受けているようだし、悲しそうでもあった。

わたしはもうすこしでチェースをかばおうと口をひらきかけたけれど、盗《ぬす》まれた勲章《くんしょう》が目に入るとなにもいえなくなった。いいチェースと悪いチェース。いまわたしたちが見ているのは、最悪のチェースがやった犯罪の証拠《しょうこ》なのは疑問の余地がない。

ジョエルもチェースをかばいたがっているのがわかった。でも、なんていったらいいのかわからないでいる。ジョエルは双子《ふたご》のおとなしい方。わたしはやかましい方。ブレンダンのあごはいまや鮮《あざ》やかな紫色《むらさきいろ》で、やっぱり話せない。キンバリーは呆然《ぼうぜん》自失。そして、アーロンとベアは、だれからも責められないので心底ほっとしていて、やっぱり、口をとざしている。

ことばを発したのは看護師のダンカンさんだけだった。

「さてと、わたしにはなにがなんだか、さっぱりわからない。わかっているのは、ここで犯罪がおこなわれたってことだけ」ダンカンさんは大きく息を吸った。「警察を呼ぶわね」

29 チェース・アンブローズ

屋根から落ちるよりもひどいことは、いくつもある。

たとえば、逮捕《たいほ》されること。たとえば、アメリカ大統領から授けられた勲章《くんしょう》を、年老いた戦争の英雄《えいゆう》から盗《ぬす》むほどの悪党だと、街じゅうの人に知られること。

でも、いちばんつらいのは、おそらくソルウェイさんが、おれについて思っているだろうことだ。おれはこれまでに出会っただれよりも尊敬している人から盗《ぬす》みを働いた。なんという運命なんだ！あの人を尊敬しはじめる前に、おれはすでに盗人《ぬすっと》だった。そして、これはまちがいなくたしかなことだけれど、ソルウェイさんは、おれとは二度と口をきいてくれないだろう。話すはずがないじゃないか。おれだって、できれば自分と口をききたくないのに！

少年裁判所での審判《しんぱん》がはじまるのを待つあいだ、母さんはおれを学校にはいかせないでくれた。ずいぶん助かった。だれとも会わずにすんだし、どれほどみんなにきらわれているかを見ずにすんだ。ああ、そうとも。おれはいつだってみんなにきらわれてきた。でも、いまはおれをきらう二重の理由がある。ブレンダンとショシャーナは、家に電話までしてきた。でも、母さんはだれにもとりつがなかった。弁護士のアドバイスに従ったわけだが、おれにはありがたかった。ショシャーナがなにをいうのかは想像できたし、それをききたくなかった。どんな悪口でも、おれが自分で自分をののしるほどひどくはなかっただろうけど。

アーロンとベアも電話をしてきた。たぶん、かばってくれてありがとうと伝えたかったんだろう。たしかに盗《ぬす》んだのはおれだ。でもやつらだって共犯者と指摘《してき》されてもおかしくないはずだ。三人で山分けにするという約束をしてたんだから。でも、正直いって、やつらに対しては、いまはもう、そんなに腹が立っていない。おれはやつらとおなじぐらいのワルで、三バカトリオのリーダーだった。やつらは、なにひとつ変わっていない。変わったのはおれひとり。

すくなくとも、変わったと信じたい。

どっちにしろ、審判《しんぱん》が終わったら、あいつらとは一切《いっさい》つきあいを断《た》つつもりだ。おれは少年刑務《けいむ》所《しょ》に入ることになるのかもしれない。出所したあとも、あいつらの親がおれとはつきあわせない可能性も高い。おれは手のほどこしようのない不良で、やつらに悪影響《あくえいきょう》を与《あた》えるから。おれが知る限り、それは真実だといっていいだろう。きっと、おれと出会う前のアーロンとベアは、天使のような子どもだったってわけだ。

少年刑務所《けいむしょ》に入れられる確率はかなり高い。担当の裁判官は、アーロンとベア、そしてこのおれの三人に老人ホームでの奉仕《ほうし》活動を命じたその人だ。初犯だとはいえない。無実だと拝みたおしたって、とっくに手遅《ておく》れだ。おれがやったってことはだれもが知っている。母さんは許してくれた。でも、あんまり意味はない。自分の母親にも見捨てられたら、もうおしまいだから。兄貴のジョニーは、大学を休んでもどってきて、審判《しんぱん》に出席してくれた。つまり、ジョニーの人生までめちゃくちゃにしたってことだ。

ほかにきていたのは、親父とその家族だけだった。どうしてなんだかさっぱりわからないんだが、世界じゅうから見くだされているいま、義理の母親であるコリーンが、おれのいちばんのファンだってことが判明した。もちろん、母さんがおれの味方じゃなかったわけじゃない。でも、この先おれに起こるかもしれないことにおびえて、ぴりぴりしすぎて、まわりの人までおちつかなくさせた。

コリーンはちがった。第一に、おれはあの人の子じゃない。第二に、少年刑務所《けいむしょ》にいくことになるのはあの人じゃない。それで、コリーンは感情的になりすぎずにすんだ。

「あの裁判官は、いまのあなたがどういう人間なのか、ちゃんと見きわめてくれると信じなきゃね」

「おれ、あなたとヘリーンにはずいぶんひどいことをしてたんじゃないかと思うんだけど。つまり……その、以前は。覚えてはいないけど、悪かったと思ってる」

「気にしないで」コリーンはそう答えた。「いまに集中しましょ」

ヘリーンはまだ四歳《さい》で、おれが直面している問題のことはなにひとつわかっていない。正直なところ、最近ではヘリーンといっしょに床《ゆか》にすわって、バービー人形で遊んでいるときが、唯一《ゆいいつ》リラックスできる時間だといっていいぐらいだ。むかしのチェースなら、死んだってやらなかったことだろう。

　船上パーティーに招いたケンの乗ったクルーザーをおしていると、親父がスマホでその動画を撮《と》っているのに気づいた。

「四歳《さい》の子どもと遊ぶのは、もっと大事なことに集中するさまたげになると思ってるんだろ？　アメフトとかさ」おれは親父にいった。

「まさか。ちがうちがう」親父がいう。「これを裁判で見せれば……」

「裁判じゃなく、審判《しんぱん》だよ」

「どっちでもいい。この動画はおまえがいかにりっぱな兄貴なのかを証明してくれるんだよ。そうなれば、おまえもアメフトのフィールドにもどってこられる」

　思わずため息がでた。「あの勲章《くんしょう》を返すなんて、おまえはなんてバカなんだって思ってるんだろ？」

　親父はじっくり考えてからいった。「ソルウェイじいさんの部屋のドアの下に、そっとすべりこませておく方がずっと賢《かしこ》かったのにな、といわなきゃ、嘘《うそ》をついたことになるな」

「うん、わかるよ」

「けど、おまえは正しいことをやった。あの勲章《くんしょう》はおまえには価値がない。自分で手に入れたものじゃないからな。州のチャンピオンみたいに。あれは、ソルウェイさんにとってだけ価値があるんだ」

「あの人にとって、あれがどれほど大切なのか、それもわかってなかった。あの人は、あの勲章《くんしょう》を手にすることになった英雄的行為《えいゆうてきこうい》を思い出せないんだ。おれが自分の過去を全部忘れたように、あの人も忘れてしまったんだ」

親父は肩《かた》をすくめた。「おまえが思い出せなくても、起こったことは起こったことだ。おれは以前のおまえが大好きだったんだぞ」

おれが抗議《こうぎ》しようとすると、親父は両手をあげてだまらせた。「最後までいわせろ。むかしのおまえが恋《こい》しいからって、いまのおまえを評価してないわけじゃない。おれだってバカじゃないんだ。おまえとヘリーンとの絆《きずな》はちゃんと見えてる。あの事故の前に、そんなことが可能だと考えたか？」

「てっきり親父は、そんなのは、弱虫のやることだと考えてるんだと思ってた」

親父は顔を赤らめた。「新しいおまえのことをわかってなかっただけだ。不平をぐっとのみこんで、アーロンとベアに罪をなすりつけなかったのは、強くなくちゃできないことだ。特に、あのふたりにほんとうに罪があったときだったのにな。それに、ソルウェイさんだけじゃなく、ウェバー家の子どもたちにも正しいことをしようとしたのもな。あのふたりがそれを評価するしないは関係なく。おまえは強いよ。まちがいない。それにバカだ。でもな、だれにだってバカになる瞬間《しゅんかん》はあるもんだ。肝心《かんじん》なのは、その瞬間《しゅんかん》のせいで人生を台無しにしないってことだ」

親父の表情に、それまで気づかなかったなにかがあった。事故の前にもあったのかもしれないけれど、いまになってはじめて見た気がする。

それは誇《ほこ》らしさだ。

ただし、それも裁判官の前ではなんの価値もない。


裁判所の金属探知機を通りすぎようとしたおれの足がぴたりととまった。ここにはきたことがある。その記憶《きおく》がどっとおしよせてきたんだ。

「さあ、通って」警備員がせきたてる。「うしろに長い列があるんだから」

「はい、すみません」よろめくように進んだ。うしろから、母さん、ジョニー、親父、弁護士のランダウさんがつづく。

おれはすこし震《ふる》えていたかもしれない。ジョニーが「しっかりしろ」とささやいてきたからだ。おれはうなずきながら、この最新のフラッシュバックを頭のなかで再生した。まさにこのビルに、アーロンとベア、そしておれの家族がいっしょに到着《とうちゃく》した。いちばん覚えているのは怒《いか》りの感情だ。ジョエルのピアノに爆竹《ばくちく》をしかけただけのことで、裁判所に召喚《しょうかん》されたことに対して激怒《げきど》している。おれはだれもかれもに怒《いか》りをぶつけていた。ジョエル、ウェバー家の全員、学校、警察にも。おれをだれだと思ってるんだ？　チェース・アンブローズだぞ。州大会の決勝でＭＶＰに輝《かがや》いた！　おれたちは学校を支配してる。おれたちはなにをやったって許されるんだ。おれたちがやることなんだから！　おれは、イカれてた。過去の記憶《きおく》を通してさえ、そのときの怒《いか》りの熱を感じるほどだった。

数か月でこんなにも変わってしまうものなのか。あの頃《ころ》のおれは、偉大《いだい》なるチェース・アンブローズは、だれからも非難されないアンタッチャブルなんだとつけあがっていた。いまは正反対だ。自分自身、自分のことが大きらいなんだから、どんな裁判官だってもっときらって当然だ。弁護士のランダウさんは、そのせいでずいぶんイライラしている。自分を守ろうという気のない人間を、どうやって弁護しろっていうんだ？　ってところだ。

少年刑務所《けいむしょ》に入りたがってるわけじゃない。入りたくはない。でも、百パーセント有罪なんだから。あの勲章《くんしょう》を盗《ぬす》み、かくした。そして、むかしのままの自分だったら、とっくに売りとばして、お金をポケットに入れていた。これが事件の全容だ。だからランダウさんは、他人の証言にたよるしかなくなった。おれは自分を弁護する発言をいっさい拒否《きょひ》したからだ。

おれが入廷《にゅうてい》したとき、母さんの息を吸う小さな音がきこえた。親父はおれの肩《かた》に腕《うで》をまわしてきた。信じてはもらえないかもしれないけれど、おれはその腕《うで》を振《ふ》りほどいたりしなかった。いまこのとき、どんな支えもありがたい。

最初に廷内《ていない》を見まわして、おれは大きなショックを受けた。

だれもかれもがそこにいたからだ！

ブレンダンとキンバリーは、ビデオクラブの連中といっしょにすわっている。ほかにも学校からたくさんの生徒がきていた。アメフトのコーチのダベンポートさんとアメフト部のメンバーもいた。ジョーイとランドン、その他の連中だ。ドリオ先生もいる。おれが授業を受けている先生たちも何人か。最前列に、ショシャーナとジョエル、その家族がいるのに気づいて、強い衝撃《しょうげき》を受けた。ショシャーナは、おれと目があった瞬間《しゅんかん》、すばやくそっぽをむいた。

なんということだ。おれがハイアワシーでいちばんの人気者ってわけじゃないのは知っていた。それにしても、こんなに大勢の人たちが、おれをきらうばかりに、わざわざ一日をつぶして、おれが少年刑務所《けいむしょ》入りの判決を受ける瞬間《しゅんかん》を見にくるなんて。こんなにつらい思いをするのは生まれてはじめてだ。怒《おこ》った群衆が投げつける腐《くさ》った野菜がないのだけが救いといったところだろうか。

裁判官のガーフィンクルさんが入廷《にゅうてい》し、針のむしろにすわっている気分のおれの前で、しばらく資料に目を通していた。

「ああ、覚えていますよ」裁判官が鋭《するど》くおれをにらんだ。「あのとき、いいましたよね。ふたたびこの法廷《ほうてい》で顔をあわせることになったら、そのときはきびしい状況《じょうきょう》になると。なにかいいたいことは？」

ランダウさんがジャケットのボタンをはめながら立ちあがろうとしたが、その前におれが答えた。

「なにもありません。どうしてソルウェイさんの勲章《くんしょう》を盗《ぬす》んだのかは覚えていません。いまも思い出せません。でも、盗《ぬす》んだのはまちがいありません」

裁判官が重々《おもおも》しくうなずいた。「正直でよろしい。審判《しんぱん》がはかどります。楽しく、ってわけにはいかないでしょうが」

「被告《ひこく》の人間性を語る情状証人を何人か呼んでいます」ランダウさんが口を切った。「証言をさせてよろしいでしょうか？」

ガーフィンクル裁判官がため息をついていった。「よろしい」

最初は母さんだ。母さんは証言台の木材を湿気《しっけ》でたわませるほどの涙《なみだ》を流した。証言の主なメッセージは、過去のおれがどれほど手に負えない子どもだったかということと、あの事故以来どれほど変わったかというものだった。多くの時間をさいて、事故のけががどれほど深刻で、どれほど長い時間意識不明だったかを語った。これはランダウさんの周到《しゅうとう》なコーチングによるものだが、ガーフィンクル裁判官を納得《なっとく》させるのは、イースター島のモアイを納得《なっとく》させるぐらいむずかしそうだ。

つぎは親父だったが、親父のいったいくつかのことばにおれはおどろかされた。どうせ親父が気にしているのは、おれがいかに自分ゆずりの人間かということだけだと思っていた。でも、アメフトのことはたったの一度しか話さなかった。

「チェースの年頃《としごろ》で、おなじようなバカげたことをやらないやつなんていますか？　ただ、そうはいっても、いまの息子《むすこ》のようすを見ていると、わたしも十三歳《さい》のときに一度屋根からつき落としてもらいたかったと思うぐらいです」

衝撃的《しょうげきてき》だ。四十八年間の親父の人生で、最高の時期はミドルスクール時代だ。親父は当時の自分のことを最高のアスリートで人気者、学校一の大物だとずっと思ってきた。親父はただの一度も、自分の若かった頃《ころ》がほんのわずかでも完璧《かんぺき》でなかったなんて考えたことがなかった。今日、この日まで。その考えを変えることが、おれを救うことになるかもしれないと思って、あんなことをいったんだ。

クーパーマン先生は、おれの頭のけがが、みんながいう通りとても深刻なものだったと証言した。記憶喪失《きおくそうしつ》を起こすだけではなく、性格まで変えてしまうほど深刻だったと。

ガーフィンクル裁判官は眉《まゆ》をひそめた。「それで、その変わった性格はずっとそのままなんですか？」

「それは、なんともいえません」クーパーマン先生は正直にいった。「いろいろな意味で、人間の脳内の働きよりも宇宙のことの方がよくわかっているといってもいいぐらいなのです。ただ、チェースが別の人格になったことは十分に信じるに足ります」

クーパーマン先生が証言台をおりると、廷吏《ていり》がつぎの証人の名前を読みあげた。

「ショシャーナ・ウェバー」

なんだって？　おれは椅子《いす》にすわったまま凍《こお》りついた。なにかのまちがいだ！　でも、そうじゃなかった。ショシャーナはすでに立ちあがって、証言台にむかっていた。

おれはランダウさんの袖《そで》をひいた。「だめだよ！」おれはしぼりだすようにいった。この証人はおれのことを人間以下のクズだと思ってるんだから！

ショシャーナはまだおれと目をあわせようとしない。でも、その表情は力強かった。使命を果たそうとしている顔だ。そして、その使命がなんなのか、おれにははっきりわかっている。つまり、おれを葬《ほうむ》り去るということ。ショシャーナはしばらくなにもいわずに、じっとすわったままだった。爆発《ばくはつ》寸前のボイラーのように、内部にたまった蒸気が見えるようだ。

これはまずい。ああ、これはほんとうにまずいぞ！

「ウェバーさん」裁判官がうながす。

「チェースが罪を犯《おか》したのは知っています」ショシャーナが話しはじめた。「いろいろな罪を犯《おか》しています。でも、いいこともたくさんおこなっているんです。いつも成功というわけではなかったけど、ためそうとはしていました」

ガーフィンクル裁判官が咳《せき》ばらいをした。「お嬢《じょう》さん、情状証人の役割は被告《ひこく》の人間性を述べることであって、あやまちをいい立てることではありません」

「これからそれを話すところです。最大の疑問は、今現在のチェースはどんな人間か？　ということです。勲章《くんしょう》は返しました。これはプラス点です。でもマイナス点もあります。たとえば、学校で古くからの友だちをかばって嘘《うそ》をついた点とか。別にチェースを悪く見せようとしているわけじゃないんです。ただ、いまのチェースの姿を公正に見ていただきたいだけ。あの屋根からの落下事故のおかげで、チェースは人生を再スタートさせるチャンスを得ました。それは完璧《かんぺき》な人生ではないかもしれませんが……」ショシャーナは正しいことばを導きだそうと考えこんでいる。

おれはひそかにショシャーナがそのことばを見つけませんようにと祈《いの》っていた。以前ほどおれを憎《にく》んでいないようすにほっとしていたが、これは、ぜんぜん助けになってない！

「それで……」裁判官がうながす。

「わたしはほかのだれよりもチェースにきびしくあたってきました」ショシャーナがまた話しはじめた。「そうしたわたしの対応には、正しいものも、まちがっていたものもありました。つまり、わたしがいいたいのは、わたしがチェースを信用してさえいれば、チェースがまちがいを犯《おか》すことはなかったってことです。まちがいありません。自分でいうのもびっくりなんですが、チェースがいい人間になれるってこと、わたしにはよくわかるんです」

なんだって？

これはランダウさんが期待していたような証言ではなかっただろうけど、嘘《うそ》いつわりのない証言だ。ショシャーナの口から、おれを評して「いい人間」なんてことばがでてくるなんて、まったく想像もしていなかった。

誤解しないでほしい。もし、ウェバー家がおれを許してくれたのなら、肩《かた》にのっていたとてつもない重荷がおりることになる。ただ、とまどう気持ちの方が圧倒的《あっとうてき》だった。おれが思っていたような展開とはぜんぜんちがう。

「そのことばは重く受けとめますよ、ウェバーさん」ガーフィンクル裁判官がそういった。「ただ、この審判《しんぱん》の主旨《しゅし》にそうものではありません。チェースの罪状はジュリアス・ソルウェイ氏の名誉勲《めいよくん》章《しょう》の窃盗《せっとう》です。その窃盗《せっとう》に関しては、だれも否定していません。チェース本人もです」

「でも、おわかりになりませんか？」ショシャーナは食いさがる。「わたしがチェースのことを見誤っていたのなら、だれだって見誤る可能性があるんです。裁判官だって」

「証言ありがとう」裁判官はショシャーナに告げた。「証言台をおりてください。ほかに、この若者のために証言をおこなう方はありませんか？」

うしろにひいた椅子《いす》が床《ゆか》にこすれる音や、足を動かす音が大きくひびく。そのとき、傍聴席《ぼうちょうせき》にいた人たち全員が立ちあがっているのに気づいた。みんな、法廷《ほうてい》を横切って、証言台にむかっている。生徒も先生も家族も。すわったままなのは、うちの家族とランダウさんだけだった。ほかのみんなは、途方《とほう》に暮れた廷吏《ていり》の前に列を作っている。

むかし、おれはビデオクラブの連中をこづきまわしていた。先生たちはおれに授業を妨害《ぼうがい》された。アメフト部の連中は、おれに見捨てられたと思っている。ジョエルとその家族についてはいうまでもない。

ひとりひとりの顔を見つめた。全員知った顔だ。みんな、助ける価値などないクズを救おうと順番を待っている。それぞれ、おれにむかって励《はげ》ますようにうなずいたり、手を振《ふ》ったり、親指を立てて「まかせろ」と合図したりしている。

その姿はとたんにぼやけはじめた。涙《なみだ》があふれてきたからだ。審判《しんぱん》がはじまる前、途中《とちゅう》で泣いてしまうんじゃないかと不安に思っていた。でも、その理由は正反対だった。こんな形で泣くなんて、たったの一ミリも想像していなかった。

おれは口のなかの肉を強くかんだ。視界がすこしはっきりした。

裁判官席のガーフィンクル裁判官は、長い列をじっと見ていた。

「よくわかりました」そういっておれを見た。「実に印象的です。きみが大変身をとげたというのも、認めないわけにいかないでしょう。それでも、重大な犯罪がおこなわれたのはたしかです。しかも、これが初犯ではない。さて、チェースくん、いまのきみはソルウェイ氏の勲章《くんしょう》を盗《ぬす》んだ人間とはまったくの別人だと保証できますか？」

手を伸《の》ばしてつかみさえすれば、救われるんだと感じた。ひとこと「はい」といえば、無罪放免《ほうめん》だ。夢にも見なかったハッピーエンドだ。期待する権利すらないようなすばらしいハッピーエンド。だけど、それでも……。

自分が百パーセント変わっただなんて、どうしてわかるというんだ？　記憶《きおく》がすこしずつもどってくるにつれて、むかしのおれといまのおれは、分かちがたいふたりのチェースだということがはっきりしてきた。ほんとうに「もはや別人」だなんていえるんだろうか？

もちろん、それでも裁判官がききたがっている返事をすることだってできる。むかしのチェースならやるだろう。フィッツウォーレス博士の校長室でやったように、楽な方に流れるチェース。嘘《うそ》だろうがごまかしだろうが、罪をのがれるためならなんだっていう。

おれがすこしも変わっていないことの証拠《しょうこ》だ。でもいいさ、ガーフィンクル裁判官には、ちがいなんてわからないんだから。

でも、おれにはわかっている。

そして、その瞬間《しゅんかん》、おれを少年刑務所《けいむしょ》に送りこむ力を持った裁判官をだますよりも、自分自身に正直であることの方が、はるかに大切なんだとわかったんだ。

おれは悲しげに首を振《ふ》り振《ふ》りいった。「残念ですけど、保証はできません。ちがう自分になったという感じはしています。むかしのように、衝動的《しょうどうてき》になにかをやりたくなることはありません。でも、勲章《くんしょう》を盗《ぬす》んだ人間は、かつておれのなかにいたんです。そいつが、二度ともどってこないとは約束できません」

法廷《ほうてい》にため息の風が起こったように感じた。みんながいっせいにがっくり肩《かた》を落とした。ショシャーナも、ジョエルも、ブレンダンも、おれの両親も。

ガーフィンクル裁判官が重く息を吐《は》いた。「チェース・アンブローズ。そういうことであれば、わたしに選択《せんたく》の余地はない。当法廷《ほうてい》は、きみを少年刑務所《けいむしょ》へ……」

「おい、ちょっと待たんか！」

興奮のあまり、法廷《ほうてい》の入り口のドアが大きくあいたのには、だれも気づいていなかった。歩行器をおしながら足をひきずって入ってきたのは、戦争の英雄《えいゆう》ジュリアス・ソルウェイさんだった。一張羅《いっちょうら》のスーツを着て、首からピカピカに磨《みが》かれ、光を放つ勲章《くんしょう》をかけている。らんらんと目を輝《かがや》かせたその表情を見れば、これから世界に戦いをいどんで、勝利をおさめるつもりなのは明らかだ。

裁判官もソルウェイさんに目をむけた。「ソルウェイさんとお見受けしました。どうぞ、傍聴席《ぼうちょうせき》に」

「いいや、傍聴《ぼうちょう》しにきたんじゃないぞ」ソルウェイさんはけんか腰《ごし》に返事をした。「なにもかも、このくだらん勲章《くんしょう》のせいなんだな！　ほれ、正当な持ち主の手にあるぞ。これで一件落着だ。さあ、みんな帰った帰った。ホームはタコスの日なんだ」

裁判官は敬意はしめすものの、かたくなだった。「そうはいきません、ソルウェイさん。満足な結末にいたったとはいえ、犯罪がおこなわれたのはたしかなんですから」

「犯罪って、なんのことだ？」ソルウェイさんがいどむようにいった。「チェースはこの勲章《くんしょう》を盗《ぬす》んだりしてないぞ。貸してただけだ」

ぼくはとびあがった。「ソルウェイさん、そんなこと……」

「おまえはなにを知ってるつもりなんだ？」老いた兵士は吠《ほ》えるようにいった。「おまえは屋根から落っこちて記憶《きおく》をなくしたんだ。裁判官、あんたはどっちを信じるんだ？　記憶《きおく》のある人間と、記憶《きおく》をなくした人間だぞ」

ガーフィンクル裁判官は顔をしかめた。「これは少年審判《しんぱん》ですが、法の下の裁判にはちがいありません。われわれは、真実を追究します。ただ真実のみを」

「その真実ってのは、この子がいいやつだってことだ。あんたはどれだけの人間からそれをきかないとわからないんだ？」そういって証言台の前の行列をさししめした。「この子に貸した勲章《くんしょう》のこと、心配したことなんてまったくなかったよ。心配する理由がどこにある？」

ランダウさんがいきおいよく前に進みでていった。「ソルウェイ氏は合理的疑義を唱えたものと思われます」

裁判官は鼻で笑った。「これはこれは。弁護人どの、わたしはバカじゃありませんよ」裁判官のきびしい表情がふとゆるんだ。「しかしながら、大勢のみなさんがしめしたすばらしいサポートにくわえ、勲章《くんしょう》を受けた退役軍人の証言に基づき、チェース・アンブローズへの起訴《きそ》を棄却《ききゃく》するものとする」裁判官はまっすぐにおれの目を見ていった。「わたしの判断が誤りではなかったと証明してくださいよ」

おれは息を吸った。そのときはじめて、ソルウェイさんが法廷《ほうてい》に足を踏《ふ》み入れてから、ずっと息をしていなかったことに気づいた。

ものすごい歓声《かんせい》が法廷《ほうてい》にひびきわたった。おれはハグされ、キスをあび、ハイタッチを交《か》わした。肘《ひじ》がぐにゃぐにゃになるぐらい何度も腕《うで》をあげられたし、背中もバンバンたたかれて、しまいには、内出血を起こすぞとクーパーマン先生が心配するぐらいだった。アメフトの選手たちはおれを肩《かた》にかついで練り歩いた。ダベンポートコーチは、日頃《ひごろ》からこれぐらいチームワークを見せてくれたらとぼやいたほどだ。

仲間たちに高く掲《かか》げられて祝福を受けながら、またフラッシュバックが起こった。それは先シーズンの州チャンピオンに輝《かがや》いたときの記憶《きおく》だ。フィールド上の勝利のダンスのさなか、新しいMVP選手であるおれが胴《どう》あげされているところだ。おれは自分の顔をぴしゃりとたたいてその記憶《きおく》を消そうとした。記憶《きおく》のなかにアーロンとベアを見つけてしまったら、なにもかも台無しだ。

おれはさまざまな感情を同時に感じていた。ほっとしたのはまちがいない。でも、こんなに大勢の人から恩を受けたことへのとまどいもある。床《ゆか》におろされたおれは、唇《くちびる》と舌の感覚がなくなるぐらい、何度も何度もありがとうといった。

そして、ようやく、すこしずつ人が帰りはじめたところで、最後におれをハグしたのが母さんじゃないことに気づいた。それはショシャーナだった。おれたちは、あわててはなれたけれど、ジョエルがそばにいて、指をさしながら笑っていた。

「どうやら、チェースは木材粉砕機《ふんさいき》いきは免《まぬが》れたみたいだね」ジョエルはショシャーナにいった。

おれはわけがわからずショシャーナを見た。ショシャーナは顔を真っ赤にしてぼそっといった。

「明日学校で」

歩き去る途中《とちゅう》でふりむくと、ガーフィンクル裁判官のことばを真似《まね》していった。「ねえ、チェース、わたしの判断が誤りではなかったと証明してよ」

よく考えると、ショシャーナはすごくいい裁判官だといえる。もっとすばらしい陪審員《ばいしんいん》にも、死《し》刑執行人《けいしっこうにん》にもなれるだろう。

それこそがショシャーナだ。

ウェバー家がいなくなると、おれは最後のありがとうをいいにいった。だれよりも大切な人に。

ソルウェイさんは傍聴席《ぼうちょうせき》のいちばん前の列に陣取《じんど》っていた。おれにむかって顔をしかめていった。

「おまえさんはヘボ弁護士にしかなれないな。なにもかも台無しにするところだったぞ」

「ソルウェイさん、その勲章《くんしょう》、ほんとは貸してくれたわけじゃないんですよね？」

ソルウェイさんは大げさに肩《かた》をすくめた。「いや、貸したとも。どっちみち、おまえさんは記憶《きおく》喪失《そうしつ》なんだ。おれは年寄りだしな。覚えてるやつなんかどこにいる？　けどな、おれがここまでやってこなかったら、いま頃《ごろ》おまえさんがどこにいることになっていたのか、よく考えるこった」

「ほんとうにありがとうございました！」ソルウェイさんがここまでやってくるのが、どれほどたいへんかを考えると、思わず声が震《ふる》えた。

「礼をいうならおれじゃなくて、あの人にだ」

ソルウェイさんは法廷《ほうてい》のうしろの方をさししめした。ドアの脇《わき》に立っていたのはコリーンだった。片方の手でヘリーンと手をつなぎ、もう片方の手には車のキーを持っている。ソルウェイさんをここまでつれてきてくれたんだ。コリーンはおれを見て笑顔《えがお》になった。

なんだか不思議な感じだ。夏のはじめ、病院で目を覚ましたおれは、自分のことさえ知らなかった。他人のことなどなおさらだ。こんなさびしい思いは二度としたくないと願っていた。でも、おれのこの先の人生がすべてかかっていた今日、おれはひとりぼっちじゃなかった。

かつてのチェース・アンブローズだったら、こんなにたくさんの支援《しえん》を受けることはけっしてなかっただろう。せいぜい母さんと親父、兄貴のジョニーぐらいか。そして、情状証人としては最低最悪のアーロンとベアぐらい。アメフトのチームメートの何人かも義理でしぶしぶといったところか。これがおれの応援団《おうえんだん》のすべてだ。

おれは家族のあとにつづいて、法廷《ほうてい》の外階段にでると、心ゆくまで自由の空気を味わった。

人生をやり直した人は、いったいどれぐらいいるんだろう？

屋根から落ちて頭を打ったのは、おれにとってこれまででいちばんいいできごとだった。

30
ブレンダン・エスピノーザ

これは、このミドルスクールはじまって以来最高の大逆転劇にちがいない。

いや、イカれたゴロツキのチェース・アンブローズが、人間に生まれ変わったことをいってるんじゃないんだ。まあ、あれもたしかにトップテンには入るだろうけど。

ぼくが話してるのは、いまやキンバリーがぼくのことを好きになったという事実のことだ。誓《ちか》っていうけど、自分でも夢じゃないのをたしかめるためにあちこちつねったせいで、あざだらけになったぐらいなんだから。でも、百パーセントまちがいない。ぼくは彼女《かのじょ》のことをキミーって呼んでるくらいだ。ペットの名前みたいだろう？　その名前で呼ぶやつはほかにだれもいない。もしこれが真実じゃないっていうんなら、真実ってなんだ？

そうなったのは、老人ホームでのあの大乱闘《だいらんとう》のときだった。ぼくが自分を犠牲《ぎせい》にして、つまり、あのゴロツキどもにノックアウトされて、キミーを守ろうとしたのを目《ま》の当たりにして大逆転が起こったってわけだ。ぼくは光り輝《かがや》く鎧《よろい》を身にまとった騎士《きし》さながらだったってこと。キミーは、ぼくが死ななかったことにおどろいたからだっていうけど。まあ、それはともかく、それ以前は、ぼくの名前を覚えるのさえ苦労してたのに。

とにかく、あごが腫《は》れあがったことなんて、ガールフレンドを手に入れるためなら、ほんのささやかな代償《だいしょう》にすぎなかった。そのガールフレンドというのが、ハイアワシーでとびっきり最高の女の子なんだからなおさらだ。

キミーがまた元通りチェースにいれあげるんじゃないかっていう心配もしていない。チェースはチェースでショシャーナといい雰囲気《ふんいき》になってるからだ。すぐにでもダブルデートを計画、なんてことはまったくないよ。わざわざ火のなかに手をつっこむようなことはしないさ。

先週末、チェースは今シーズンはじめてアメフトの試合にでた。そして、いきなりの大活躍《だいかつやく》だ。タッチダウンを三度きめ、百八十ヤードもゲインした。ショシャーナは応援席《おうえんせき》のどまんなかで、自分はアメフトのファンじゃないし、これからもなるつもりはないと大演説をぶって、まわりをうんざりさせた。実際にそうなるか、ならないか、それはわからない。

なにはともあれ、みんながそれぞれ変わった。チェースを見ればわかる。キミーでもいい。ビデオクラブのみんなでも。ぼくたちはアメフトのことなんて、ほとんどなにも知らなかったけど、この試合ではすばらしい動画がたくさん撮《と》れた。ダベンポートコーチはその動画が大いに気に入って、ぼくたちをハリケーンズの公認《こうにん》カメラマンにしてくれた。応援《おうえん》バンドは新しい音楽監督《かんとく》を採用した。ジョエル・ウェバーだ。

アメフト選手たちのぼくたちに対するあたりも、そこそこよくなった。アーロンとベアは相変わらずネアンデルタール人気質まるだしなので、全員ってわけじゃないけど。どっちみち、今回のさまざまなできごとで、このふたりがどれほどひどいやつらかというのが明らかになったわけで、もう、だれからも相手にされなくなっている。つまはじきみたいなものだ。チェースによれば、ハリケーンズのほかの選手たちさえ、ふたりを無視してるんだそうだ。このふたりが負け犬になったときいても、なんのおどろきもないけれど。

チェースはビデオクラブにもどってきた。実際のところ、アメフト選手として以上に、大スターになった。『戦士』が全国ビデオ・ジャーナリズム・コンテストで最優秀賞《さいゆうしゅうしょう》に輝《かがや》いたというニュースが入ってきたばかりだ。ショシャーナは、チェースがジョエルを襲《おそ》ったと思ったときに、このプロジェクトから完全に手をひいてしまっていたので、チェースひとりの栄冠《えいかん》になったんだ。

ドリオ先生は、そこのところをなんとか修復しようとした。

ビデオクラブはソルウェイさんを公式マスコットにきめた。ぼくたち公認《こうにん》の戦争の英雄《えいゆう》になってほしかったけれど、ソルウェイさんは「英雄《えいゆう》」ということばを断固拒否《きょひ》した。「戦争」の方にもなんのこだわりもない。

自分のことを英雄《えいゆう》とは呼ばせないけれど、ぼくらにとって、ソルウェイさんは正真正銘《しょうめい》の英雄《えいゆう》だ。あの日、法廷《ほうてい》でチェースのためにあんなことをしてくれたんだから。でも、もちろん、ぼくらが生まれる前から英雄《えいゆう》だったんだけど。アメリカ合衆国も、ソルウェイさんに最高の栄誉《えいよ》を与《あた》えてよかったと確信していることだろう。

ただ、ソルウェイさんにそのことをたずねたってむだだ。

「なんにも覚えてないんだ。だから、もうほっといてくれ」ソルウェイさんはとびきりの頑固《がんこ》じい声で怒鳴《どな》る。「チェースにきいてみろ。やつなら、記憶《きおく》をなくすってのがどういうことか話してくれるだろうよ」

ほんとうのところ、最近のチェースは、どんどんむかしのことを思い出している。とはいっても、記憶喪失《きおくそうしつ》からの完全復活まではまだまだ遠い。それでも、学校の廊下《ろうか》でなにかにとりつかれたように青ざめた顔をしているチェースをよく見かける。前の人生で自分がやらかしたとんでもないことを思い出しているんだ。かわいそうに。もしかしたら、それにも慣れて、悩《なや》まなくなる日がくるのかもしれない。ぼくはそんな日を待ち望んだりはしないけど。

ビデオクラブの目的は、ぶっとんでいて、大勢に見てもらって、有名になれるような動画を作りあげることだと、ぼくは常々《つねづね》思ってきた。でも、そんなものは完全な的はずれだった。ビデオクラブにとっていちばんいいことは、動画を作る過程で、新たに人を発見することだ。ソルウェイさんがそうだ。ビデオクラブがなければ、ぼくになんか気づきもしなかっただろうキミーもそう。そして、チェース。人生の三分の一をおそれながらすごしてきたのに、いまではぼくの大親友のひとりだ。

だからといって、人気動画の制作をあきらめたわけじゃない。キミーはぼくの『ワンマン・バンド』のオリジナル動画を編集した。ぼくがチューバにとじこめられて、消火器の泡《あわ》をあびているところ以外をすべてカットして。それから、キミーはその動画に『史上最低のチューバ奏者』というタイトルをつけてユーチューブに投稿《とうこう》した。すると、現在すでに再生回数が三十六万回ごえ！

信じられないよ！　ぼくの動画がバズったんだ！　正確にいうとキミーの動画だけど。自分のアカウントで投稿《とうこう》して、ぼくの名前はただの一度もどこにもあげていないんだから。ぼくはチューバにとじこめられたただのマヌケ野郎《やろう》だ。フラダンサーみたいにくねくね身をよじらせて、口から泡《あわ》を吹《ふ》いている。だけどそれでも、たいしたもんじゃないか。

どんなことだって可能だということの証明だ。

キミーとぼくのことも。

ユーチューブでセンセーションを起こすことも。

そして、チェース・アンブローズがいいやつだとわかるってことも。

訳者あとがき

ある日目覚めたら、自分がだれなのかわからない。名前もわからないし、鏡を見ても映っているのは知らない顔……。それが十三歳《さい》の主人公チェースの身に起こったことでした。わからないのは自分のことだけではありません。生まれてからのことは、なにひとつ覚えていないのです。たったひとつ、青いドレスを着た少女のイメージをのぞいては。

自宅の屋根から落ちて頭を打ち、記憶《きおく》をなくしてしまったチェースの新しい人生がはじまります。自宅にならんだトロフィーや、壁《かべ》に貼《は》られた新聞の切り抜《ぬ》きで、自分がスポーツ・ヒーローだということはわかりましたが、どうやらそれだけではなさそうです。まわりの人たちからむけられる反応を見ると、「むかし」の自分はとんでもないワルガキだったようなのです。なにも覚えておらず、いまの自分とは無縁《むえん》に思えても、なかったことにはできません。

おそるおそる新しい人生を歩みはじめたチェースの不安やとまどい、いらだち。もがき苦しむチェースに次々《つぎつぎ》とおそいかかる事件。そして、すこしずつよみがえる記憶《きおく》。はたして、唯一《ゆいいつ》のこっていた記憶《きおく》の青いドレスの少女は……。

本書では、章ごとに語り手が変わり、さまざまな視点から物語が進んでいきます。主人公の人物像をほかの人の視点から描《えが》くという工夫《くふう》は、記憶《きおく》のない主人公を描《えが》くにはとてもうまい方法で、大成功していると思えます。

作者のゴードン・コーマンは、十二歳《さい》のときに宿題で書いた作文が、十四歳《さい》で出版されて作家デビューを果たし、高校卒業時にはすでに五冊の本を上梓《じょうし》していた早熟の天才です。その後も着々《ちゃくちゃく》とキャリアを重ね、現在九十冊以上ある作品は、世界じゅうで累計《るいけい》三千万部をこえるという大ベストセラー作家です。意表をつく設定、スピーディーな展開、生き生きとしたキャラクターが特徴《とくちょう》で、本書でもそれらは遺憾《いかん》なく発揮されている上に、文字通り「自分さがし」をする主人公の苦悩《くのう》によりそった深い味わいも楽しめる作品といっていいでしょう。

二〇一九年六月

千葉茂樹

著者
ゴードン・コーマン

1963年カナダのモントリオール市に生まれる。14歳のときに作家デビュー。ニューヨーク大学卒業。90冊をこえる作品があり、世界中で累計3000万部をこえるベストセラー作家。邦訳に「サーティーナイン・クルーズ」シリーズ(KADOKAWA)、「サバイバー：地図にない島」シリーズ(千葉茂樹訳　旺文社)、『恋人はマフィア』(集英社)がある。

訳者
千葉茂樹

1959年北海道札幌市に生まれる。国際基督教大学卒業後、児童書編集者を経て翻訳家に。訳書に『スタンリーとちいさな火星人』『ウエズレーの国』『スピニー通りの秘密の絵』(以上あすなろ書房)、『ハックルベリー・フィンの冒険』『シャクルトンの大漂流』(以上岩波書店)、『泥』(小学館)、『踊る人形』(理論社)など多数。

リスタート

2019年7月30日　初版発行
2020年6月20日　2刷発行
著者　ゴードン・コーマン
訳者　千葉茂樹
発行者　山浦真一
発行所　あすなろ書房
〒162-0041 東京都新宿区早稲田鶴巻町551-4
電話 03-3203-3350(代表)
印刷所　佐久印刷所
製本所　ナショナル製本

ISBN978-4-7515-2939-3　NDC933　Printed in Japan